草原上的人们

刘书鹤 著

中国原子能出版社

图书在版编目（CIP）数据

草原上的人们 / 刘书鹤著. -- 北京：中国原子能出版社，2024.5

ISBN 978-7-5221-3355-3

Ⅰ. ①草… Ⅱ. ①刘… Ⅲ. ①革命故事–中国–当代 Ⅳ. ①I247.8

中国国家版本馆 CIP 数据核字（2024）第 074848 号

草原上的人们

出版发行	中国原子能出版社（北京市海淀区阜成路 43 号 100048）
责任编辑	王 朋 张一呻
装帧设计	侯怡璇
责任校对	冯莲凤
责任印制	赵 明
印 刷	北京中科印刷有限公司
经 销	全国新华书店
开 本	787 mm×1092 mm 1/16
印 张	24
字 数	230 千字
版 次	2024 年 5 月第 1 版 2024 年 5 月第 1 次印刷
书 号	ISBN 978-7-5221-3355-3 **定 价** **68.00 元**

网址：http://www.aep.com.cn **E-mail：atomep123@126.com**

发行电话：010-68452845

策 划 组

总策划：夏吾杰　张胜源

组　长：孙绣宗

成　员：石生莲　马清芳　杜文林　王秀娟

序

在青海湖北岸的金银滩，有座被世人称为“原子城”的草原之城，她是 20 世纪 50 年代中国第一个核武器研制基地（221），现在是海北藏族自治州首府西海镇。这是座功勋之城，中国第一颗原子弹和氢弹诞生在这里，到处充满着共和国的红色记忆；是“两弹”精神摇篮，伟大的“两弹一星”精神发源地之一，到处留存着新中国拓荒者的家国情怀和深刻记忆。

1955 年 1 月 15 日，面对美帝国主义的核讹诈与核威胁，党中央和毛泽东高瞻远瞩、审时度势，毅然决然作出了关系新中国前途命运、关系新中国国防大计、关系新中国长远发展的伟大战略决策：发展核工业、研制核武器。1958 年 5 月 31 日，中共中央总书记邓小平批准核工业“四厂三矿”和铀矿加工实验室选点方案。1958 年 7 月中旬，中央批准在青海金银滩建设核武器研制基地，代号“221”。

自此，神奇浪漫的金银滩成为中国第一个核武器研制、试验和生产基地。1170 平方公里的神秘禁区，便与新中国的和平与安宁、繁荣与振兴紧紧地联系在了一起。世居金银滩的 1279 户牧民，听从号召，远迁他乡，为国防建设作出重大贡献。1958 年 11 月 16 日，基地正式开工建设，至 1964 年 6 月基本建成。

原子城关系中国人民的利益，也关系世界人民的利益，倾注了毛泽东、周恩来等新中国领导人的心血，邓小平、胡耀邦、赵紫阳、薄一波、李富春、刘澜涛等曾视察 221 核武器研制基地，聂荣臻、罗瑞卿、张爱萍、宋任穷、赵尔陆、刘西尧、伍绍祖等曾到基地调研指导。刘杰、李觉、吴际霖、郭英会等“两弹”工程组织领导者同王淦昌、彭桓武、郭永怀、邓稼先、朱光亚、陈能宽、程开甲、周光召、于敏和胡思得、胡仁宇、傅依备、黄祖洽、唐孝威、宋家树、张兴铃、王方定等共和国科技拓荒者，与数万名科技工作者、技术工人、干部职工和人民解放军、警卫部队指战员等创业者、守卫者奋战在风雪高原，头顶蓝天、脚踏草原，筚路蓝缕、玉汝于成，攻克原子弹、氢弹等尖端科学技术难关，生产出多种型号战略核武器，装备部队到处留下了他们的奋斗遗迹，留下了跨越时代的思想财富和精神宝藏。

1987 年 6 月 24 日，根据国际环境变化，我国政府为全面禁止和销毁核武器、维护世界和平以适应社会主义现代化建设的战略转移，国务院、中央军委作出撤销核工业部青海国营二二一厂的决定。1994 年 6 月 15 日，国营二二一厂厂址退役并达到清洁解控水平后，正式移交海北藏族自治州。1995 年 5 月 15 日，新华社向全世界宣告：中国第一个核武器研制基地已全面退役。自此，这里成为世界上第一个自主退役、化剑为犁的核武器研制基地。

原子城，成就了中国的“两弹”伟业，是我国核武器发展首先立功的地方，是中华民族为之骄傲、挺起脊梁的地方，是几代人艰苦奋斗、奉献青春乃至生命的见证。

原子城，开创了中国尖端国防科学技术的辉煌，是我国科技自主创新的典范，是中华民族实现独立自主、创新发展的精神高地，是实现中华民族伟大复兴的动力。

原子城，使新中国在很短的时间加入了世界核俱乐部，并在较短时间内实现了武器化过程，为打破核大国的核垄断、粉碎核大国的核企图，保卫国家安全、维护世界和平作出了重大历史性贡献。

我们要永远记住原子城的历史足印：1964 年 10 月 16 日，我国第一颗原子弹爆炸试验成功；1966 年 10 月 27 日，我国第一颗装有核弹头的地地导弹爆炸试验成功；1967 年 6 月 17 日，我国第一颗氢弹空爆试验成功。这是中国人民在攀登现代科技高峰的征途中创造的非凡的人间奇迹。

我们要永远铭记原子城孕育的伟大“两弹一星”精神：热爱祖国、无私奉献，自力更生、艰苦奋斗，大力协同、勇于登攀。这一精神，是中国人民在 20 世纪为中华民族创造的宝贵精神财富，是中华民族伟大复兴不朽的精神支柱。

中国原子城，将永远铭刻在共和国的历史丰碑上！原子城铸就者，是永远不能忘却的家国记忆！

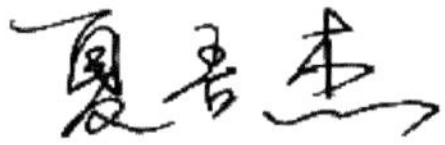

前　言

1958年1月8日，第三机械工业部成立核武器研究所（部内代号为九局，1958年2月11日改为第二机械工业部九局），负责核武器的研制试验工作。原西藏军区副司令员兼参谋长李觉将军任局长，吴际霖、郭英会任副局长。李觉是1955年授衔时新中国的第一批少将，年轻时曾在北京大学读书、早年参加红军，懂一些英语，在当时的将军队伍中是非常少有的。吴际霖，毕业于华西大学化学专业，曾在山西国民党的部队为前线将士讲解防化常识，1940年在共产党员帮助下转赴延安参加革命，任教员、从事军工生产。1955年调国务院三办原子能小组，曾三次到苏联参加谈判，调九局前任二机部计划局副局长。郭英会，广东人，最早曾在阎锡山那里干过，是从山西民族革命大学出来的，在部队当了团政委，曾任周恩来总理的军事秘书，在九局分工负责政治思想和干部工作。

1958 年 7 月，中共中央书记处总书记邓小平批准了西北核武器研制基地（221 基地）的选点方案，即 02 工程、代号 221。对外称青海省矿区或掩护名称“国营综合机械厂”。其真实的地址是青海省、海北藏族自治州、海晏县的“金银滩”草原。

1958 年 8 月，李觉将军带领二十多位创业者们乘着四辆苏制嘎斯型吉普车、四辆卡车来到青海金银滩，支起三顶帐篷，开始创建中国第一个核武器研制基地。

中国第一颗原子弹、第一颗氢弹、第一颗导弹核弹头在这里研制；221 基地成功地完成了中国前十六次核试验；承担了多个型号导弹核弹头的批生产、交付任务，装备了部队。1984 年国庆大阅兵中向世人展出的战略核导弹东风三号、东风四号和东风五号三种核导弹中，有两个型号的核弹头一个型号的核弹头部分研制任务是在 221 基地研制生产的。

1995 年 5 月 15 日，新华社向全世界宣布：我国第一个核武器研制基地已全面退役。

这个基地位于青海省，曾为我国研制第一颗原子弹和第一颗氢弹做出历史贡献。

这个基地环境的治理，符合国家有关环保法规要求，并已通过国家验收。基地原址已移交地方政府安排利用。

经国务院批准，221 基地的原址命名为青海省、海北藏族自治州的州府所在地——西海镇，建有国家级爱国主义教育基地——“原子城纪念馆”、“596 小路”、第一个核武器研制基地纪念碑等红色记忆的名片……

2000 年 8 月，八位年过花甲的老人，相约分别从北京、上海、合肥、河北廊坊等地重回 221 基地，在第一个核武器研制基地纪念碑前合影留念，在纪念碑周围还有许多从全国各地来拜访的游客认真听着讲解员的解说词。

突然八个人中的大黄师傅跪在纪念碑前的石板上，小声说道：“221 我的第二故乡，我又回来了！”其余的人也都高声回应“我们又回来了！”引来了参观者的回头望，我们解释说：“我们都是原 221 基地的一员，曾在这里度过了三十多年的青春美好时光，回第二故乡来看看，心情太激动，想起了当年的许多往事，对不起吵着你们了。”

讲解员说：“这个纪念碑高 16.15 米，象征着 1964 年 10 月 16 日 15 时爆炸中国第一颗原子弹的重大时刻。正面向着东方、北京方向，是张爱萍上将亲笔题写的十二个行书大字‘中国第一个核武器研制基地’，南北两侧分别是原子弹爆炸的蘑菇云浮雕和氢弹爆炸的烟云浮雕。”

纪念碑的顶部是四只展翅翱翔的和平鸽，是在向世人宣告，中国人民是爱好和平的，我们发展核武器的目的在于防卫、在于要打破美苏核垄断，碑顶是一枚闪闪发光的原子弹模型，意味着中国的第一颗原子弹在这里诞生；纪念碑的底座每面镶嵌有九个盾钉，可以解读为从

1958 年基地创建到退役销号，基地已走过了三十六年的光辉历程。

来到纪念碑的背面(西面)，望着用仿宋体镌刻的碑文，讲解员用不太标准的普通话读到：

中国第一颗原子弹在这里诞生，中国第一颗氢弹在这里研制成功。1964 年 10 月 16 日，中国首次核试验爆炸成功，它向全世界宣告：站起来的中华民族终于有了自己的原子弹。为打破核垄断、维护世界和平作出了历史性的重大贡献。

1958 年，在以毛泽东主席和周恩来总理为首的老一辈无产阶级革命家的决策和领导下，独立自主，自力更生，创建我国第一个核武器研制、试验和生产基地——二二一厂。30 多年来，广大科技工作者、工人、干部、牧工、家属和人民解放军、警卫部队指战员，在党中央、国务院、中央军委、中央专委的统帅和指挥下，在全国和青海各族人民的大力协同下，在这 1170 平方公里的神秘禁区内，艰苦创业、无私奉献、团结拼搏、勇攀高峰，攻克了原子弹、氢弹的尖端科学技术难关，成功地进行了十六次核试验，实现了武器化过程，生产出多种型号战略核武器装备部队，壮了国威、壮了军威。这一壮丽事业是几代人连续奋斗的结晶，多少人为之贡献了青春年华，有的献出了宝贵的生命，党和人民不会忘记，共和国不会忘记。

雄关漫道真如铁，而今迈步从头越。遵照党中央、国务院的战略决策，二二一厂已经完成了它的历史使命，万名职工和他们的家属，带着核事业的优良传统和草原人的创业精神，告别核基地，奔赴新岗位为我国社会主义建设，谱写更新更美的篇章。

为中国核武器事业建立了历史功勋的人们，功载千秋！

当晚在招待所的小会议室里，八个花甲老人回忆着年轻时参加的国家试验、定型试验、地面环境试验、储存延寿试验、退役试验等的往事。述说着参加国家试验时向周总理汇报的细节，话语中对周总理高瞻远瞩的教导和对试验技术程序严肃认真的态度，充满了崇高的敬意，说周总理真是太神了！有人忆说试验时的重大责任、面对试验风险和突发事件的心态更是心情激动、无法忘怀；有人讲着研制工作艰辛磨难过后，迎来成功后的喜悦心情和庆功场面，仿佛是昨天的事……说的更多的是 221 人创业中形成的“热爱祖国、无私奉献、自力更生、艰苦奋斗、大力协同、勇于登攀”的两弹一星精神。作为亲历者，要在有生之年宣讲“两弹一星精神”，把有正能量的当年的多彩故事讲给当代的年轻人听听，以激励他们爱国奉献、科学创新，为强国、强军贡献他们的聪明才智。

第二天离开第二故乡 221 基地时，我们拥抱告别，互祝珍重、健康长寿，眼中已是热泪盈眶！

有人提议把故事里的 221 写成一本书留给后人，有人回应二十年后带着《激情 221》一书再相会，书来了。

书中的主人公是进行了重组的，故事也进行了串并联处理，请勿对号入座。

刘书鹤

2021 年 2 月 21 日于河北廊坊

目　录

第一章　草原大会战　点个大炮仗

1959 年 6 月 20 日，苏共中央突然背信弃义，终止了 1957 年 10 月 15 日与中国签订的《国防新技术协定》，婉言拒绝向中国提供原子弹教学模型和相关的图纸资料，又于 1960 年 8 月全部撤走了在核工业系统工作的 223 名专家，销毁并带走了重要的图纸资料。赫鲁晓夫还曾轻蔑地说离开苏联的援助，中国 20 年也造不出原子弹。

面对苏联的背信弃义和赫鲁晓夫的蔑视，周恩来总理代表党中央指出：“我们不理他那一套，他不给，我们就自己动手，从头摸起，准备用八年时间搞出原子弹。”

于是，一群先行者在位于河北省怀来县军都山和官厅水库间长城脚下的工程兵部队试验场（十七号工地）开始了造弹创业历程。从 1960 年 4 月 21 日打响了爆轰试验的第一炮起到 1963 年年初已经完成了千余次的试验。但是，由于场地的限制，更大规模的爆轰试验已无法进行。

1963年年初，西北核武器研制基地（221基地）已基本具备了科研、生产和生活条件，原在北京的理论、实验、设计和生产人员开始陆续向青海转移。

一场草原大会战、攻坚战开始了。

1. 动员大会，西出阳关有故人

1963年年初，乍暖还寒。二机部刘部长在会上传达了毛泽东主席的重要批示：“很好，照办。要大力协同，做好这件工作。”并宣布：根据国务院批准，决定把核武器研究所从北京搬到大西北去。一石激起千层浪，有的同志并没有想通，所以二机部决定专门召开一次动员大会，想请张爱萍副秘书长给做动员报告。

刘部长拨通了张上将的电话：“张副秘书长，大家都说您是最会做思想工作的，你的讲话生动、深刻，所以想请您来给做个动员。请不要推辞，就算是我们请您了。”

电话中，张副秘书长回答道：“这要容我想一想。我不了解情况，怎么能做动员呢？”

大约一刻钟后，响起了急促的敲门声。张副秘书长应声道：“请进。”二机部的刘部长已经向他走来。张副秘书长急着说：“你怎么来了，不是电话里说容我想一想吗？”刘部长说道：“我怕您不答应，所以还是亲自到你的办公室来了。张副秘书长，这一次要劳您大驾了！”张副秘书长说：“我又不了解具体情况，做动员报告不就成了无的放矢了吗？”

刘部长见张副秘书长“松口”了，马上向他介绍大家的具体思想状态。原来是部里下达研究所搬到西北的决定后，部分科研人员表示不愿马上去青海，主要理由有两个：一是那里高原缺氧、气候恶劣、冬天更加寒冷，怕去了难以适应环境而影响原子弹的研制任务；二是青海那个地方本来就苦，加上自然灾害后更加严重，生活物资供应困难、饭都吃不饱，去那里一定比北京更苦。有几个人还从古诗词中找来几首吟诵，以证明那里有多么艰苦，古人都那样写，去了怕是身体会垮掉。

张副秘书长说：“他们反映的倒也是事实，那里的确是艰苦的。要说服动员他们，我还真要动点脑筋呢。”

刘部长：“所以，我们部里几个领导同志都想到了您。”

张副秘书长：“我也没有什么好办法呀。”停顿片刻后说：“那么好吧，让我试一试吧！”

那一天，在铁道部干部学校礼堂，二机部召开了动员大会，人们从花园路 3 号来到位于北太平庄的大礼堂。有的单位是列队走来的，有的是三三两两分散走来的，反正只有一站地的距离。核武器研究所的人员全体报到，部机关和其他院所的同志也来了。大家都想亲耳听听张副秘书长的动员报告是不是像人们传说中的那么感人、动人。

台下，有的是从国外回国投入核武器研究的专家学者，有的是经中央批准从中科院、各部委和全国各地抽调的高、中级科研和工程技术人员，有的是 1962 年 10 月中央专委再次批准增调的 126 名高、中级技术人员；最多的是近几年从全国各知名大学毕业的 400 多名大学生，铁道部干部学校的礼堂里坐得满满的。

当刘部长等二机部领导陪同张副秘书长走上主席台时，礼堂里鸦雀无声，人们都在期待着。

刘部长简短的几句开场白后说：“现在，请张副秘书长给大家作动员报告！”张副秘书长健步来到主席台前，还没讲话，会场就突然响起掌声。

张副秘书长用双手做出了“停止”的手势，说道：“你们别先鼓掌了，我今天可是来动员你们大家到古人‘充军’的地方去的啊！”台下一片笑声。

张副秘书长接着说：“我听说，你们中间有些人在申诉不去大西北的理由时，是不是还吟诵了几首古代诗词？”

台下，又是一片笑声！

张副秘书长说：“好吧！我今天也吟诵两首唐诗给大家听听。”接下来，他背诵了王维和王之涣的各一首诗：

送元二使安西

王维

渭城朝雨浥轻尘，

客舍青青柳色新。

劝君更尽一杯酒，
西出阳关无故人。

凉州词

王之涣

黄河远上白云间，
一片孤城万仞山。
羌笛何须怨杨柳，
春风不度玉门关。

张副秘书长的吟诗风格和韵调还真的有点文人墨客的风趣，人们静静地聆听着。

张副秘书长说：“我相信你们大多数人都读过这两首一千三百多年前盛唐时期王维和王之涣的诗。我听说，你们目前议论最多的是这两首诗的最后两句：‘西出阳关无故人’和‘春风不度玉门关’，是这样的吗？”

台下，全场雀跃。

张副秘书长接着说：“大西北，我去过几次了。玉门关，又称‘小方盘城’，在戈壁滩上，那里是一片茫茫沙丘，人迹罕见。这个地方苦吗？当然很苦！所以王维诗里说那是个非常困苦荒凉的地方，连春风也到不了玉门关。1300 年后，20 世纪 60 年代，由于前几年国家遭受了严重的自然灾害，今天那里还是很苦的。所以，有些同志怕去了不适应，影响研制原子弹，这也是很自然的、可以理解的。但是，现在的大西北也绝不像王维所说的‘西出阳关无故人’，连个人影都不见。根本不是那么一回事！跟大家讲，从 1958 年开始，解放军的工程兵部队就已经进驻那里，建设核试验基地、导弹发射基地和你们的西北核武器研制基地。在西北核武器研制基地就有近一万五千人的队伍在进行建设。现在，他们已经为你们建好了宿舍和实验室，他们正在等待你们的到来，正在准备欢迎你们去建功立业，那里的生活条件比他们去的时候要好多了，你们说是不是呀？可以改成‘西出阳关有故人’了！”

台下响起热烈的掌声。

张副秘书长说：“王之涣在古诗中所说的‘春风不度玉门关’也早已成为历史了，部队早已把‘春风’带出了玉门关，经过这三四年的开拓建设，那里的环境条件已有很大的改善，你们这批科技精英去了，那里的春风一定会变得更加和煦、更加温暖。可以说是‘春风已度玉门关’了。”

又是一阵热烈的鼓掌声。

张副秘书长继续说道：“过去有句俗话说‘知识分子手无缚鸡之力’，今天我要把它改成‘知识分子有擎天之力’！你们这些知识分子，不，你们这些大知识分子，到了大西北，将要亲手制造‘倚天长剑’——原子弹。到那时，我们的国家将更加强大，我们的祖国将处处是和煦、温暖的春天！”

台下再次响起热烈掌声。

张副秘书长还说："我想你们中间有不少人可能读过《封神演义》这本书。这本书的作者极富想象力，敢于标新立异，讲了很多神话：什么来无影去无踪呀，什么千里眼、顺风耳呀，什么撒豆成兵、移山倒海呀，等等。可是这些故事呀，有的已成现实、有的正在变成现实、有的将要变成现实。同志们，你们现在所从事的就是把神话变成现实的工作，将来我们的国家和人民也会把你们'封神'的。我建议你们好好读读这本书，这对你们这些科学家和技术人员会很有启发的。"

又是掌声……

张副秘书长继续说道："我再读王昌龄的《从军行》给你们听，《从军行》原诗有七首，我只读其中的第四首。"

从军行

王昌龄

青海长云暗雪山，
孤城遥望玉门关。
黄沙百战穿金甲，
不破楼兰终不还。

张副秘书长解说诗的大意是：青海湖上的云层密布，连绵雪山一片黯淡，边塞古城，玉门雄关，远隔千里，遥遥相望，守边将士百战沙场，铁甲虽已磨破，壮志不灭，不灭敌人决不回还。

场下聆听无语，张副秘书长又吟诵了一遍。出乎意料的是，当他刚刚读完诗中的前两句“青海长云暗雪山，孤城遥望玉门关”时，台下的科学家和技术人员一同大声背诵——“黄沙百战穿金甲，不破楼兰终不还”！

场下的朗诵声是那么响亮、坚定、整齐、宏伟，由衷地表述了他们自己内心的出征誓言，把动员大会推向高潮，动员大会成了全体科技人员的誓师大会。

张副秘书长最后说：“今天宣布两件事：第一件是两位老帅——陈毅和聂荣臻为了改善你们的生活，以他们个人的名义，向各大军区募捐了一批粮食和副食品，正在运往西北的途中。”

台下掌声雷动！

“第二件事是中央决定派我同你们大家一起去西北。我去打前站，会后就走。我向你们表示：我愿当你们的服务员，做好你们的后勤保障工作。其实，李觉所长早已在青海基地等待你们的到来了。”

掌声如潮。

整个动员报告总共讲话才用十分钟，可报告中的数十次掌声的时间竟然也是十多分钟。

掌声中，二机部刘杰部长大声宣布：“从今天起，开始向研制原子弹发起总攻！”

散会后，在铁道部干部学校到花园路 3 号的路上，人们还在兴奋之中。

走在前边的几个年轻人高声说：“真是太精彩了！没有什么大道理，没有训人的话，只讲些让人心服的实情，我们好像已经被动员了，心情真的好激动！”

走在后边的几位副所长小声地感叹说：“好，动员大会那么简短，却又十分鼓舞人心。”瘦瘦的郭永怀副所长说：“张副秘书长讲得太出彩、太有感召力了，入情入理、细微真诚！”年纪最长的王淦昌副所长说：“你们看，他还是通古达今的很有文采的一位上将。我早就‘以身许国’了，到大西北去！”

在南红楼的单身宿舍里，三楼的一群大学生们今天没有去十七号工地打炮，全都参加了动员大会，回到宿舍还在激动地回想着张副秘书长的讲话、会场上的掌声、笑声和年轻人的心跳声……好激动呀。毕业于天津大学的栗炳生已经在悄悄地整理自己的书籍和衣物，好像随时都准备好了，听令就到“前方”去打炮（学生们私下里把青海基地称作“前方”）；东北工学院毕业的叶俊山，去年才把爱人和孩子从陕西老家接到北京来，晚上回到塔院的平房里，待几个孩子睡着后，小声但又认真地对爱人说：“我可能要去很远的地方出差了，时间可能很长，这个家就交给你了。”今夜无眠，还有很多话要说……

住在友谊宾馆（原专家住的招待所、原北京工业学院对面）的几十个去年刚毕业的大学生，半年来一直都在学习有关核专业的新知识，听学术报告、听专题讲座是常事，还在当学生。上月刚听郭副所长讲流体力学、固体力学、高温物理和空气动力学；听彭副所长讲核物理、爆炸方程……给大家印象最深刻的是郭副所长讲怎么对待专业不对口的问题，他说：“最关键的一点，就是我们现在从事的核武器事业，谁也没学过这个专业，谁也没干过这个专业，原来就没有这个专业！这是我国开天辟地的事，你们必须边干边学习，要适应这个新课题、新环境，这就是国家的需要、专业的需要。到国家最需要的地方去，干国家急需的事，这就是大道理。”说实话，郭副院长的这个讲话受益一辈子，做一个技术干部，边干边学、从外行到内行，技术不断进步，学习是一辈子的事，永无止境。听张副秘书长的报告后，回到宾馆里，哈尔滨工业大学毕业的柳道勤（化名）、西北工业大学毕业的邵天酬、北京航空学院（现在是北京航空航天大学）毕业的王祖庥、北京工业学院（现在是北京理工大学）毕业的赵方林四人一直议论到深夜，结论是：准备好！到大西北基地去、到上边去大干一场，做个又红又专的技术干部。服从组织调遣、到祖国最需要的地方去。

在花园路小车间里工作的黄珂琦（化名，后文也称“黄师傅”“大黄”）、王华武、郭学标等几位工人师傅开始议论起来：带哪些工具和模具去青海基地组装更大的试验件，做更大威力的爆轰试验。所有的人都盼着一件大事，那就是：到“上边”去、到“上边”去！参加大会战，点个大炮仗！

2. 西进、西进

搬迁的大幕已经拉开。

其实，大队人马是分三批陆续搬迁的。第一批约三分之一，算作先遣队伍。当人员到达基地后，带队的二室吴永文副主任发现李所长等领导同志已从原来办公和住宿的小红楼里全部搬了出来，李所长动员并带头让所有人都搬回到楼外的十几顶帐篷里去，而让人把技术人员的行李往小红楼里搬。这是怎么回事？问了一圈才知道是领导同志给技术人员让位，他们自己住帐篷，让技术人员住他们的办公楼。吴永文副主任找到李所长说："我们都是年轻人，你们都比我们岁数大，要住帐篷的应该是我们。请领导们搬回去吧！"李所长说："现在是刚建好的楼不够用，要首先满足设计、试验的技术人员用。"吴永文副主任还想说服李所长时，李所长大声说："没门儿！这就是命令，你得执行，而且要带头执行，听清楚了吗？"说起来真的是令人感动。当这件事从青海基地传到北京时，九所的人震动了、激动了，大家感受到了领导们对科研人员和科技工作的重视。这就是无声的命令，确实无法用语言来形容。在你住的楼房前面搭着帐篷，住的是少将和领导们，一住就是一个冬天，在天寒地冻的青海高原，年长的领导们做了好表率。几十年后，当人们说起这个故事时还是十分动情、充满敬佩，榜样的力量是无穷的。

李觉将军和他在 221 基地住过的帐篷

1963 年 4 月底，北京城已是春暖花开，春风荡漾。九所旁塔院大队的门前桃花怒放，一院花香；九所院里的玉兰花已经盛开，白色素雅、紫色芬芳；月牙河岸，一棵棵垂柳列队成行，河水中是戏耍的鸳鸯、觅食的野鸭……在北京的春天里，苏耀光副主任带着第二批搬迁人员从北京出发，又一群年轻人怀着理想和激情、携着和煦的春风向大西北走来。

在北京开往兰州的列车上（当时是隔天运行到兰州，1964 年才开通北京到西宁的快车），列车员看到这车乘客不一般，每个人的行李不多（其实都已经托运了），就是一个旅行袋、一个书包，一上车就整齐地摆放在行李架上；有一位长者联系列车员说车厢的“旅客代表”已经排好，每组两个人，协助列车员完成运行中的安全、卫生、饮水等事情。列车开动后，“旅客代表”送水、拖地……车厢内没有吵闹声，有人在座位上看书，有人在车窗边欣赏风景，有人在小声说着什么。

坐在前边的一位头发几乎全白的人，大家称他叫“老孟”，其实他才 25 岁，天生遗传的花白头发，正在低头读着《唐诗三百首》。这本书是他前两天步行到北京师范大学附近的新华书店买的，中华书局 1959 年 9 月印刷出版的，定价 0.57 元，看得出来他很投入，有时会摇头读出声来，真的是谚云：熟读唐诗三百首，不会作诗也会吟。可能是听了张副秘书长的动员报告后，想在古诗中寻找更多的西北的述说吧。

坐在车厢后排的大李，一米八的身高，人们都叫他大李，以区别一个叫小李的同学。他正在翻着《封神演义》一书，也是上个星期日到小西天附近的新华书店买的，定价 2.60 元。他是先读上册的一百回目录，试图从中找到作者陆西星道士还有那些神奇的想象力，因为作为一个无线电工程系毕业的学生，书中说的千里眼、顺风耳等在电视电话、多路通信等现代生活中已经实现了；他又急着翻到下册第九十九回《姜子牙归国封神》和第一百回《武王封列国诸侯》。啊！真是个急性子，想早点知道封的什么神。

中间座位上的杨技术员，本来就是个西北甘肃人，他正在看着《西游记》，和那二位老兄不一样的是，他刚刚翻开上册，在认真地看着第一回“灵根育孕源流出、心性修持大道生”。至于后来在去西天取经路上的磨难、风险，直到最后“径回东土、五圣成真”还需慢慢读来。

整个车厢里，最热闹的一处就是大家在围观苏副主任和小张下象棋，一红一黑、楚河汉界，有时打炮、有时跳马、有车直行、小兵小卒一往直前冲！苏副主任是象棋高手，在九所可谓是冠亚军人选，脾气又比较怪，别人只许看、不许说，更不能乱指挥。小张初生牛犊，外号“常有理”，他则是从不住嘴，俏皮话不断但是遇到与苏副主任对决，则是没有理，只听苏副主任一个“我吃你一个马！”过一会又说：“将军，你输了！”围观者则是会心一笑：“哈哈哈哈，你又输了。”

坐在车窗旁的小齐指着一片片绿色的田地问：“地里长的是小麦吗？你们家不是河北的吗？”坐在对面的小宋说：“肯定是麦子，你看已经有人在灌水浇地了，麦子长得不错，今年会是个丰收年！”

南下的列车缓缓地驶过黄河大桥，小齐指着又浑又黄的河水感慨地说：“这才真叫‘黄河’呀！”

郑州过后，列车调头西行，车速变得很慢。铁道两旁是白色和红粉色的果树，小宋指着这些树问道：“那是梨花还是桃花？”老家在河南的小齐忙说：“应该是苹果和柿子开花了，再往西，到了陕西后柿子树就更多了。”

在西安站停车的时间很长，这是西行路上的大站，换乘的旅客很多，列车员配合站里的工人在给车厢加水，还说："一定要加满。"我们几个年轻人下车去透透气，远远地还能隐约看到大雁塔、唐城墙等古迹。

西安到宝鸡是夜间运行的，只记得好像穿过很多隧道，蒸汽机车费力地喘着气牵引着列车，除了两个戴红色袖标的"旅客代表"值班外，其他人都进入了梦乡……醒来时，铁路两侧已是黄土高坡，地里没有庄稼，光秃秃的，车站里都见不到几个人影，这就是大家对西部的第一印象，但好在我们已有些思想准备了。

经过近 50 个小时的旅程，终于听到广播里说："旅客们，下一站就是本次列车的终点站——兰州站，请收拾好自己的行李物品，谢谢大家，下次旅行再见……"

221 基地兰州办事处的干部已进站来接人，并安排到兰州西固城的办事处驻地招待所住宿用餐。第一顿饭是兰州拉面，碗好大、牛肉片好多，大李一个人就吃了两大碗，是一路上最好的一顿饭了。

第二天一早，乘兰州到西宁的慢车继续西行，这段铁路刚刚修通，224 千米的路程走走停停用了五个多小时。西宁站很小，只有几间平房，省城只有一路公共汽车，221 基地西宁办事处的人把大家接到胜利路 196 号小楼招待所，吃了一顿传统的北方饭菜，就是没有米饭。睡在招待所的双人铁床上也是很舒服了，年轻人倒下就睡，一觉到天亮。

当乘坐带篷的大卡车到 221 基地的几栋小红楼前时，所领导们已等候多时。那天风很大，算是给新来的人们一个“下马威”吧！李将军戴着墨镜、皮帽跟我们一一握手，许多前期到达的同学、同事已把棉大衣、皮帽、大头鞋和毛毡放在每个人的床上，大家的心一下子暖和了起来。

从北京到金银滩的西进历程已经完成，至 1964 年年初，到 221 基地报到的人已有几千，有些是接到调令来报到的，有些是一毕业就从学校所在地分配来的，分别在设计部、实验部、第一生产部、第二生产部等单位开始了创业，加上早期参加基地建设的工程兵、支边人员还有担负基地警卫和保卫工作的警卫团、高炮师、导弹营、骑兵队等解放军指战员，221 基地已是一个近十万人的立体封闭禁区。

正式参加工作前还要进行一次严肃的保密教育，这是一堂必修课。一天下午，各大单位接到政治部、保卫部的通知：明天上午九时整在基地俱乐部（后来叫电影院）开保密宣誓大会，参加人员是来基地报到的技术人员、大中专毕业生和机关干部，凡是没有经过保密教育宣誓的都要参加。

人员集结

到 221 基地参加草原会战

上午八时半左右，各单位列队来到俱乐部前的广场上，当时的广场混凝土水泥地面还没有铺设，但是场地的基础工程已经完成。人们看到刚刚竣工的俱乐部高大壮观、棱角分明，顺坡而上进入俱乐部内按分配位置顺序落座，坐下后才发现座椅全部是牛皮软包，很宽大，还能嗅到新牛皮的味道。这座俱乐部的设计当时在大西北应是一流，观众席设计有 1 450 多个皮座，上下两层；供演出的舞台有三层幕布，可供近 300 人在后台备演，乐池里可供近 100 人的乐队使用，音响在当时也是一流的，内墙都做了吸音设计。

主席台上方的横幅是“保密教育宣誓大会”，两侧的标语是“保守党的机密，慎之又慎”“必须十分注意保守秘密，九分半不行，九分九也不行，非十分不可”。

现场十分安静。主持人说：“现在请李院长讲话！”这时坐在主席台中间的李院长将麦克风移到自己身前，讲到当前严峻的国际、国内形势，结合基地的任务详尽地论述了保密工作的重要性和必要性，要求参加会议的全体人员要按照毛泽东主席的教导，慎之又慎、十分注意！

保卫部的刁副部长讲解和明确具体的工作要求：“基地的掩护名称是‘国营综合机械厂’，通讯地址是‘青海省矿区×××信箱××分箱’。”又说：“基地的工作性质、地理位置（真实地名和海拔，经度纬度等）、人员构成和规模人数等都不准外泄，必须严格办到。”

宣传部的刘副部长宣读了《保密守则》的内容：

1. 不该说的机密，绝对不说；

2. 不该问的机密，绝对不问；

3. 不该看的机密，绝对不看；

4. 不该记录的机密，绝对不记录；

5. 不在非保密本上记录机密；

6. 不在私人通信中涉及机密；

7. 不在公共场所和家属、子女、亲友面前谈论机密；

8. 不在不利于保密的地方存放机密文件、资料；

9. 不在普通电话、明码电报、普通邮局传达机密事项；

10. 不携带机密材料游览参观、探亲、访友和出入公共场所。

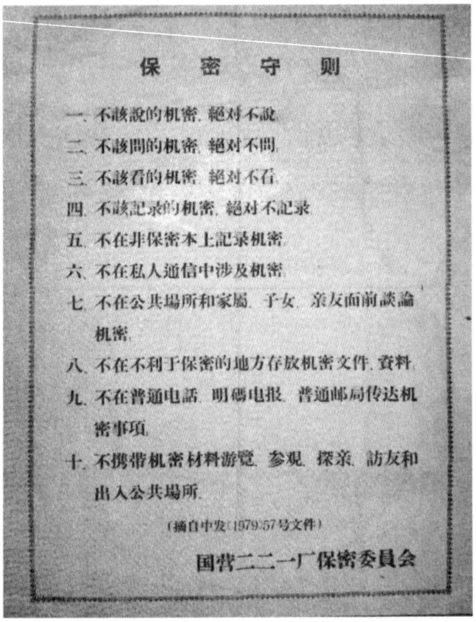

221 保密守则

台上，领誓人举起右手庄严宣誓："宣誓人刘××！"

台下，1 000 多名新人同时举起右手，高声宣誓："宣誓人×××！"严肃的会场气氛、严格的纪律要求、严厉的守则规定，使得每一个到会的宣誓人决心从此时时刻刻都要严守国家的秘密、牢记誓言。

我们这一代人在"造弹"历程中的"西游记"正式开始。

3. 第二生产部的"东西伯利亚人"

坐落在 221 基地北边的第二生产部是个炸药分厂（也称"二厂区"），已经具备了基本的生产条件，厂区设计图中的 201 车间、203 车间、207 车间、209 车间和 218 车间（也称 218 室）等已经建成。整个二厂区的围墙、供电、供水、供暖等生产保障设施已经齐备，正在迎接着从全国各地调集的干部、技术人员和技术工人们。

第二生产部的第一任主任是钱晋，是原北京工业学院的副教授，国内知名的火炸药专家，副主任是蔡抱真、孙维昌、吴永文等人。

201 车间的刘振东是从沈阳 724 厂调来的工程师，已经从北京 17 号工地直奔青海，带领从东北 132 厂炸药车间调来的左汝良、北京工业学院毕业的刘技术员、刚刚从中国科学技术大学毕业的于永宽和大批转业军工们在车间里熔化炸药，当“棒子工”。浇注药桶是个有夹层的铝桶，桶的外层有一个进气口、一个排气口，把二分厂锅炉房送来的蒸汽从进气口引入、从排气口排出，就能把桶内的 TNT 炸药熔化（TNT 炸药的熔点是 80.9 ℃），然后浇注到元件或药球的模具中（模具也是要先预热），这可是个“技术活”，在炸药熔化的过程中必须有人用木棒不停地搅动，否则会出现气泡、裂纹等缺陷，造成产品质量不合格而报废。这个搅动也是有讲究的，向左搅几下、向右搅几下，什么速度最好……都是经验的总结。别人叫他们是“棒子工”，搅炸药不单是工人搅，有时技术人员和刘主任也都要当“棒子工”。

炸药车间最大的危害是对操作人员身体的伤害，车间里到处都是苦杏仁的味道，那是有毒的。加上当时的防护条件极其简陋，工作人员只是穿着棉质工作服（不能有金属纽扣，都是中式服装的盘扣）、戴个普通口罩、一副水晶防护镜。由于通风设备也不好，所以车间内的环境很差，长期在车间工作的人后来都患有职业病，主要是对肝脏的损伤和眼睛的伤害。

207 车间的吴文明，是 1956 年北京工业学院坦克发动机专业毕业分到五机部包头 617 厂的，1960 年调二机部，先在长城脚下的 17 号工地参加小型元件的爆轰试验，1961 年 7 月到 221 基地参与第二生产部的建设。207 车间是总装车间（那时的 215 总装车间还没交工），大会战时负责完成元件、内球到组合件的装配，全力配合实验部的爆轰试验工作。

207 总装车间本是炸药车间，没有能装配含有放射性材料的“内球”的场地，吴副主任找到一个只有 20 多平方米的小屋，叫来工人王华武和郭学标说：“就在这装吧！”王华武是个有故事的老师傅，从东北清源的五机部炸药厂调来时已是六级装配工，干活非常细心，又是个很有“心机”的人。他认为原子弹“内球”的装配工艺精度要求比原厂装炮弹、手榴弹的工艺精度要高很多，是以“丝”和“道”（1 道＝1 丝＝1/100 毫米，南方人习惯用“丝”，北方人习惯用“道”）来要求的，于是用六个月的工资买了一架手风琴，回到家里就全部拆成零部件，又一件件地组装起来，每天是拆了装、装了拆，说是要好好练练手。功夫

半地下的干打垒平房

不负有心人，最终，王师傅实现了装“内球”时能一次成功并全部达到装配精度要求。吴副主任知道后在车间表扬他说：“这才是个合格的装配工，大家要向王师傅学习！但是，别再花这么多的钱啦！想个别的招数练习装配技术！”王师傅小声地嘟囔着：“你快别说了，花了那么多钱，爱人没少埋怨，但能提高手法，想想也值了！”

在第二生产部厂区的东部，有一大片半地下的干打垒平房，住着早期参加筹备二厂区建设的干部和工人，大家都称这里是“东西伯利亚”，自称“东西伯利亚人”。这些半地下的建筑就是先向地下挖约一米深度的沟，再用红砖（早期用土坯）砌成半坡式的山墙，隔成一个个的“单元”，在山墙间摆上几根原木，原木间用施工的废料木板皮或铁皮等物横在中间，最后用油毡纸铺到屋面上。草原上风大，为防止屋顶的油毡纸被风吹跑，还要顺势成行压上几排红砖，每个“单元”又向下铺设了几排台阶，这就是个标准的宿舍了。于技术员说：“那年冬天，院和二生产部领导来这里检查过冬防寒情况，我在半地下间向他们展现了自己砌的土暖墙和土火炉，门前堆放着从二分厂锅炉房用平板车拉来的大块煤。李院长问‘地下室里暖和吗？’我回答‘还挺暖和的，就是要有人随时加煤。’李院长又嘱咐说‘一定要注意防火，更要注意人身安全，常通风，防止一氧化碳中毒。’领导同志们真的好细心，让我的心里暖烘烘的。”

直到后来楼房建起来了，住在“东西伯利亚”的干部和工人们才陆续离开这里，但是那群“东西伯利亚人”的形象和创业精神已经永久地刻在了心中。

205 车间是机修车间，配有车、钳、铣、铇、磨、电、木等设备和技术工人，工房在二生部厂区大门内的第一排平房和一排半地下平房，因为是为生产服务，所以任务很多、很杂。218 车间是个炸药理化分析车间，一是对炸药部件成分、配方和密度做物理化学分析；二是对炸药的敏感度，即安全性能做试验，车间里还装有测量炸药的落锤冲击感度测试仪和摩擦感度测试的检测设备。这里要说的是第二生产部是炸药分厂，从干部、技术人员、工人几乎全部是男性，只有 205 车间和 218 车间能见到几个女人的身影。因此，有人戏说：“221 是个‘男人国’，第二生产部就是‘男人国’里的男人部落啦！”

4. 神秘的“四厂区”

按照中苏《国防新技术协定》中的规定：为培养设计和科学研究方面的干部和生产原子核武器的专家，苏联政府保证供给中国生产原子弹的全部技术资料，带有训练使用和战斗用的成品样品……并帮助中国设计和建设研究原子弹结构的设计院（代号 221）、生产和装配原子弹的工厂（代号 342）。

三机部与苏联设计总局曾签署了《二二一厂工程项目设计任务书》和《二二一工程项目设计工作明细表》，并由部设计院与苏列宁格勒设计院进行了初步设计。经过多年筹建实施，221 基地已经建成 18 个厂区：

一厂区　负责完成金属部件、核材料部件、机械加工研制和科研中心（含 105 大楼）。

二厂区　负责完成炸药部件研制加工、成型工艺和总装任务。

三厂区　炸药库房。

四厂区　负责完成武器级环境试验任务。

五厂区　废品处理场（不含放射性物）。

六厂区　爆轰试验场。

七厂区　负责核物理及放射化学辐射剂量分析试验室。（后期曾完成批生产中的 9#部件装配检查）。

八厂区　交通运输修配厂。

九厂区　油料仓库。

十厂区　锻铸造、机械加工、气体生产。

十一厂区　危险品站台。

十二厂区　普通货物站台。

十三厂区　机械动力处。

十四厂区　热电厂。

十五厂区　水源、水厂（位置在二厂区西边）。

十六厂区　污水处理厂。

十七厂区　粮食、百货仓库。

四厂区围墙和岗楼

十八厂区　办公及福利生活区。后来又分为 18 甲区、18 乙区（在海晏县）、18 丙区（就是西宁杨家庄的家属院）、18 丁区（指在兰州西站附近的 221 物资转运站）。原俄文图纸上还有一个飞机场，位置在图书馆的南边，就是运动场到警卫团的那片地方。其实这十八个厂区及其设计任务对 221 人来说并非十分清楚，特别是四厂区，由于厂区设计防卫警卫规定严密，有警卫团的连部设在门口的三层楼中，四厂区大门入口处有战士值守凭证进入，除有试验任务外，平时工作人员少见，到底是做什么的厂区，还真的很神秘。

四厂区设计占地面积 76 万平方米，地上试验室等建筑面积 6 098.19 平方米。原图纸中四周设计有“护城河”防护，现在看到的是四周的约 2 米高的红砖围墙，围墙上每隔 2 米左右埋设有布设高压电的角铁，每根角铁上都已安装了高压瓷瓶（没有布设高压电线），围墙四个角设计有警卫岗楼，岗楼顶上有探照灯照明，上下有铁制的“楼梯”。厂区内已建有 402、406、407、411、411A、412 等试验室和附属生产生活管理设施。

四厂区是设计部管辖的进行武器环境试验的厂区，分别由设计部十五室、十六室和十七室的技术人员使用。设计部的第一任主任是龙文光，副主任是俞大光、黄国光；设计部的党委书记牛广增，是一位从部队转业的中校。

设计部十六室的李启廉主任是一位参与两航起义的有功人员，曾任中华航空的电气总领班、技术总管，是以周总理为主任的中央专委的一纸调令来到二机部九院报到的。当十六室参加大会战的人员陆续到达集中后，李主任在专题会上说：“十六室是环境试验室。环境试验，国外又叫环境工程，是专门研究并解决环境的起源与量值、模拟试验方法与试验设备、仪器的选择与测量、环境的影响与试验程序、环境的防护与缓和的专门的工程技术。说白了，环境试验就是要把武器或它的部组件放置到（或暴露到）自然界或者人工制造的各种环境中，从而对武器在实际使用、运输和贮存环境条件下会遇到的问题进行全面的考核与评价。”

接着林副主任补充说：“环境具体指的是什么呢？环境可以分为两大类——自然环境和诱发环境。自然环境，有人也称作气候环境，指的是高温、低温、湿热、低气压、太阳辐射、风暴、沙尘、雨淋、水雾、霉菌、昆虫和啮齿类动物等环境；诱发环境，有人也称为动态环境，指的是振动（包括公路、铁路、舰船海上、机载航弹和空中运输、导弹飞行等）、冲击、离心加速度、噪声和电磁脉冲、核辐射、静电和内热源等环境。根据分工合作，各个组的主要工作内容要十分明确。”

根据资料报道，国外在武器的研究设计、生产制造和使用过程中，都是非常看重环境试验工作的，美国的洛斯·阿拉莫斯国家实验室、圣地亚国家实验室和劳伦斯利弗莫尔国家实验室中都有一大批从事核武器环境试验工作的人。

关于环境试验的目的，美国在相关国家实验室的文件中有说明：

1. 在设计过程中，环境试验可以验证或修正设计中的假设是否正确；

2. 在设计研制的最后阶段，可以证实所设计的武器系统在原预期的环境下能否正常工作；

3. 在生产过程中，为控制和保证武器质量，也要进行环境试验考核。

同时，还要通过环境试验来摸清：

1. 环境对武器性能的影响和损伤（也叫环境效应），在试验全过程中发现和探索气候环境和动态力学环境下对武器中的原材料、零部件、组件和整弹性能的影响；

2. 选取或制定试验方法和程序；

3. 研制相应的试验设备和测试测量仪器；

4. 根据试验中发现的问题，提出防护与减缓环境影响的建议等。

环境试验是一个多学科的课题，环境试验人应该是一群熟悉相关学科专业知识和试验技术的人、一群一专多能的人。

遵照周恩来总理和中央专委的指示，为了使武器适应环境条件、安全可靠和使用要求，在四厂区开展了一系列环境试验的准备工作。

402 工号

402 工号是气候试验室，也是最不具备试验条件的试验室——土建部分刚刚完成，36 立方米和 160 立方米试验室还都只是一片室内预留地。十六室二组任行祥本是西安交通大学热工系的一名讲师，中央专委的一纸调令来到九院 221 基地。他一边与建筑设计分院的设计人员商讨 36 立方米高低温试验室的基建和设备选型工作，一边又带领着 16 名大学毕业生做着仪器测试的准备工作。

406 工号是冲击、离心试验室，从海军部队调来的黄祖荫和兰州大学、天津大学等院校毕业的 6 名大学生调试着跌落式冲击机和旋转式离心机。

407 工号是静力试验室，由设计部十七室管理。一台 5 吨/15 吨的防爆桥式双梁吊车已安装调试完成，静力试验加载用的作动筒正在试运行，试验用的测量用应力片和测试仪器已配备齐全。

411 和 411A 工号是振动试验室。411 试验室里，孙耀华带领 4 个大学生安装调试 V-1007 电磁振动台；在 404 地下室，郝技术员带领 4 个大学生布置频谱分析仪等测试仪器和远程测试导线及控制线；而在 411A 工号，一台机械式的 500 千克的振动台已经安装、调试完成，可以随时安排低频振动试验任务。

412 工号试验室是用来做天线方向性测量，由设计部十五室管理。当时，围绕试验室一周的环形公路早已完工。

好啦，四厂区的基本构成和相关试验室的功能就算是说清楚了。它必将在草原大会战中顺利完成各项相关的环境试验任务。

5. 六厂区“炮司令”的传说

六厂区是由实验部管辖的进行爆轰试验的场地，是全厂海拔最高厂区，最高点610工号为3 690米。六厂区建有608、610、614、636、651和656共6个工号，由于爆轰试验安全的特殊性，各个工号间分散布局，驻有一个警卫排，警卫根据试验需要临时布岗。

实验部的第一任主任是陈能宽，方正知、苏耀光、姜靖等是副主任，党委书记吴益三。

实验部的主要任务是通过实验来验证理论计算的准确性和结构设计的合理性。刚刚组建的实验部下设几个研究室，分别由原北京九所几个组的老同志加上新报到的大学毕业生组成，分别完成爆轰试验、电子学测试、光学测试、X光测试和脉冲中子测试任务。

爆轰试验室的陈常宜主任给新同志进行业务培训时说：“你们都是理工科的学生，在大学一年级的普通高等物理课中学过核物理的基本知识，知道核材料‘超临界’的性质。武器设计有两种引爆方法，一个是压缩型（俗称‘枪式’），例如美国人在日本当地时间1945年8月6日8时15分用B-29型轰炸机在广岛投下的那颗原子弹就是这种结构，人们也称它是‘小男孩’；另一种是内爆压缩型（简称‘内爆法’），日本当地时间1945年8月9日11时02分，美国人在长崎投下的第二颗原子弹（外号‘胖子’）就属于内爆型。我们采用的是内爆型设计，因为它对核材料的利用率要大大高于枪法，但是内爆型的理论模型和结构设计要复杂得多。就是说内爆压缩型的要在外球面上产生一个完整地球面向内聚心的爆轰波，而普通炸药爆炸的都是向外的爆轰波。现在理论设计计算和结构设计已经完成，我们的任务就是完成爆轰试验，用电学、光学（含高速转镜）、X射线等方法实测到各种爆轰参数。当然，实现核爆还需测到单次脉冲中子有足够的点火中子数。就是说在炸药球内爆压缩核材料到达超临界状态时，加上足够的点火中子，才能完成链式裂变反应实现核爆……今天，要求所有的新同志认真虚心地向老同志们学习，他们在北京十七号工地已经积累了丰富的经验；同时要多读书学习，学习新的专业知识，相信你们都会在自己的岗位上成为爆轰试验的行家。”

晚上在办公室里，年轻人都在加班学习，曾在哈工大学光学仪器专业的乔技术员、许技术员正在读《核物理电子仪器》（上、下册）；在“北航”学航空发动机专业的韩技术员看的是《炸药与火药》；实习生大张正在认真地阅读着 OK-19 型脉冲示波器的说明书……办公室里鸦雀无声、灯火通明，有时候党支部书记要多次劝大家回宿舍休息。

610 工号已经竣工交付，人们在现场忙碌着。碉堡内，有人将起爆控制台安装就位、有人将 OK-19 型脉冲示波器布放在工作台上……光学测试室的吴世法正在带领五六个人把两台刚从北京运来的高速转镜相机安装调试。要知道当时国内就只有这两台相机，一台是从白城子靶场调来的苏制 CΦP 型高速转镜相机，是狭缝扫描的相机；另一台是通过总参从武汉炮兵学院（现火箭军指挥学院）调来的，也是苏联制造的 CΦR 型的高速相机，是分幅式相机，最高的分幅频率为 250 万幅/秒，当时学院刚刚成立了一个高速摄影实验室，人员刚刚熟悉相机的功能和操作，还没有正式开展教学和科研任务。院长看到总参军械部的调令时只说了一句“服从命令是军人的天职！”这种服从大局、服从命令精神，把自己到手不到一年的宝贝相机调给我们，让我们感动，这也是“大力协同，做好这件工作”的具体体现。这两台相机在北京十七号工地已经立过大功。后来陆续收到在西安 248 厂生产的几台仿苏的 GSJ 型国产相机，这样一来，六厂区实验部的每个工号都有了高速摄影的手段。

碉堡外的场坪上有人在指挥把从青海湖运来的沙子铺到坪地上，有人在布设引爆控制电缆、测试电缆等线缆；负责中子测试的唐孝威正在场坪周边与负责非标件设计的人讨论中子探头支架的设计方案……人们都在认真有序地忙碌着，准备着一次综合的爆轰试验考核。

在实验部六厂区，常常会听到“陈司令”“李司令”“董司令”等的称呼，怎么会有这么多的“司令”呢？原来这是在爆轰试验中早已形成的习惯。每一次爆轰试验，小到雷管组合件的试验、爆轰元件试验，大到全尺寸的爆轰试验，现场都会有一位戴着红袖标的现场指挥员，全面负责爆轰试验现场的指挥和调度协调以确保试验的安全和成功，通常大家称这个人就是今天这次试验的“司令”了。所以，在实验部有许多人都当过“司令”，谁是下一个“司令”呢？

1963 年 11 月下旬，在第二生产部 207 车间，一发用于实验的 1∶2 缩比尺寸的整体模拟中子试验件正在装配中，在吴副主任的指挥下，总装组的曾长春组长带领黄珂琦、张克林等几位师傅严格有序地按总装工艺规程的要求一件件、一层层地进行装配，实测装配尺寸精度符合设计图纸要求。院和第二生产部的各级领导们都十分重视这次总装过程，但现场技术安全员严格按照规定来限制每次到装配现场的领导同志人数，唯一例外的是第二生产部的蔡副主任和 207 车间的李必英两个人坐在木椅上从头到尾一直在现场。领导们都很自觉，只看不说不问。但从他们的眼神中还是能感到肯定、认可、赞许的真情。

总装组组长曾长春（化名）是个有故事的人。在正式试验的前一天晚上，他怕中心小球部件出差错，居然自作主张把它带回宿舍，有人向领导报告后，实验部的陈主任追到宿舍，命令他马上把小球送回车间，严肃地批评他：“那个小球是有放射性的部件，会有辐射安全问题。”并派小车运回，车间加派值班人员值守。1963 年 11 月 20 日上午，一个车队从二厂区开往六厂区，其中一辆开道的小车上坐着实验部的苏副主任，他一再告诉司机同志“慢些、再慢点！”这条道路他已经亲自跑过几次了，熟知坡道、弯道的位置。曾长春坐在产品车上，令人不可思议的是，他怀里抱着“半球”试件，说是怕震动颠簸损伤了产品，影响了装配尺寸，索性就把它抱在了怀里。啊！一个不怕死的人、一个“以身许弹”的人，有人说他真的是太虎了，给他起了个外号叫“曾二虎”！

在 614 工号，今天的现场“炮司令”是爆轰室的陈主任。碉堡内，起爆控制系统、电测系统、中子测量系统的仪器设备已调试正常，人员全部就位。碉堡外，中子测量室的唐主任正带领技术人员布设安置不同量级的快中子和慢中子探头；当“炮司令”带着几个插接雷管组合件的人回到地碉堡内，把两把钥匙交到起爆控制人的手中后，几声警报声划过草原上空，一声“起爆”令下，一声巨响……

1∶2 缩小尺寸的整体模拟出中子试验取得成功，综合验证了理论设计预估，又从实验层次认识了引爆控制到出中子的聚合爆轰物理的全过程，标志着整弹研制的又一项新突破。

大会战首战告捷，各部门认真总结经验和不足，详尽整理各种测试数据，按照院领导的要求，迎接更大的试验考核。

6. 放个大炮仗

1964 年 6 月 6 日，是个让草原人难忘的日子。一次全尺寸爆轰“冷试验”是检验草原大会战成果的时候。所谓的“冷试验”用以区别“热试验”，热试验是指正式的核爆炸试验，核爆的过程简洁地说是爆轰—压缩—铀-235 超临界—中子点火—链式反应，最终产生强烈的冲击波、光辐射、核辐射等放射性污染和破坏效应；而“冷试验”是指试验中的核心材料铀-235 用铀-238 材料代替。通常，在正式“热试验”之前都会至少安排一次“冷试验”。

几天前，张副秘书长乘专机来到 221 基地，主要目的是检查并亲自指导这次“冷试验”。站在 610 工号的高坡上，李院长向张副秘书长报告了西北核武器研制基地的环境：基地位于青海省海北藏族自治州海晏县境内的金银滩草原，海拔 3 200 米，年平均气温为 – 0.4 ℃，最低气温是零下三四十摄氏度，沸点是 82 ℃，氧指数为 0.58，长年喝不到开水，高寒缺氧，霜冻期很长，几乎没有夏季，六月飞雪也是常有的事，要忍受头晕、目眩、心悸等高原反应，自然条件非常恶劣。

李院长又指着身边的王副院长说："王院长比我大七岁，是草原上年龄最长的科学家，他也同我们一起生活工作在这个地方，一个馒头、一杯茶水，从不特殊！"

张副秘书长听着、看着，明显觉得身旁的王副院长原来圆圆的脸颊有些消瘦，气色不再红润，眼睛有点浮肿。

张副秘书长急忙握着王副院长的手说："你应该是1907 年生的，比我大三岁，都快花甲之年了。你能带头到大草原来指导试验，值得敬佩，你辛苦了，我代表中央专委和聂帅向你致敬，表示慰问！"

接着，张副秘书长又与身旁的朱光亚、陈能宽副院长握手，说："你们辛苦了！"

三位副院长好像都很动情。

王副院长说："我和陈副院长是冷试验委员会的正、副主任，这是我们分内的工作，我又是这次冷试验的总指挥，责无旁贷，不辛苦！"

听着王副院长的话，张副秘书长深深感受到，这就是一位隐姓埋名、"以身许国"老人的言行，一个爱国、奉献的老科学家的情怀！

在第二生产部的总装车间，试验件的装配工作正在有序地进行。当装到上半药球时发生了"卡脖子"现象，就是药塞子和药球的尺寸差了一点点，怎么装都装不进去。这可急坏了 207 车间的吴副主任，向第二生产部蔡副主任报告后，喊来了201车间的刘主任，他也是第一次遇到这种情况，为了确保明天的冷试验正常进行，他的意见是进行现场手工修复。手工修复炸药部件是项非常危险的操作，又是一项细活。张副秘书长、李院长、朱副院长等领导在现场批准了这个办法，张副参谋长撤离前特别叮嘱："一定要注意安全，人员全部撤离！"

207车间的装配大厅内只留下刘主任指导大黄师傅、张师傅二人进行修补，第二生产部的蔡副主任坐在木椅子上"保驾"。修炸药件就像是象牙雕一样细微，有的地方要一道一道往下减，有的地方要一道一道往上加，用的是铜刮刀、铜丝网等无火花工具。大黄师傅更是第一次修补炸药件，看得出来他很紧张，脸颊上流下微微汗珠，但动作很稳，在刘主任的指导下，经过精雕细琢，到夜深人静时终于成功，解决了"卡脖子"的难题。

试验件的运输减震问题一直没有解决。在冷试验的前一天上午，吴际霖、陈副院长乘车实地勘察了由第二生产部到六厂区614工号的道路情况，发现在614附近的土路还有坑坑洼洼之处，立即组织实验部、设计部的没有直接试验任务的大学生们修路填坑平整。有人路过基地刁筠寿的办公室时，看到了一组沙发，灵机一动想到可以用沙发做减震运输工具，并专门给院领导打了报告，李院长批准了这个报告。当报告送到刁书记手中时书记高兴地说："好哇，让它也为试验出力吧！"于是，那一组老式的花白格子沙发就这样被抬到总装车间去待命了。

一大早，全体参试人员在总厂区集合，由陈主任带队、吴书记作简短的动员后，大篷车车队正式向六厂区始发。

在第二生产部207车间门前，干部工人们把“产品”固定在两个沙发上，又派四个人扶着它，前呼后拥地等待出发的命令。

出发！

李院长和吴际霖坐在吉普车上开道；陈副院长和苏副主任坐在另一辆小车里，小心地护送用毯子包着的核心部件，运输整体部件的车跟在其后，那两个布沙发可是立了大功！保卫部和安全处的人随行断后。

运送试验件到达614工号后，起重吊车将试验件吊装到临时搭建的保温小屋内，陈主任带队固定好产品，待命插接雷管作业。碉堡内，全体参试人员都在检查自己负责的设备和仪器，连接系统电缆束，按流程做好了准备工作，待命起爆。

上午，中央各部委办和青海省委领导、二机部刘振东率领的部有关总工程师们到现场视察，领导们都很自觉地只看不问，并退到安全区观看爆轰瞬间的烟云。

唐主任带着中子测试组布设安装完中子探头；爆轰室的陈主任带着两把钥匙和叶俊山（化名）、张寿齐、粟炳生技术员四人一起插接雷管……全体场外操作员撤进碉堡内。

院、部领导在碉堡内听完三位小组负责人的汇报后，陈副院长表示可以起爆，李院长下令准备起爆，场区警报拉响，今天的“炮司令”陈主任把两把钥匙交给起爆按钮操作员，起爆令下，手指按下，草原上一声巨响，蘑菇状烟云腾空而起。

有人从下午一时开始一直在安全区等待这一声响，看看手表已是下午五时。

爆炸一结束，各室整理测试数据，冲洗胶片。人们都在等待着中子测量的结果，唐主任要把示波器的底片送回总厂的暗室冲洗。当从暗室里冲出底片后，唐主任看到的是用不同的中子探测器记录的示波器底片都清晰地显示出脉冲波形，欣喜之后马上向旁边的同事说：“我们成功了，脉冲波形正常！”

然后，唐主任又快步来到会议室。会议室里一片寂静，在座的全体领导都是一声不吭，几十双眼睛都盯着一个人，当听到“测到信号，试验成功了”时，会议室里响起热烈的掌声，经久不息……

第二天，参试人员带着成功的喜悦来到610工号进行现场清理、数据整理、恢复仪器原位，写出完整的试验技术总结报告。

冷试验的结果与理论计算相符，也验证了结构设计的合理性。试验的成功是“草原大会战”的硕果，也为中国第一颗原子弹的东方巨响奠定了坚实基础。

中央专门委员会来电祝贺，张副秘书长诗兴大发，赋诗一首：

贺第一颗原子弹冷试验成功

——赠朱光亚及九所全体同志

祁连雪峰耸入云，
草原儿女多奇能。
炼丹修道沥肝胆，
应时而出惊世闻。

公路上，有四辆解放牌大篷车从六厂区返回总厂，其中一辆车上的人突然唱起了“西部歌王”王洛宾先生在金银滩大草原上创作的歌曲《在那遥远的地方》：

在那遥远的地方，
有位好姑娘，
人们走过了她的帐房，
都要回头留恋地张望。
她那粉红的笑脸，
好像红太阳，
她那美丽动人的眼睛，
好像晚上明媚的月亮。
我愿抛弃了财产，
跟她去放羊，
每天看着她动人的眼睛和那美丽金边的衣裳。
我愿做一只小羊，

坐在她身旁，
我愿她拿起细细的皮鞭，
不断轻轻打在我身上。

一路上，前车唱过后车唱，两辆车同唱直到大合唱，一群参加草原大会战的人们在金银滩草原上放声高唱。

“冷试验”的炮仗已经引爆，“热试验”的大炮将要点响。

六厂区的爆轰试验场及烟云

金银滩草原

第二章　为了和平　起爆原子弹

1964 年 2 月 25 日，二机部党组决定撤销二机部九局、核武器研究所机构，与国营综合机械厂合并成立核武器研究院和二二一厂，即九院和院属二二一厂。李将军仍是研究院院长，九院院部设在 221 基地，大部分人员已在金银滩草原集中。

在草原大会战，完成“冷试验”的同时，九院已经先后完成了两发“热试验”装置和一发训练用装置，为了区别，以下依次简称为 596-1、596-2 和 596-0 产品。

同时，根据热试验工作需要，秘密选定了 222 个人的试验队陆续奔赴新疆罗布泊核试验靶场。于是，在孔雀河畔出现了一群穿着灰色工作服的人，与在靶场穿着绿色军装的解放军指战员形成了鲜明的对比。这支队伍对外称“第九作业队”，李院长任队长。怎么是 222 个人？有人调侃说是一位李将军带领 221 基地的 221 个兵，也有人戏说是221基地的221个男人和1个女人（试验队中有一个叫余松玉的女同志）……反正都和数字“221+1”有关，是有意地策划还是纯属巧合，已无法考证。

1964年秋，起爆中国第一颗原子弹的战斗拉开序幕，人们等待着东方巨响的瞬间！

1. 在地下工号总装原子弹

最早交到总装车间的是一套训练装置，为了熟练掌握总装配的各项操作技能，207车间的李主任和吴副主任带领技术人员、工人们每天都在练习，黄珂琦和曹庆祥、朱正奎、王华武等师傅们一遍一遍地重复操作着，总装合格后再拆成零部件状态，再从零部件状态开始总装……直到多数工序能一次装配完成才算合格。

总装配工作的总指挥是第二生产部的蔡副主任。让大黄师傅想不通的是为什么在车间的大厅里总装后，还要安排在207车间对面的（隔条水泥路）地下工号里总装呢？这个地下工号很小，面积也就三四十平方米。但按照规定大家不该问的绝对不问，不该知道的绝不能知道。

待到了新疆国家核试验靶场后，大黄才知道，这里的702总装工号与207车间对面的地下工号是完全一样的，是一张设计图纸建成的，可见首次核试验的组织领导们的用心良苦、早有安排，以便让总装的环境气氛更自然，仿佛还在 221 基地的大草原上。当 596-1 正品和 596-2 备品运到总装车间后，正式弹的总装配工作有序展开。

1964 年 8 月初的一天，张副秘书长在二机部刘副部长的陪同下来到金银滩视察首颗原子弹的各项准备工作进度。此时中央已任命张副秘书长是我国第一颗原子弹国家试验的总指挥，张副秘书长最关心的还是第一颗原子弹的总装工作。

早上，晴空万里，草地上的小花争相怒放，红色的、紫色的、黄色的铺在草地上，这是金银滩一年中最美的景象。

身穿白大褂、头戴白色工作帽、脚穿胶鞋的大黄师傅正在车间门前的黑板报宣传栏下写字。他是草原工人报的通讯员，是工人中有点墨水的人，工作之余经常给报刊杂志投稿，他还是车间工会的宣传员。

在车间门前，李、吴主任带领着大黄等车间总装师傅们迎接张副秘书长的到来。黑板上写着欢迎词：欣闻首长来车间，群情振奋喜开颜。张副秘书长在一片掌声中，走到车间门前的黑板报宣传栏前站住了，他看了一眼黑板上的欢迎词，握着李主任的手说："蛮有意思！"又回头笑着对刘副部长说："咱俩一人再加一句不就是一首诗了嘛！"刘副部长略加思索后说："一丝不苟加油干。""好！"张副秘书长的下联随口吟出："一声春雷震宇寰！"

于是在草原上流传下来一首诗：

欣闻首长来车间，
群情振奋喜开颜。
一丝不苟加油干，
一声春雷震宇寰。

这一声春雷，是全国人民的期望，是张副秘书长的嘱托，也是草原人为之奋战的目标。

2. 特级保卫、特级运输的“首长”专列

设计部在郭副院长和龙主任的指导下，根据理论设计和爆轰试验的结果，全面开展了总体结构设计的力学和气候环境试验条件下的试验工作，从结构部组件的静力试验、内球组合件的低频振动试验，到炸药部件的温度适应性试验（温度变化对炸药部件的裂纹、裂缝和粘接强度的影响）等，以确保第一个核试验件从青海金银滩到新疆罗布泊的公路、铁路、空运的安全可靠。

说起来容易，做起来并不简单。因为四厂区的试验设备和技术参数的测试设备还不完全具备。那么，就用土办法解决吧！例如，试验件的公路运输试验，就是把那个模拟试验件（包装箱状态）放在卡车上固定好，在四厂区到六厂区或二厂区的公路上按规定的速度到处跑，有时专门在不平的土路上跑，这就是公路运输考核试验了。为了解决设计的药球箱夹层保温填充物材料，曾先后采用了羊

毛、石棉玻璃丝、棉花等材料，任组长和带领的几位组员都曾被石棉丝扎过手，那个丝很讨厌，扎到手上很痛很刺痒，洗又洗不掉，红肿难受好几天；解决箱内防潮就用几袋干燥剂（二氧化硅），当干燥剂由无色的透明状变成粉红色时就要再更换几袋干燥剂了……没有经验，就用土办法解决吧！

8 月初，三个能够确保安全、可靠、能打响的试验产品在联试联调总装合格后，又分别拆装到各自的专用包装箱中。编号分别是 596-0、596-1、596-2 的三套试件由保卫部签封后，已在第二生产部待运。

8 月 15 日，第一次专列押运是从第二生产部专用站台启动的。专列上是 596-0 训练用产品和部分参试人员。这辆专列是由铁道部调来的从德国进口的保温专列。这次专列押运实质上是一次预演，其装载产品的装车计划、固定方式、沿途的保卫警卫、停靠车站等程序都将与第二次的专列押运一样。

9 月 28 日，第二次专列押运是从编组站编组出发的。专列上装载的是 596-1 和 596-2 两个核试验件（正品和备品），也是由铁道部调来的进口列车，但是其保温车厢的控制温度精度可达±1 ℃，完全能保证符合核装置的温度控制精度要求。与第一次专列的另一个变化是它又加挂了一节软卧车、一节餐车。

在第二生产部附近的十一厂区装卸站台上（上星站），

按照装车计划将火工品、核材料部件、控制系统组件等分别装在不同的车厢里。

在铁路编组站，按照安全运输要求，将全列编组，在不同类型的车厢间加挂隔离、缓冲用车厢，以确保安全。

基地保卫部警卫科的陈英带着保卫干警登上产品车厢警卫，保卫科的马力带领警卫团的战士负责全列外围的警卫，整列车被围的是“针扎不进、水泼不入”。

全体乘员每人发一个特制的徽章佩戴在左胸前，这就是一个乘车证件。他们中的多数人并不知道什么时候发车？终点站是哪里？

肖技术员和柳技术员的岗位在火工产品车厢上，任务是定时监测产品车厢内的温度、相对湿度和炸药部件箱外的温度，并做好详尽记录，还有一个任务就是到站停车时检查各箱体的固定是否牢靠。

这是一次特别的专列，从军运车次编号上来讲采用的是中央首长专用的车次号，从保卫安全措施上来讲又更加严密。在严格的警卫中专列待命！人员定岗定位！

在软卧车厢里，随车押运的还有总参军交部的王副部长、铁道部的李副部长、青海省杨副书记和青海省公安厅厅长、西宁铁路局局长、西宁铁路公安处处长们等待着发车的指令，这个指令要总参谋部授权下达，总参谋部在向中央汇报后，等待着周恩来总理的命令。

“可以发车！”

上星站（十一厂区）

第一颗原子弹正式试验装置及一级军列

在宁静的深夜里，李师傅驾驶着蒸汽机车缓慢地启动了专列，人们似乎没有感觉到任何动静，只见车头的一束灯光划破金银滩的夜空，指向远方。但李师傅还是一身的汗水，这阵势、这种专列他是有生第一次牵引，还是有些紧张，尽管在这条厂内铁路上他已往返千百次！

厂区内的 38.9 公里铁道线上已经做过详尽的安全排查，每一个道口、涵洞、道岔处都已安排专人值守，一名解放军战士、一名民兵双岗双人 24 小时待命。又在铁道线两旁每 100 米左右安排哨位，专列安全通过后派卡车从远处开始收哨撤岗。

海晏火车站到达，换上铁路局的机车，专列开始了全部行程。

各路局机务段派出的司机都是经过严格政治审查的，都是共产党员、技术过硬的人。

蒸汽机车上的燃煤是经过人工筛选过的精煤块，特别是筛出采煤过程中残留的雷管、药柱残渣等危险品，以确保专列安全；列车检车员的检车锤全部换成铜制的（原来是铁制的），以防检车时出现火花，提前通知专列通过时关停横跨铁路上的高压线，以防意外……

一路西行，车过玉门市时，柳技术员很想看看玉门的夜景，因为张副秘书长在动员大会上的那句“春风已度玉门关”留给他的印象实在是太深刻了。很遗憾，专列通过玉门的时候，眼前一片漆黑，列车长说这就是玉门市了，原来为了确保专列运行安全，玉门市提前半小时全市停电，所有的机车全部停用，只允许专列直行通过，这大概就是专列通过一个车站时的缩影吧！

按照公安部原子能保卫局和总政治部、保卫部、总参军交部制定的《596 运输安全保卫工作方案》中“谁管辖区段谁负责”的规定，一路上，各路段都是公安厅厅长亲自带队上车押运，而部保卫局的局长和李副厂长则从 221 基地出发亲自押运到乌鲁木齐军调站，谁管辖的路段谁负全责，这是一个庞大的系统工作。

10 月 3 日，“596”专列安全到达终点站乌鲁木齐军调站台后，立即向中央专委报告，以免总理的牵挂。

596-1、596-2 运达乌鲁木齐后，596-1 的一部分重要部件和精密仪器由飞机运到马兰，596-2 随专车转移到一个附近的车站备用。

试验用的设备、仪器和其他产品部组件由汽车运输，参试人员在大河沿车站（吐鲁番附近的转运站）坐上卡车翻越天山北南、行在搓板路上，曾长春和柳道勤两人一身沙土、一脸泥，但是心中怀着革命的理想，要去干大事了。

3. 铁塔风云

当九院的参试人员坐着卡车进入靶场时，一座威武雄壮的铁塔映入眼帘，这就是为安放第一颗原子弹的核装置而专门建造的，也是九院人实现起爆原子弹的主战场地。

遥望，铁塔像一座云梯直入云端，雄伟而钢强；近观，铁塔又像是一把武士的长剑插在大地上，守卫着国家的安全。

铁塔由工程兵技术总院设计和安装，由北京金属结构厂加工生产各零部件，工程代号是 701。

整座铁塔由无缝钢管建成，顶部和周边设计安装有避雷针，高 102.43 米，重约 80 吨，由十四层（段）钢架、衍架结构、螺钉连接，总共有 8 467 个结构件。铁塔最上层是第 14 层，高 100 米整，面积 4 米×4 米，第一颗原子弹就在这里安放起爆，人们称它为“爆室”。

第一次核试验的铁塔

第 13 层是空调机室，原装有两台制冷压缩机组，它能保证爆室的温度控制在（20±5）℃左右。在正式起爆前，罗布泊戈壁的温度急剧下降，原先的制冷压缩机改装成了电加热器，以满足爆室温度（20±2）℃的环境要求。

铁塔的底层为 12 米×12 米的正方形，牢固地竖立在水泥地基之上。铁塔还配有柴油发电机组供电，配有专用的起吊设备和吊篮，用于吊装试验人员和试验件。

当年，还有一个技术难点是需要一根近千米长的钢丝绳，技术要求上特别提出这根钢丝是不能插接的，以确保吊装试验装置的绝对安全。而在当年，国内一是从来没有生产过这么长的钢丝绳，二是普通起重设施所用的钢丝绳是允许中间插接的。据说设计者跑遍了北京、上海、天津等工厂，最后还是天津钢丝绳厂的技术人员们群策群力，进行了技术革新和设备的适应性改造，终于制造生产出这一根长近 1 000 米、中间没有钢丝插接的钢丝绳，为核试验的成功立了大功！

铁塔验收是一项非常重要的工作。7 月末，基地领导组织九院先遣队、工程兵技术总队联合进行验收和交接。

用经纬仪检查铁塔的倾斜度，误差仅在 2 厘米之内，这就表示铁塔的安装精度非常高。据说北京金属结构厂制造的零部件质量本身就很精密，但为了百分百确保铁塔每层的准确连接，他们还专门做了检测用的模板，每一层装接后都要放到模板上实测检验，合格后再运到现场拼接安装。而最终的检测结果也表明，铁塔的制造质量一流、安装质量一流，完全符合使用的技术要求。

配重试验要求核试验装置吊装到顶层爆室之后，最少要保证五天内稳妥可靠，这是对铁塔设计结构强度进行的一项考核，主要考核铁塔是否会变形、倾斜，如果遇到八级以上大风是否会前后左右摇摆、晃动，会达到多大范围内的摆动量级。

考虑到试件本身的重量就有 1 吨左右，再加上人员、设备等附属设施，最后决定进行 3 吨承重的配重试验。有人提出用铅砖做配重，但这并不现实，经协商一致后同意现场取沙做配重试验，用吊篮把事先在地上称好的 3 吨沙袋一袋袋地运到爆室码放整齐。试验几天后，结果证实铁塔的设计强度、结构安装质量合格，可以确保正式试验安全可靠进行。

配重试验期间，曾遇到了两次八级以上的大风，塔顶实测最大摆幅在 0.5～1 米之间，在随后几个月的使用过程中还经受住了九次八级以上大风的考验。

晚上，若是晴朗的天气，登上塔顶爆室，感觉离月亮很近很近，群星在身边闪烁，双手就可揽月、单手就能抓星，好美的戈壁夜景啊！

白天，蓝天白云时，站在塔顶又是极目触天，从高处看塔下的人群就像活动的小蚂蚁，铁塔西边是进场的公路，电源、电测的电缆都沿公路埋设，西进 320 千米通达马兰；围绕铁塔的三个方向都摆满了核效应物，东侧是一些空军和海军装备，有轰炸机、运输机、歼击机、快艇、舰船等；西南方向是一些陆军装备，如大炮、坦克、装甲车等；西北方向是一些桥梁、铁路、房屋建筑；一群猴子是模拟人的生物效应物。在铁塔附近还可以清楚地看到九院的一片帐篷和 702 装配工号……试验现场壮观宏大。

盛夏的一天，张副秘书长乘车来到试验场区，他让司机围绕铁塔转了一圈，心情激动、诗兴勃发，不假思索地吟诵了那首“十六字令”：

塔 架

一

塔，
立地顶天披彩霞。
沉戈壁，
从此放光华。

二

塔，
暴雨狂风任凭它。
金钢体，
挺立战黄沙。

三

塔，
百炼千锤聚精华。
冲天塔，
喜报飞天涯。

于是，“十六字令”同时出现在场区的各个建筑物上，工程兵们还在附近的山坡上刻下大字。

人们都在等待着从铁塔上发出的“喜报”什么时候“飞天涯”。

4. 第九作业队

第九作业队于 1964 年 7 月正式成立，第九作业队由七个作业分队组成，分别负责完成核试验产品的运输、总体装配、塔下塔上吊装就位、产品保温、测试、插接雷管、控制起爆等具体任务，换句话来说，第九作业队就是直接和核试验产品打交道，直到核爆炸成功。

第九作业队的驻地距铁塔约 500 米，由 30 顶帐篷形成了一个 U 字形的场地，每个帐篷里最多可住 10 个人，场地中央还平整出一个排球场地，以便调剂生活。

701 作业队队长是实验部二室陈常宜，副队长是叶俊山、潘磬、吴世法，队员主要来自实验部。701 工作队的工作是在 701 铁塔上完成的，主要负责三件工作任务：一是负责试验件从塔下运到塔上，由程本澄负责指挥卷扬机、二位卷扬机手操作；二是负责试验件的保温，保证爆室里的温度在 20±2 ℃，在铁塔的第十三层（爆室下一层）安装有空调机组和电加热装置，由粟炳生和柳道勤负责操作；三是负责插接雷管，插接雷管工作由五个人完成，其中两个人专管雷管组合件的装配检查工作。

702 工作队的队长是第二生产部的蔡副主任，副队长是 207 车间吴副主任、实验部 22 室张寿齐，队员主要由第二生产部人员构成，主要工作任务是在 702 地下工号完成总装工作。其工作全过程是：试验件总体装配工作由702工作队完成后由702工作队将总装后的试件由702工号用铁路平板车推到铁塔下，然后正式办理交接产品手续、签字存档备查。

702工作队有四个小组。一是总装组，组长吕崇修带领三个技术干部和两个装配工人，一个工人是黄珂琦，身高体健，所有的力气活都是他干的，人又机灵好学；二是元件组，由于元件在青海就装配检查合格，所以只安排了两个人；三是内球组，由王华武、郭学标和李师傅组成；四是检验组，组长曾长春是清华大学的老师，调来221基地后一直在总装车间负责技术装配工艺工作，到试验场后任检验组组长。

还有几位队员是要单独说说的。工作队里有两位专门从事吊装工作的师傅，一位是曹庆祥师傅，这个人很厉害，他是苏联帮建的武汉长江大桥的吊车指挥工，平常人们叫他“曹指挥”，年纪大还爱抽烟喝酒，所以经常咳喘得厉害，别人怎么劝都没有用，就是不改这些老毛病。在702工作队，他打着小红旗，嘴里叼着口哨指挥吊车把试验部件吊入工号、把总装后的试验件吊出702地下工号；另一位是开汽车吊车的朱正奎师傅，他负责把元件箱、炸药球箱一个个吊下去和再把空箱子吊上来。把总装完成后的试验件，连同保温桶一块从地下工号的竖井吊到地面，最后放到铁路平板车上，这些都是他的活儿。

9312 工作队队长是实验部九室的林传骝，副主任有实验部三十一室的唐主任等人。工作队的主要任务一是监测雷管的工作是否正常；二是测量总作用时间；三是进行中子点火的测量、核爆动力学的放射线测量。在青海做冷实验的时候，这几项都检测到了可靠的数据，与理论计算的数据基本一致。这次热试验核心材料部件是 5#材料，虽预设不会有大问题，但是为了稳妥可靠，还是安排了这些测试工作，以作分析判定的依据。

中子点火非常重要，如果中子点火过早，这时的核弹不在最佳状态，效率就会很低下；如果晚了，不在最合适的时间点火也不行。最有效的时间点是核弹从临界到超临界状态，加上一定数量的中子点火，那核弹的威力就会很大。如果这个时候没有点火，核弹可能会出现从临界状态变成次临界状态，自己就散开了，核弹变成了化爆弹（臭弹），不会实现核爆炸。所以，中子点火技术是关系到核弹成败的关键技术之一，点火中子的测量工作自然就非常重要了。

9312 工作队的另一项测试工作是在铁塔下面放置对准核弹试验件的另一种测量核射线的探测器，用以测核爆炸的动力学过程，这种测量是在很靠近核弹的地方进行的，通常叫近区物理测量。核试验基地安排的效应试验都是远距离测量的。通过近区测量，测到核弹爆炸时放射出的辐射，了解核弹中链式反应是怎样发生发展的，这是中国第一次获取近区的数据的测试安排。

631 作业队的队长是设计部五室的惠钟锡，副队长是祝国梁。作业队的主要任务有两件，一是在 720 主控站的监测和操作。由惠组长和高深两人监视两块引爆控制（同步装置）的高压表，由韩云梯操作主控台的 K_1、K_2、K_3、K_4 按钮，起爆原子弹。二是另外三个人在祝工程师的带领下在 701 铁塔上工作，负责完成塔上的引爆装置与 701 甲工号的控制电缆连接、完成与基地的控制系统终端的对接，通过电缆束连线到 720 主控站（约 20 千米）的主控台上。这个分队的人全部来自设计部。

第九作业队的人员是陆续到达试验基地的，按照工作需要和进度安排，有乘火车、汽车翻越天山到达的，有乘运输机从乌鲁木齐机场到开屏机场、再转乘直升机进场的。

5.“五定制度”与合练预演

铁塔建在一个小山坡上，702 工号在塔下边约 150 米处，建有一条通往铁塔的铁轨，有个坡度。

蔡副主任正在 702 工号指挥队员们把带来的那个训练用的 596-0 产品吊入工号内。大黄师傅惊奇地发现这个工号与青海 207 工号对面的地下间完全相同，多么熟悉的场地。这是一个半地下室，离地 1 米多的房顶，顺着一个铁制的楼梯下去，面积约 40 平方米，有个铁门，铁门旁边装着一个铜制的静电接地棒，有个明显的标记提醒进入工号的人先做静电消除，队员们尽量把工号内的工作台、支架、吊具等和产品箱的存放同青海一样。工号内有空调设施，工号外靠楼梯搭了一个临时房子做休息间，李院长经常到那里坐着或站着与大家唠嗑、讲故事。

为了更加熟练地掌握装配技术水平，人们在反复地进行装配训练，以确保正式产品装配时的安全可靠。

这天上午，702 工作队刚刚把装好的训练产品推到 701 塔下交接上塔，刘副部长陪同张副秘书长、试验基地的张蕴钰司令员和研究所的程开甲副所长来检查各单位的试验准备工作情况。在塔上爆室里陈副院长汇报说正在进行雷管的插接工作，没有出现问题（训练产品中没有真的火工品）。

张副秘书长还是不太放心。他随手拿起一个雷管学着做“插接”，想亲身体验一下怎样才能把雷管插准、插牢靠。张副秘书长一连插接了三个雷管，问身旁的叶俊山说：“雷管插不准、插不牢是不是会影响核弹爆炸？”叶小声地回答：“最少会影响威力，最坏的情况是化爆、不是核爆炸！”

张副秘书长又拿起一个雷管，对现场插接雷管的四个人说：“我的感觉是，要确保三条：一是对准豁口，二是用力均衡，三是一步转到位，这时会有个‘咔’的声音，你们说我说的对不对呢？”现场一片惊叹，好细心的一位将军，响起一片掌声。

在 720 主控站，张副秘书长对主控台和控制系统进行检查时也是非常认真。控制系统就是专门控制核弹爆炸的系统。控制程序正常，爆炸就会成功，控制系统不正常就失败。所以这个主控台是决定试验成败的关键部位、要害点位，所有技术人员在检查、操作时会更加细致、细心、细腻。

现场检查人员来到主控台的四个开关前。这四个开关的作用是：在正式热试验时，按下第四个开关 K4 后的第九秒，核装置起爆；今天是冷试验的演练，如果依次按下四个开关时，指示器显示正常，就算合格，通过检查了。

张副秘书长等人在旁边看着检验人员操作。

第一个人按下第四个开关后九秒钟，往前走了，没有发现问题。

第二个人按下第四个开关九秒钟后也往前走了，没有回头。

第三个人按下第四个开关九秒钟后又往前走了，谁也没有发现什么。

张副秘书长一脸诧异，说我也检查一次，你们看着。他按了第一次没有走，又按了第二次还是没有走，按第三次时，还把前边的检查员都叫回来。张副秘书长按下第四个开关九秒钟后，问大家：“你们仔细观察，看看有什么异样吗？”一个检查员说：“显示仪表的指针好像在抖动！”

其他人也说：“是指针抖动了！”

张副秘书长又重新操作一遍问：“前三个开关的指针抖动了吗？”

检查员们齐声说：“没有抖动！”

经过一个个元器件、一个个焊点的认真检查，找到了原因——是一个焊点没有焊牢实。

张副秘书长是个摄影爱好者，曾留下许多珍贵的照片。一路上，他对相关工号的照相机特别感兴趣，这些相机是用来拍摄爆炸现场的远方全景，火球的早、中、后期发展，冲击波阵面速度，远方烟云发展，火球温度光谱，地表振动等。在九院近区测量用的脉冲示波器的取样相机前，他指着苏联制造的卓尔基牌相机，语重心长地说：“核爆炸是个转瞬即逝的景象，一定要认真、细致，才能做到万无一失。”

几天后，张副秘书长在会上宣布：“为了保证试验的安全可靠，防止发生事故，我建议各单位立即建立‘五定制度’，就是要定任务、定人员、定位置、定设备、定职责。请你们讨论制定具体的细则。”

从此，“五定制度”成为国防科研系统中的亮点，一直沿用至今。

陈副院长在第九作业队的会议上说：“张副秘书长非常细心、非常细致，我们没有发现、忽略了的问题，他发现了、抓住了。关键是他对国防尖端事业的深刻认知——细节决定命运和成败。”

在试验基地完成全面检查之后，张副秘书长和刘副部长决定从 8 月 25 日至 8 月 30 日组织安排一轮全场合练预演。

合练预演的一切都是按照正式爆炸核弹的要求进行的，除了核弹是仿真的以外，其他的全部都是真实的。

周总理非常重视这个合练预演，并要求在预演前请示报告。

8 月 25 日上午，张向周总理报告：“报告总理，经过二十多天的反复核查，我们认为可以进行合练预演了。”

周总理：“同意你们的意见，按计划开始合练预演！”又说：“一定要严格按照预定程序进行合练预演，为实弹爆炸摸索出一条路子来。”

张副秘书长：“是，照办，请总理放心。”

放下手中的电话，马上和刘副部长召开核试验委员会全体委员会议，要求各参试单位按合练预演程序进行再复查、再论证。并对“五定制度”进一步核查落实。

中午 12 时，指挥部下达了第一道指令：“合练预演开始”！

各参试单位从单项到合练的预演有序地进行着。

702 作业队在 702 工号已将一发仿真训练弹头总装完成、吊装到铁道平板车上、推车到铁塔下向 701 队交接。

李院长一直在工号内的一张木椅上坐着，陪同队员们壮胆助威、生死与共。啊！多么可敬可爱的李院长！

701 作业队顺利地将仿真弹装进吊篮里、吊装爆室就位、插接雷管……

720 主控站遥控起爆后，全场联动——剂量侦察取样、回收测试结果、防务洗消及各项勤务保障等全过程演练。

合练预演共进行了三次，8 月 25 日、8 月 26 日预演都平安无事，一切顺利。

第四天，试验场刮起大风，可谓是飞沙走石、势不可挡。

张副秘书长特别担心铁塔上的技术人员的安全，想着上下塔的吊篮能升降吧？想着仿真弹是在塔下、塔上还是在吊篮里呢？他带人迅速赶到铁塔下，问："现在风力有多大？"一位技术人员回答："风力每秒 15 米，应该是暴风级别！"

铁塔下第九作业队李院长向张副秘书长报告：塔上还有三个人被困，因为风大已停止了吊篮的升降，仿真弹已推回 702 地下工号内。

张副秘书长接过报话机与上边的人通话说："同志们，要沉住气，相信铁塔设计是能扛住这样的风暴的。"仰头望塔上，铁塔在左右摇摆，有时还会发出"咔咔""嘭嘭"的响声。

塔上的人已感到顶部摆动已超过半米，向下看吊篮时大声呼叫起来："不好！塔身摆动太大，吊篮被卡在边栏中间了！"

张副秘书长："不要慌，不要慌，你们一定要保护好自己！"

他立即下令："合练预演暂停。"又把工程兵技术总队的领导叫到身边来商量，最后还是决定派王师傅（那位技术熟练，一直留在701铁塔保驾护航的老师傅）爬上塔顶救援。

想到困在塔顶的人已经被困了十多个小时，塔上没饭吃、没水喝，一定是又饿又渴，就叫人准备了面包、香肠、鸡蛋和几壶水。

又特别嘱咐王师傅："风大，要两手抓牢，两脚踏实，不要着急、慢慢地一步一步爬。要相信你的能力，祝你成功！"

王师傅背着食品和工具袋，向塔上爬。风大他爬得好慢，但身手不凡，是个练家子。想到上边的人和吊篮，他还是越爬越快了。

爬到塔顶，他先把食物交给技术人员，被困的人非常感动，这是救命的人啊！接着他认真观察了被卡的吊篮。

吊篮被卡得很"死"，用手上下拉纹丝不动、左右再拉还是没动。王师傅还是很有经验、有办法的人，只见他找准了铁塔边栏卡住吊篮的部位，两手抓紧铁架，左脚踏实、抬起右脚、猛地一踹，吊篮"咔嚓"一声巨响，蹦出了边栏。

王师傅通过报话机大声报告："报告首长，吊篮被踹出边栏，吊篮被踹出边栏！"

塔下，张副秘书长确认后高兴地喊道："王师傅，你是好样的，试验指挥部要给你记二等功！"

这件事，虽是有惊无险，但还是提醒大家隐患还是存在。张副秘书长下令各单位再进行隐患排查，争取不遗留任何问题进行试验。

合练预演恢复后于 9 月 1 日胜利结束。八一电影制片厂的摄影师们拍下了完整而珍贵的镜头。

6. 为了和平，起爆原子弹

9 月 16 日，周总理主持中央专委会会议，听取张副秘书长和刘副部长关于原子弹爆炸试验的准备情况和正式试验安排的汇报。

周总理说："几天前，美国《商业周刊》发表消息，说某核大国要对中国的核武器研制实施'核绝育手术'，你们要研究相应的措施。"所以，如何选择核爆炸试验的时间点就提上了议事日程。

张副秘书长、刘副部长两人汇报首次核试验的时间，提出了早试与晚试两种方案。早试，拟选择 10 月上旬；晚试，选择在 1965 年早春进行。早试又有两种选择：一是在国庆十五周年前试验，以向国庆十五周年献礼，可以扬国威、振民心、鼓士气；二是在国庆节后试验，就是说，让全国各族人民高高兴兴地过个国庆节，等国庆后，再起爆原子弹，给国人一个“东方巨响”。

周总理向毛主席、刘少奇主席汇报了首次核试验的准备工作情况和中央专委对正式试验的两种方案。毛主席从战略上和国际形势上进行了分析判断，说：“原子弹是吓人的，不一定用。既然是吓人的，那么就早一点响吧！”

9 月 23 日上午，在中央军委办公厅会议室，周总理召开专门会议，参加会议的还有陈毅元帅、贺龙元帅等人。周总理非常兴奋地说：“我已向毛主席和刘少奇主席做了汇报，他们同意你们的早试方案了。毛主席有更大的战略考虑——‘既然是吓人的，就早响’。所以你们的任务不是轻了，而是更重了。”

关于试验的具体时间，周总理说：“已经咨询过中国气象局的几位专家同志了，他们讲 10 月份有 4 次适合试验的好天气，10 月中旬的好天气你们也许能做试验，也许赶不上；10 月下旬还有一次好天气；11 月上旬还能有一次好天气，到 11 月下旬就没有好天气了！你们要随时做好试验准备，不失时机地抓住一次机会。当然，还要把风向选择好，把放射性微尘的扩散距离做个详细计算，搞出资料来。因为原子弹一响，影响就大了。万一不响呢？后果如何？也要找参加核试验的专家们进行专门的研究。”

周总理还做出了几项部署：为防止敌人的破坏，总参和空军要研究，做严密的防空部署，确保首次核试验安全；二机部要负责组织关键的技术资料、仪器设备的安全转移；陈毅元帅组织外交部进行爆炸后的对外宣传工作准备；设立联合办公室，负责北京与试验场的通讯联络，要规定一些联络暗语，以防泄密。

周总理还郑重地叮嘱：“一定要保护好我们自己的核专家，东西要转移保存一部分。不是一锤子买卖，不是破釜沉舟。”

会上，总理还规定了严格的保密纪律，说：“保密问题非常重要，要求你们对家人也不说，这件事，不要一高兴就说出去……从现在起，这件事要搞好保密，什么消息也不能泄露出去。”

“张、刘二人从今天起不要接见外宾了，要在试验场埋头苦干，做无名工作，千万不能松！”

还对到会的陈毅元帅说：“你可不能讲啊！”陈外长操着浓厚的四川口音说：“我不讲哇！”

晚上，指挥部召开了紧急会议，研究落实了周总理的指示，向总理书面报告中附上暗语、明语对照表。

9月27日，张副秘书长和刘副部长乘专机飞往罗布泊核试验基地，进行现场指挥。途中两位正副总指挥把周总理历次指示中的精华部分提炼出来：“严肃认真、周到细致、稳妥可靠、万无一失！”“一定保响、基本保测、确保安全！”“不放过一个问题，不带着一个问题进行试验！”

于是，在核试验场区，各工作队把周总理的十六字方针制作成标语牌，挂在了各个工号的显要位置，每一个建筑物的正立面。并要求每个参试人员从思想上到行动中都要按十六字方针办、一丝不苟地执行。（直到现在，周总理的十六字方针，在核、航天、航空等国防科研领域已成为座右铭，“严肃认真、周到细致、稳妥可靠、万无一失”的标语牌悬挂在重要的科研试验场的墙上。）

这一天早上，一群人围在张副秘书长的帐篷前，看到门上一个大大的行书“响”字，人们惊奇地喊道：“响！响！响！什么时候响啊？”几个爱好书法的科学家说：“这个响字，论书法是气势磅礴、飘逸潇洒、龙飞虎跃、俊秀神功；但又把我们大家的所思所想、所作所为都说出来了，响！响！响！一定要保响！一切为了响！是大家的心愿。”

第二天早上，第九作业队的曾长春技术员从梦中惊醒，他高声喊道：“我知道什么时候响了！我刚刚做了一个梦，梦中有个声音说，核试验响在‘三个十五’的时候！”人们一脸诧异，什么“三个十五”，是个数学题吗？

10 月 4 日，正式试验用的原子弹（596-1），由直升机分两架次运到试验场。

在 702 工号蔡队长和吴副队长带领队员们开始进行拆箱检查，对每一个元件、部件和组件都要一件一件地检查，对照出厂时的质量检查单逐项检查，目的是看看经过公路、铁路、空中运输后有什么变化。结果表明金属部件基本上没有什么变化，但是炸药部件有一点变化，经认真检测找到了变化的部位和数值，就用铜刀和铜丝网一点一点地修，特别是要把炸药部件和铜刀都做好接地，说得简单，但其实修炸药的大黄师傅等几个人还是非常紧张的，可以看到脑门上已有微微的汗珠。同时拆装检查时都做好了装配位置标记。在等待正式装配的日子里，702 工作队每天都进行装配准备和演练，对装配用的工装、设备、吊具等进行反复地检查，特别是对防爆吊车、真空设备和吸具、静电接地等多次实际操作，确保正式装配时的安全、可靠。

10 月 8 日晚，王淦昌、郭永怀、彭恒武三位副院长、邓稼先主任和多位核专家乘专机到达罗布泊，任务是完成正式试验前的把关核查。

10 月 9 日，试验指挥部根据气象资料，拟定于 10 月 15 日至 10 月 20 日间进行正式试验，并派专人乘专机向北京周总理请示报告。

702 工作队接到总装的指令。为了确保安全，工号内最多只安排 5 个人工作，现场十分安静。

王华武和郭学标是正在装内球的人，这两个人干活非常细心，有人开玩笑说他们干活比女人还细心，在青海基地时李院长看着他们装内球时曾说：“你们装配就像绣花那样，真的是一丝不苟、一针一线地精雕细缝！”今天，李院长又在一旁陪着装内球，王师傅抬头看看李院长，眼神中好像在说：“这事决不能马虎大意呀！”真的非常棒，正式装配内球一次成功。中午，参加总装的几个人脱下工作服走出地下工房时，大黄师傅被站在出口处的十几位穿着将军服和中山装的首长和领导们惊住了。吴副院长说："张副秘书长怕打扰你们的总装工作，已经在门口站了快两个小时了！"张副秘书长上前握着大黄师傅的手说："辛苦了，辛苦了。"吴副院长又说："张副秘书长特派直升机从乌鲁木齐运来了冰棍慰问大家！"此时，我们无比感动，在挥汗如雨的时候，能吃到一根冰棍，而且是用直升机运来的，真的是一件特别幸福的事。

工号内的气氛还是很紧张的，紧张又是很正常的，因为今天装的不是训练产品，而是正式试验件，怕影响试验成败成为千古罪人吗！装配进行到最危险的"投篮"工序，操作手是李八级和杨师傅二人，因为两块高浓缩铀部件合拢成整体时，已达到次临界状态，此时，当两个部件逐渐靠近时，核计数器的嗒嗒声就越来越密集，快要合拢时，响声已连成一片，人们的心都抽紧了，气都喘不上来了，次临界状态一旦失控就会发生核反应。此时的李八级和杨师傅二人配合默契，成功合拢。事后，李师傅说，他最紧张的时候是，当他手持铀部件时，脚下曾打滑，衣袖被挂了一下，额头直冒冷汗，手都有些哆嗦了，因为他知道这是棵"独苗"，没有备份。盖上盖子，再把药球的一个塞子装上，灌满胶粘牢，把最后一个元件扣上，总装就完成了，负责总装的是黄珂琦师傅等四人，时间是 10 月 13 日后半夜。李院长、朱副院长、陈副院长等领导一直陪在702工号监装。

10月14日凌晨，702地下工号的竖井盖打开，大黄师傅等四人装好整体吊具，曹师傅举着鲜艳的小红旗、吹着响亮的口哨声，汽车吊着朱师傅把吊钩放到竖井下听哨声指挥，知道整弹已挂好，随着小红旗的摆动和哨声，缓缓地将弹吊起，平稳地放在铁路平板车上的保温桶内……现场十分安静，只能看见指挥用的小红旗在摆动，只能听见指挥的哨声清亮。

蔡队长、大黄师傅、曹庆祥、朱深林四人已在铁道平板车旁就位，蔡队长一声："齐步推！"平板车已缓缓启动，这是一段上坡道，推车还是要用点力气的，那个用力推车的高个子就是大黄师傅，推行150米左右后来到701铁塔下的平地上。

推核试验装置到塔下

李院长等领导已在铁塔下等候，蔡队长：“报告李院长，702 作业队已完成试验产品总装任务，现按规定程序已推到 701 铁塔下交接，请批准。”李院长：“同意交接！”现场庄严认真。702 工作队蔡队长与 701 工作队陈队长分别在交接书上签字。701 工作队的陈队长接过试验产品后请示：“报告李院长，试验产品已正式交接 701 工作队，请批准吊装上塔！”李院长：“同意吊装上塔！”此时，701 工作队的程本雪指挥卷扬机操作手按程序将产品提升上塔，那个 702 作业队的曹师傅还不太放心，一个人坐在保温桶上随吊篮上去，直到产品在爆室就位他才下来。10 月 14 日 9 时 19 分整，试验件在爆室固定就位。

晚上，天气突变，风速 18 米/秒。

10 月 15 日下午，风速小到 6 米/秒后，张副秘书长和刘副部长研究决定：10 月 16 日 15 时为“零时”，并用密语电话报告周总理批准。

现在可以说说响在“三个十五”的梦了。第一个“十五”是说从 1949 年新中国成立到 1964 年国庆是十五周年，“十五”的含义是庆祝新中国成立十五周年，向国庆献礼；第二个“十五”是说要在国庆节后第十五天，即 10 月 16 日爆响第一颗原子弹；第三个“十五”是说“零时”定于当天 15 时，即 1964 年 10 月 16 日 15 时起爆。可以说与那位技术员梦中“预言”完全一致、不差一年、一日、一时。是仙人指引还是外星人托梦，只当作是又一个美好的传说吧！

10 月 16 日，天气很好，凌晨 4 时戈壁滩上宁静无声，天空中几颗神秘的星星闪烁，张副秘书长和刘副部长在神秘的星空下乘坐吉普车来到铁塔下，再次检查试验件的安装调试情况。

李院长和陈副院长等人同第九作业队的技术人员一起对试验件进行安装和测试系统的调试，结果一切正常。

李院长向首次核试验委员会报告——

试验委员会：产品塔上安装和测试系统第三次检查均已完毕，安装质量符合试验技术要求，系统动作正常，插接雷管前的准备工作已经完成，拟于 10 月 16 日 6 时半开始插接雷管，特此报告，请批准。

他将报告庄重地交给张副秘书长。张副秘书长审阅后，回头凝视着李院长，用眼神在问：没有问题吧？眼神互动不用回答，张副秘书长在报告上写下“同意”二字并签上名字，刘副部长也签上自己的名字，在现场的几位首次核试验委员会的成员，依次审阅并签上自己的名字。

随后，李院长与张司令（张蕴钰少将，时任 21 基地司令员，一号首长；当时基地有四个姓张的首长，内部分别称一、二、三、四号首长）陪同张副秘书长等试验委员会成员对各参试单位的自检、互检和领导检查进行核查落实。

张副秘书长命令：八时插接雷管。

在塔上，有七个人分别是 701 工作队陈队长（讲师）、赵维晋工程师（留苏）、张寿齐工程师、叶俊山副队长、贾保仁和潘庆；还有一个人粟炳生在爆室下的第十三层负责空调机组的操作，以确保室内温度符合技术要求。

提升核试验装置上塔

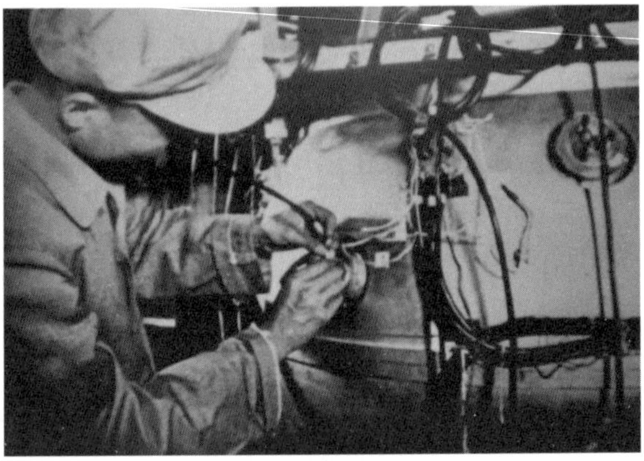

插接雷管

爆室中陪同插接雷管工作的是陈副院长和实验部的方正知。

塔上插雷管是最关键、最危险的操作，为确保安全，塔下断电、上锁、铅封，两把钥匙都在李副院长手中，一把是塔下变电所电源钥匙、一把是起爆电缆闸盒的钥匙，在 221 基地打炮时钥匙都是在炮司令手中的。李院长问炮司令陈队长："钥匙要不要给你呀？"陈队长说："院长拿着钥匙，我们更放心了！"李院长手中还有一把 720 主控台的钥匙。

塔上爆室里插接雷管开始了。室内是那么寂静，仿佛只能听到自己的心跳声，不用讲话，陈队长的一个眼神就是无声命令："开始吧！"

贾技术员从雷管组合件箱中取出一个雷管组合件，做静电接地放电程序，交到陈队长的手中。（事前都是按序编好号的，要对号入座）

陈队长按程序和编号插接第一个雷管组合件，对孔插入——按下旋转到位——听到"咔"的一声响——装上一个玻璃套，完成一次一个雷管的操作程序。说起来简单，操作过程是惊心动魄的，要保证插到位，不能用太大的力，也不能用力不够没插到底、没转到位，更不能因为操作失误而造成影响核爆，所以还要进行一次自检。

此时，叶俊山和张工程师负责监督插接过程，一个人还要用自制的土法测量工具测量尺寸，一个人记录数据，就是说实际上现场是三个人一起完成插雷管的工作的，互相监督完成互检程序。每一个雷管插接完成后，赵工程师负责接导线、进行导通测量，保证与起爆装置的可靠连接。

……

几十个雷管三个人轮番完成。换张工程师插雷管时，陈、叶负责互检、测量辅助工作；当叶是主插手时，陈、张做辅助工作完成互检和监督。谁插得最多呢？是陈队长，谁插得最少呢？是叶俊山。

全部几十个雷管组件插接合格后，贾技术员把随插时填好的对号记录表交给陈队长签字备案，然后除陈队长外，其他人乘吊篮下塔。

插接雷管共用了两个多小时，大概比平时训练时增加了一倍的时间，因为确保安全可靠才是第一位的，插真弹、真雷管时说不紧张也是办不到的，安全、可靠才是硬指标。

在塔下，张副秘书长按照原定试验程序，命令李院长、张司令、王京副院长和陈副院长（已在塔上）——“上塔验收！”

在塔上爆室，四人认真听取了实验部方副主任和 701 工作队陈队长的汇报后，逐项核查验收，现场检查雷管是否插到位、起爆电缆是否连接牢靠……验收后在塔顶签字备档。

李院长在塔顶以极其复杂的心情向四周远望，试验靶场的各种效应物静静地布满地面，此情此景就像大战前夜的战场，心情平静又十分激动。

张司令把墙上的那张操作规程顺手取下，签上日期和自己的名字用以纪念。

李院长走下吊篮后，还特别嘱咐卷扬机操作手："请把毛主席像降下来。"这又是一个永久的历史文物。

实验部的方副主任合上起爆电缆的电闸、合上变电所电源的电闸，上锁、铅封、撤离。

李院长一行人乘吉普车离开铁塔，前往 20 千米外的 720 主控站，此时，铁塔上的核试验装置到 720 主控站的起爆电缆，已经全部接通……其他人乘车前往 60 千米外的白云岗观察所。

张副秘书长乘车离开铁塔 10 多米远时，突然下令停车，司机和后排的李参谋（李旭阁，时任国防科委参谋，后来任第二炮兵司令员）都一脸疑惑，以为首长又有什么新指示。张副秘书长不说话，只是顺手摸了摸挎在身旁的相机，好像说应该给铁塔拍张照片，不然，试验一响，铁塔就会消失了。又一想，在首次试验委员会会议上，自己曾郑重宣布——"为保密起见，任何人都不准在核试验现场前拍照！"而此时自己怎么能带头违反规定呢？想到这些，潜意识地把照相机放到身后，对司机说："走！继续前进吧！"可是几十年后，张副秘书长再谈到此事时，还是为没能给铁塔留下照片而遗憾不已。

其实，李院长也是个摄影爱好者。他在西藏工作多年，用有限的津贴买到一台德国造的 120 相机，还是名牌"蔡司”牌的，拍过很多照片，九局是保密单位，组织上说不许拍照，他带头执行纪律，一次也没有用过，照相机可就是文物了。

离开 701 铁塔前，张副秘书长向北京报告：“报告总理，邱小姐已经在上房梳妆台上梳完辫子，就要出嫁了！”

这一天，周总理在北京一直守候在电话机旁。中午 12 时，周总理给二机部刘部长写了一封信，信中说：“在 12 时后，当张副秘书长、刘副部长回到指挥部时，请你与他们通一次保密电话，告知如无特殊变化，不要再来往请示了，零时后，不论情况如何，请他们立即同我直通一次电话。”刘部长立即将周总理指示传达到核试验指挥部。

720 主控站距铁塔 20 多千米，是个半地下的混凝土浇筑的工号，但是地上暴露的部分很少。主控站有三个工作室——主控室、通讯室和观察室。主控室面积约 20 平方米，在主控室中的第九工作队只有三个人，分别是 631 工作队的惠队长（惠仲锡，时任设计部五室组长）、高工程师（苏联列宁格勒工业大学毕业回国的工程师）和韩技术员（韩云梯，时任设计部五室技术员、哈尔滨军事工程学院毕业）。三个人的分工是：高工程师负责监测引爆控制系统的状态和同步装置输入端的高压表；惠队长负责监测同步装置输出端电压、并标有警戒线的高压表；韩技术员是主控操作手，他的面前主控台上有个盖子，盖子上有锁，把锁打开才能把盖子取下，不开盖就无法操作各种控制按钮，控制台上与“起爆”试验弹有关的按钮有：K_1、K_2是两个钮子开关，用于发出引爆控制系统设置的两道保险信号；K_3和“刹车”是两个按钮开关，用于试验件的“起爆”和中断试验（同步装置电源接通已由系统设计的程序自动发出了）。原设计的这几个开关都是由韩技术员一个人操作的，后来考虑到每个人动作的反应时间不小于 3.3 秒，经首次核试验技术委员会决定，把韩面前的“刹车”开关移装到惠队长的仪表控制柜上，由他操作，以免误动、确保安全可靠。

10 月 16 日中午，李院长、张司令和陈副院长等人陆续到达 720 主控站。李院长将主控制台的钥匙庄重地交到张副秘书长（张震寰少将，时任国防科委副秘书长）手中。

主控室内，各岗位人员已到位值守，领导同志在控制台的后边的一排木桌椅上就座。

14 时 30 分，张副秘书长向韩发出“发 K_1”的口令，韩转动 K_1 开关，口中复述“K_1 发出！”按程序间隔，张副秘书长又发出“发 K_2”口令，韩转动 K_2 开关，口中复述“K_2 发出！”15 时 00 分，当发出“发 K_3”口令时，韩按下 K_3 按钮后，仪器设备进入自动化程序。一片宁静中，主控台前的信号灯顺序闪亮着，报时员发出读秒的洪亮声音在震撼着大家的心——“9、8、7、6、5、4、3、2、1 起爆！”

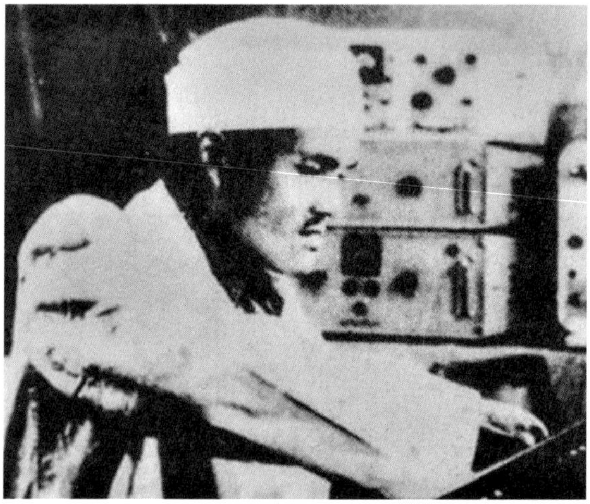

“……5、4、3、2、1”起爆原子弹

瞬时寂静后，突然从铁塔方向迸发出无比强烈而耀眼的闪光穿过戈壁。

升腾跃起了一个巨大的、比一千个太阳还亮的火球。

欢呼雀跃的试验人员

冲击波如同飓风一般席卷大地，随后又传来如雷贯耳、惊天动地的爆炸声。

人们看到，一轮火红的太阳从东方冉冉升起，光照中华、辉耀九天。

渐渐地、渐渐地，火球与地上冲击起的尘土连成一体，几秒钟后便形成了一个极其壮观美丽的蘑菇状烟云……

在白云岗观察点，穿着灰色工作服的第九作业队的人和现场的近千人一起欢呼、跳跃、拥抱、扔衣服、抛帽子，心情激动，有人流下了高兴的泪水，八一电影制片厂的摄影师拍下了人们欢呼跳跃的镜头，看！那个跳得蹦得最高、最欢的人是 702 工作队的吴副队长！

张副秘书长、刘副部长、张司令员、李院长等领导们也都激动不已。在场的专家们根据闪光、火球、爆炸声和蘑菇状的烟云等景象判断是核爆炸！

张副秘书长情不自禁地拿起电话耳机接通北京说："报告周总理，第一颗原子弹爆炸成功了！我们看到了蘑菇云！"

在北京中南海西花厅电话机旁等待了一天的周总理反问："请再重复一遍！确认是不是真的核爆炸？如果外国人怀疑怎么办？怎么证明？"

张副秘书长侧身问几位核专家说："周总理问是不是真的核爆炸？怎么证明是核爆炸？"

王京副院长说："肯定是核爆炸！让新华社发表现场

照片，化学爆炸不会出现这种景象，很简单！就发照片！”

张副秘书长又向总理报告：“报告总理，现场专家们肯定是核爆炸！我们正在等待防化兵部队报来的有线遥测到的地面污染数据，可以从宏观上、科学上进一步确认我国首颗原子弹爆炸成功！”

张爱萍将军向总理报告原子弹爆炸成功

周总理：“很好，我立即向毛泽东主席报告！”

同时，张副秘书长下令全体参试单位：“要尽快取得各项效应试验的数据和结果！”

效应部队出动了，向爆心铁塔处蘑菇云下冲去：爆后一分钟，炮兵部队的一发发取样弹向蘑菇云射去；7 分钟后，辐射侦察第一梯队穿着白色的防护服快速进入爆心；爆后 60 分钟，几架伊尔—12 飞机带着放射性取样器飞入烟云取样；第九作业队派人穿着防护服返回爆心附近，从屏蔽的地下工号里回收示波器记录的底片，以获取点火中子的数据和近区核辐射数据的第一手资料……

现场祝贺原子弹爆炸成功

（右起：张蕴钰、张爱萍、朱光亚、刘西尧、李觉、吴际霖）

根据核效应取样测试初步数据，张、刘当即组织现场的核专家们进行了判读和分析，研究、分析、计算的结果确认这的确是一次核爆炸，爆炸当量威力在 2 万吨 TNT 以上，这与理论计算和设计预估值基本一致。

张副秘书长和刘副部长分别在专家们草拟的详细报告上签字，通过北京“177 办公室”转报总理，时间是 17 时 50 分。

接到证实是核爆炸的信息后，周总理再次向毛主席报告，同时口述要秘书记录祝贺电：“消息传来，甚为兴奋，特向你们并通过你们向全体参加这一试验工作的同志们，致以热烈的祝贺。”

秘书也是太激动了，记录电文后没请总理审阅就立即发出了，电文中竟然没有落款。但是试验指挥部收到电报时，都非常清楚，这是周总理发来的电文。

晚上，张副秘书长又直接向周总理报告了初步试验结果等有关事情。周总理听完报告后说："我也告诉你个好消息，赫鲁晓夫下台了，很有意思嘛！我们的原子弹上天，赫鲁晓夫下台，这也是不可抗拒的规律嘛！"

随后，中共中央和国务院给试验委员会和全体参试人员发来贺电："试验的成功，标志着我国国防现代化进入了一个新阶段。这是全国人民贯彻执行了党的正确路线，发扬了自力更生、奋发图强的革命精神的结果。"

当第九作业队的人员乘车到马兰时，基地组织了夹道欢迎的盛大场面，人们敲锣打鼓、热烈鼓掌、高呼口号……一个少先队员说："看！那些穿灰色衣服的就是制造原子弹的人！"

当晚，张副秘书长在马兰基地招待所举行了"庆功宴"，穿绿衣服的军人不多，都是穿灰色工作服的九院人。宴会上，张副秘书长宣读了中共中央、国务院的贺电和赫鲁晓夫下台的消息，宴会场上沸腾了，702 工作队的几个老师傅抬起张副秘书长，高高地抛向空中……实验部苏耀光喝醉了，701 工作队的陈常宜喝多了，702 工作队的曹师傅更是大醉，有人忘记自己是第几桌的人了（宴会很正规，每个人都发了请帖，左边是"请在第××桌就餐"，右边是就餐座位图。）张副秘书长即兴赋诗一首：

十月十六狂欢节，
核赫两弹齐炸裂。
妄图称霸下黄泉，
为民造福上天阙。

兴奋的人群再掀欢呼的热潮，张端起酒杯，走遍全场向科学家们敬酒，向第九作业队的人连连说："你们辛苦了！你们辛苦了！"大家也纷纷向他敬酒，宴会场上气氛十分热烈！

张副秘书长此时也是激情难耐，当即又吟诵了一首《清平乐》：

清平乐·我国首次原子弹爆炸成功

东风起舞，
壮志千军鼓。
苦战百年今复主，
矢志英雄伏虎。
霞光喷射云空，
腾起万丈长龙。
春雷震惊寰宇，
人间天上欢隆。

庆功宴后，回到招待所，第九作业队的人心情仍然无法平静，想说点什么或是想写点什么。

设计部的柳道勤在日记本上填写了一首《浪淘沙》的

词，以表庆贺。

浪淘沙·贺中国第一颗原子弹爆炸成功

中国原子弹，
历史空前，
五洲人民喜相传。
牛鬼蛇神都胆战，
有怕有欢。
短短十五年，
独立自主，
自力更生绩连篇。
打破美苏核垄断，
伟大贡献。

参加总装原子弹的黄珂琦师傅此时非常自豪地写了一首纪实小诗：

百米铁塔入云天，
手推核弹到塔前。
满怀豪情舒口气，
专心只等神火燃。
春雷一声震寰宇，
戈壁升起蘑菇团。
欢呼跳跃流喜泪，
成功载入青史篇。

周总理再次确认第一颗原子弹爆炸成功后，毛主席、刘主席、周总理等党和国家领导人来到人民大会堂宴会厅，接见大型音乐舞蹈史诗《东方红》的全体演职人员。周总理健步上前庄严宣布："报告大家一个特大的喜讯，今天在我国西部地区爆炸了一颗原子弹，成功地进行了首次核试验！"

周恩来总理在人民大会堂宣布我国第一颗原子弹爆炸成功

此时的宴会厅里，3 000 多名演职人员沸腾了，人们跳跃高呼"毛主席万岁！""中国共产党万岁！""中华人民共和国万岁！"互相拥抱庆贺。周总理也融入了这一欢乐的氛围之中，总理举起双手，做了个向下的手势风趣地说："请大家不要太激动，不要跳了，别把架子跳塌了，你们可以尽情地喊、尽情地唱嘛！"只见总理又一次举起双手示意大家静一静，说："再告诉大家一个好消息，苏修的头头赫鲁晓夫下台了！"大家再次欢呼相拥。

周总理高声说："毛主席早就说过，原子弹并不可怕，原子弹是纸老虎，但我们不能没有它。我们进行核试验，掌握核武器，是为了打破核垄断，防止核战争，消灭核武器，保卫世界和平！"

晚上 10 点钟，中央人民广播电台晚间新闻节目中，播报了中国第一颗原子弹爆炸成功的喜讯。新闻公报中说："中国在本国西部地区爆炸了一颗原子弹，成功地进行了一次核试验。中国核试验的成功是中国人民加强国防保卫祖国的重大成就，也是中国人民对于保卫世界和平事业的重大贡献。"并宣布《中华人民共和国声明》："中国政府在任何时候、任何情况下，都不会首先使用核武器……"

《人民日报》还印发了套红的号外。

神州大地举国欢腾，奔走相告；有人围着电线杆子争抢"号外"，有人列队游行、全家出动高呼口号！

此时的青海 221 基地金银滩上，是一片宁静，没有组织游行、聚会，没有激情热烈的庆祝活动。

221 人不知道为什么这一年来修地下防空洞、挖战壕、多次搞防空警报演习的原因；221 人不知道哪个核大国要对中国的核基地进行"外科手术"式的打击，已经把几十枚导弹瞄准了基地，要把基地消灭在摇篮中；多数 221 人并不知道震惊世界、威力如此巨大的原子弹是由 221 基地研制生产的！

为了对我们献身的崇高事业的价值和意义有个更全

面、更深入的了解，不妨重温一下周恩来总理亲自主持、陈毅元帅参加起草的“政府声明”和“新闻公报”两份文献的全文。

《中华人民共和国政府声明》全文如下：

1964 年 10 月 16 日 15 时，中国爆炸了一颗原子弹，成功地进行了第一次核试验。这是中国人民在加强国防力量、反对美帝国主义核讹诈和核威胁政策的斗争中所取得的重大成就。

保护自己，是任何一个主权国家不可剥夺的权利。保卫世界和平，是一切爱好和平的国家的共同职责。面临着日益增长的美国的核威胁，中国不能坐视不动。中国进行核试验，发展核武器，是被迫而为的。

中国政府一贯主张全面禁止和彻底销毁核武器。如果这个主张能够实现，中国本来用不着发展核武器。但是，我们的这个主张遭到美帝国主义的顽强抵抗。中国政府早已指出：1963 年 7 月美英苏三国在莫斯科签订的部分禁止核试验条约，是一个愚弄世界人民的大骗局；这个条约企图巩固三个核大国的垄断地位，而把一切爱好和平的国家的手脚束缚起来；它不仅没有减少帝国主义对中国人民和全世界人民的核威胁，反而加重了这种威胁。美国政府当时就毫不隐讳地声明，签订这个条约，决不意味着美国不进行地下核试验，不使用、生产、储存、输出和扩散核武器。一年多来的事实，也充分证明了这一点。

一年多来，美国没有停止过在它已经进行的核试验的基础上生产各种核武器。

美国还精益求精，在一年多的时间内，进行了几次地下核试验，使它生产的核武器更趋完备。美国的核潜艇进驻日本，直接威胁着日本人民、中国人民和亚洲各国人民。美国正在通过所谓多边核力量把核武器扩散到西德复仇主义者手中，威胁德意志民主共和国和东欧社会主义国家的安全。美国的潜艇，携带着装有核弹头的北极星导弹，出没在台湾海峡、北部湾、地中海、太平洋、大西洋，到处威胁着爱好和平的国家和一切反抗帝国主义和新老殖民主义的各国人民。在这种情况下，怎么能够由于美国暂时不进行大气层核试验的假象，就认为它对世界人民的核讹诈和核威胁不存在了呢？

大家知道，毛泽东主席有一句名言：原子弹是纸老虎。过去我们这样看，现在我们仍然这样看。中国发展核武器，不是由于中国相信核武器的万能，要使用核武器。恰恰相反，中国发展核武器，正是为了打破核大国的核垄断，要消灭核武器。

中国政府忠于马克思列宁主义，忠于无产阶级国际主义。我们相信人民。决定战争胜负的是人，而不是任何武器。中国的命运决定于中国人民，世界的命运决定于世界各国人民，而不是决定于核武器。中国发展核武器，是为了防御，为了保卫中国人民免受美国发动核战争的威胁。

中国政府郑重宣布，中国在任何时候、任何情况下都不会首先使用核武器。

中国人民坚决支持全世界一切被压迫民族和被压迫人民的解放斗争。我们深信，各国人民依靠自己的斗争，加上互相支援，是一定可以取得胜利的。中国掌握了核武器，对于斗争中的各国革命人民，是一个巨大的鼓舞，对于保卫世界和平事业，是一个巨大的贡献。在核武器问题上，中国既不会犯冒险主义的错误，也不会犯投降主义的错误。中国人民是可以依赖的。

中国政府完全理解爱好和平的国家和人民要求停止一切核试验的善良愿望。但是，越来越多的国家懂得，核武器越是为美帝国主义及其合伙者所垄断，核战争的危险就越大。他们有，你们没有，他们神气得很。一旦反对他们的人也有了，他们就不那么神气了，核讹诈和核威胁的政策就不那么灵了，全面禁止和彻底销毁核武器的可能性也就增大了。我们衷心希望，核战争将永远不会发生。我们深信，只要全世界一切爱好和平的国家和人民共同努力，坚持斗争，核战争是可以防止的。

中国政府向世界各国政府郑重建议：召开世界各国首脑会议，讨论全面禁止和彻底销毁核武器的问题。作为第一步，各国首脑会议应当达成协议，即拥有核武器的国家和很快可能拥有核武器的国家承担义务，保证不使用核武器，不对无核武器国家使用核武器，不对无核武器区使用核武器，彼此也不使用核武器。

如果已经拥有大量核武器的国家连保证不使用核武器这一点也做不到，怎么能够指望还没有核武器的国家相信他们的和平诚意，而不采取可能和必要的防御措施呢？

中国政府一如既往，尽一切努力，争取通过国际协商，促进全面禁止和彻底销毁核武器的崇高目标的实现。在这一天没有到来之前，中国政府和中国人民将坚定不移地走自己的路，加强国防，保卫祖国，保卫世界和平。

我们深信，核武器是人制造的，人一定能消灭核武器。

新华社于 16 日发布《我国第一颗原子弹爆炸成功新闻公报》，全文如下：

1964 年 10 月 16 日 15 时（北京时间），中国在本国西部地区爆炸了一颗原子弹，成功地实行了第一次核试验。

中国核试验成功，是中国人民加强国防、保卫祖国的重大成就，也是中国人民对于保卫世界和平事业的重大贡献。

中国工人、工程技术人员、科学工作者和从事国防建设的一切工作人员，以及全国各地区和各部门，在党的领导下，发扬自力更生、奋发图强的精神，辛勤劳动，大力协同，使这次试验获得了成功。

中共中央和国务院向他们致以热烈的祝贺。

现在可以说了：为了和平，221 人起爆了中国第一颗原子弹！

中国人民不会忘记那个激情的年代，国家不会忘记那些隐姓埋名的 221 人！

第一颗原子弹爆炸后升起的蘑菇云

人民日报　号外

1964年10月16日

加强国防建設的重大成就，对保卫世界和平的重大貢献

我国第一颗原子弹爆炸成功

我国政府发表声明，郑重建议召开世界各国首脑会议，讨论全面禁止和彻底销毁核武器问题。

一九六四年十月十六日

《人民日报》号外

欢庆原子弹爆炸成功

第三章 谁投了“2923”核航弹

核航弹就是用飞机空投的原子弹。核航弹通常由核装置、引爆控制系统和航弹壳体构成，并与投弹的飞机相配合，构成一个作战体系。其爆炸威力取决于所携带的核装置的威力，其空投作战的距离取决于飞机的最大航程的一半（除非有空中加油机配属），同时由于飞机最大载重吨数、弹舱体积等的限制，也制约了核装置的体积、重量等，就是说限制了核航弹的威力，这是一个互相匹配的作战系统，要求核装置要体积小、重量轻，威力越大越好。同时要求核装置具有较高的环境适应性，这就对核装置的结构设计、材料选择和制造精度方面提出了更高、更严格的技术要求。

为了和平，我们起爆了中国第一颗原子弹，打破了美苏的核垄断！

当威力如此巨大的原子弹试验成功，在全世界引起了轰动、五洲人民喜相传的时候，西方国家的有些传媒机构和军事情报部门，却有意贬低它的影响力和价值，有的说中国爆炸的只是个核装置，不是武器级的核航弹；有的说中国要拥有核航弹还要许多年以后……但是，他们太健忘了，美国人 1945 年 7 月 16 日 5 时 30 分在阿拉莫戈多爆炸的第一颗“原子弹”，不也是一个塔爆的核装置吗？

要研制核航弹，周恩来总理早就筹划了！

1. 周总理亲自部署研制核航弹

1964 年 11 月 2 日，在中南海西花厅，张副秘书长和刘副部长受命向周总理当面汇报第一次核试验的有关情况。

今天是第一颗原子弹爆炸试验成功后的第十七天，周总理看着两人脸颊上西北戈壁风沙的印记，似乎还能闻到点风沙的特有气味，握着他们的手亲切又心痛地说：“你们辛苦了！”

周总理是认真又细致的，两人汇报时耳听、询问，手记、插话谈观点。

周总理听完汇报后，严肃又明确地向二人下达了中央关于下一步核武器研制试验工作的指示和部署。

周总理说：“中央谋算，我国明年（1965 年）要试验核航弹；后年（1966 年）要进行原子弹与导弹结合的飞行试验；1967 年要搞氢弹试验。”这就是周总理关于我国核武器研制的“三级跳”设想。

周总理接着说：“我们国家的核试验不要多，要少一点，搞一次试验就要取得很多资料，要做到一次试验，全面收效。将来要结合试验进行军事上的战术演习。要进一步加强以后试验中场外放射性沉降的监测工作。地面沉降取样点要增加，空中要布置在正东、东南、东北三条线上，并在高、中、低不同高度上用飞机拦截取样，即三路、三层。”

谈话结束时，周总理微笑着对他俩说：“第二次核试验——原子弹空爆核试验，还是由你们俩任正副总指挥，你（指张副秘书长），要靠上去抓，争取早响。”张副秘书长望着总理，点头受命！

周总理严肃认真、观点鲜明、高瞻远瞩、目标明确的工作作风，令张、刘二人敬佩至极，真是为国家操劳的好总理；又非常感激总理的信任和重托，心中好像有个声音在说，请总理放心，我们一定尽心工作，争取早响。

12 月 10 日，张副秘书长以参谋部和国防科委的名义向周总理、中央专委、中央军委呈送的《关于空中核爆炸试验方案的报告》中明确，进行第一次核航弹空爆的时间为 1965 年 5 月。

核航弹试验的基本任务是：

（1）验证原子弹在空中动态下的技术性能和环境适

应性；

（2）测定核航弹的空爆威力当量；

（3）为改进提高核航弹的结构设计提供依据；

（4）根据战术和军事要求进行更全面的核效应试验。

可以说核航弹试验工作是时间紧、任务重，需要协调和安排的事项非常多，张、刘两位总指挥是马不停蹄，多次往返奔波在北京、酒泉、马兰和青海金银滩的路途中。

在第一颗原子弹爆炸成功三个月后，1965 年 2 月，李院长被国务院任命为二机部的副部长，但他还是主管核武器的研制试验工作，工作地点还是在青海 221 基地。

那些从事核武器研制试验工作的科学家们依然在 221 基地隐姓埋名、以身许国，进行着核航弹的研制工作。

那些从事设计试验工作的年轻的科技人员们，在第一颗原子弹爆炸成功前就已经开始了核航弹的结构设计工作。准确地说是两套人马，一套人马在完成第一颗核装置的设计、研制、试验时，另一套人马已经在进行着核航弹的研制设计工作了。其实在核装置上有些已是按照核航弹的战术技术要求进行设计了。

领导、科学家、科技人员和工人师傅们，都在向同一个目标奔跑着，争取早响、早日进行核航弹的空投试验。并确定试验核航弹代号为 2923，可以解读为二机部九院的第一个航弹国家试验产品。

2. 三种气动外型的航弹壳体与飞行试验

第一颗原子弹是放在铁塔上完成爆炸的，从理论上说，那还不能叫“核武器”。要实现武器化，使它成为进攻性的武器，就需要使用特设的运载体，例如飞机空投的叫核航弹，装在导弹上叫核导弹，由潜艇在水下发射的潜射导弹等。就是说要用运载工具把核弹投（射）到预定的目标上去。那么，任务来了，原子弹的空爆试验是用经过改装的飞机，将原子弹空投到给定目标上去的试验，通常叫核航弹的爆炸试验。

早在 1960 年 4 月，核武器研究所六室二组就在郭副院长（郭永怀，力学家、空气动力学家、应用数学家，中国科学院院士）的指导下，先后设计了三种航弹壳体的气动外形模型。

全组二十多人都在一个办公室搞设计，一进门就能看到每人一块图板，图板架顺序排列也很壮观，图板角上各种铅笔一字排开，画粗实线、细实线、点划线和写字用的削成不同粗细的铅笔都事前准备好了，当然还有整套的大、中、小圆规也备在图板前，两个组长坐在最后排，布置分工任务后就一声不响地看资料、批报告，在大家画图的时候从来不走动、不看图纸，怕打扰设计者的构思。设计者们一站就是一上午、一下午，没画完晚上再加班接着画。如果晚上不加班，第二天早上图纸上可能会有几个问号，这是组长们在审查图纸时留下的笔迹。为了保证设计图的质量，凡是相关数据，如尺寸链、重量、重心、转动惯量、应力场、温度场等的计算核实，组长们要求用两种以上的方法计算，或相互验证设计的关键数据。这就是当时设计人员严谨的设计风格和作风。

随后，在国防部五院和北京航空学院的协助下，对三种气动外形的模型进行了多次的低速与高速风洞试验的考核，初步确定了核航弹弹体的外形、阻力系数，制成了缩小比例的空投模型弹，并于 1961 年 10 月至 11 月在酒泉导弹试验基地进行了空投实验。1962 年年末，又进行了全尺寸的空投模型实验。经过反复多次的实验对比，最终选定了一种最佳的航弹气动外形方案。北京航空学院空气动力学专业毕业的刘铭海技术员、谭志成技术员等人参加了全程选型工作，往返于北京到酒泉之间。

与航弹壳体外形设计选型的同时，龙主任（龙文光，时任九局总体部十六室主任，是留英的工程设计专家，九局产品设计委员会的副主任）正在带领指导核航弹的总体结构设计、气动弹道设计工作。飞行试验模型弹的几个大部件设计已经完成，林家桦安排孙技术员负责设计核航弹的控制系统部件（支架），陈技术员负责设计核航弹的遥测系统支架。

那个时候支架的总体结构方案和减震设计都是新课

题，需调研解决。孙技术员和金技术员带着加盖国防部国防科学技术委员会印章的介绍信和一本俄文字典，来到首都机场调研伊尔－18型客机固定发动机的支架结构，一个上午就阅读并翻译了图纸和设计技术条件，受到了极大的启发；陈和胡技术员拿着第二机械工业部的介绍信到七机部调研导弹减震支架的结构设计资料。

引爆控制系统的设计研究，最早就是按照核航弹的技术目标进行的。考虑到引爆控制系统的电气性能和测试技术要求，确定以安全、可靠和准确无误作为设计指导思想。从1960年开始就确定了初步方案，研究人员利用当时国内的某些部件作原型基础加以改进，进行了各部件、组件的设计，同时开展起爆装置和全系统的方案设计。

此时，设计部的俞副主任（俞大光，原哈尔滨工业大学的教务长、副教授，电工理论专家；是李院长根据中央调令亲自派人到教育部要求给予支持才调入九院的，时任场外试验委员会委员）是负责核武器引爆控制系统和遥测技术研究的“头头”。当时的有些部件、组件是在三机部、四机部的大力协同下共同完成的，同时进行了全系统的台架试验，惠工程师、祝工程师等人研制成功了能完成爆轰试验和塔爆试验的电起爆装置。

核航弹飞行试验中引爆控制系统的遥测是另一个重要课题。与塔爆时不同的是要对引控系统的各组件的关键节点信号参数进行准确的测量只能用遥测解决。

俞主任带领五室和十五室的帖技术员、谷技术员、李技术员等人，全力投入到核航弹遥测系统的研制试验中，从确定技术路线、研制系统样机到不断完善、改进、提高，设计人员仅用三个月就装成一套完整的遥测系统，并立即在遥测车上安装设备、仪器，他带领一批刚毕业的年轻人奋战在一线，等待着投弹演练的实战考验。

3. 图-16 型轰炸机的改装与核航弹环境适应性试验

核航弹的投放对运载飞机的弹舱保温密封性能提出了较苛刻的要求，要保证使用过程中航弹处于 20 ℃ ±2 ℃ 的环境中，才能确保核弹的性能和可靠性。

当时，可供投弹使用的只有两架苏制的图-16 型轰炸机。由于中苏关系已严重恶化，不可能提供改造用的备件设备，更不可能提供新的机型，而中国自己还不具备制造大型飞机的能力，国产化的轰-6 型轰炸机是后来才有的。

设计部派出了谭子敬和柳道勤技术员到空军进行飞机的改装工作，最先遇到的是要知道图-16 型机弹舱的环境温度是多少？那时候还没有远测和遥测用的温度计，只能靠人工近距离完成，在飞行机组人员的配合下，利用原机上的温度监测设备取得了初步的数据，特别是飞机的高空飞行中舱外温度场在 –60～–30 ℃时舱内的温度值。

实测发现驾驶员座舱都是简易的保温调温保障系统，

弹舱原设计用于投放普通炸弹是可以满足的。由于条件和时间的制约，只能对弹舱进行必要的有限的改装。一是采取了密封措施加强了密闭性；二是对弹舱壁加装了保温层，特别是舱盖部件处。说起来简单，其实那时候还没有泡沫发泡成型技术，要将保温层固定牢靠又不影响飞机的飞行性能和安全。在现场，在三机部和空军特勤分队的配合下，谭、柳二人总算实现了基本的设想，同时提出了在总装航弹时车间内的环境温度应尽量保持在允许温度的上限，这样可以利用核弹自身的热容量的自保温效应来保证投放前的航弹在允许温度的下限内。

1963 年初春，北京的天气是乍暖还寒。在北京花园路 3 号灰楼对面的小车间里，一群年轻的设计人员正在对设计、加工后的模型弹进行试总装。李工程师不太熟练地吹哨指挥着，负责拉葫芦吊链的都是技术员们，孙、金技术员操作前后动的拉链；陈、胡技术员操作左右动的拉链；操作上下动作拉链的是谭子敬和柳道勤。在现场负责各部件翻转、对接、拧紧固定螺栓的是黄珂琦等师傅们……突然，有人发现聂帅和郭副院长来到了小车间，其实两人早就在旁边看着大家装弹了。

总装完成，航弹吊装在手动平板车的支架上时，郭副院长来到拉吊链的人中间说："你们几个人总装的协调性还行，要编一个完整的总装配工艺文件。"又对手动平板车的设计者凌道舒说："平板车设计一定要安全、可靠、平稳。”

郭副院长还详细地了解了有关部件和系统试验的结果，提出要求试验前要有理论预估算，试验测试结果要准确无误，以供修改设计参考。同时要设计部尽快地引进先进的环境试验设备和测试仪器，以备导弹核弹头和武器化定型试验的需求。

1963年“五一”前的一个星期天上午，北京城已是春色满园、风和日丽（前几天还在刮大风，是沙石乱飞、让人看不到天）。在小车间里，设计部六室三组的人在加班，按照试验大纲的要求，又一群年轻人将“2923”核航弹壳体吊装到龙门架上，今天要进行的是航弹壳体的综合静力强度试验，试验各项准备工作（包括作动筒加载系统和测试系统）完成后，要请室领导到场确认才能正式试验。林组长让邵天酬和庄明学技术员去办公室请室领导查验，两人走到小车间门口时，猛一抬头突然看到李院长陪着中共中央书记处总书记邓小平同志正朝着车间大门走来。两人一愣有些惊呆，因为事先并没有人通知，室领导们也都不在现场，不知道怎么办了。小平同志大步跨入车间，和在场的技术员们一一握手，邵灵机一动主动介绍说：“这是正在准备进行空投的原子弹壳体的综合静力强度试验。”庄接着说：“静力试验的目的是要考核航弹壳体的承载能力，以确保试验安全。”随后，小平同志在李院长陪同下绕着龙门架和航弹一周，认真地看着、问着……当小平同志和大家一一握手离开后，年轻的技术人员们感到很幸运，并受到了极大的鼓舞，下决心做好试验工作，为核航弹护航尽力。

1963 年冬天，在酒泉巴丹吉林沙漠的 14 号（机场）地区，对核航弹的总体设计、壳体空气动力学性能、引爆控制系统、遥测系统及场外试验技术进行综合的考核飞行实验。

参加试验的共四发试验航弹，其中两发用来测试弹道，另两发用于引爆控制系统测试。试验队队长是设计部的龙主任。

郭副院长一直同作业队的年轻人们奋战在戈壁滩上。当时，地面气温在 $-30 \sim -20$ ℃之间，一个五十多岁的力学专家坐着苏制的“嘎斯-69”型吉普车在沙漠中奔波，戈壁上就没有路，车在不平的戈壁上颠簸，从驻地到靶场要 4 个多小时，真的让年轻人敬佩。

12 月 28 日，是进行航弹弹道正式测试的日子。刘铭海和谭志成两人是弹道测试的主角，两人清楚地记得：天气晴好，戈壁上一望无际。天上飞行员们在空中报告能清晰地看清邻国蒙古国的地形地貌。地上，在空旷的沙滩上没有帐篷、没有桌椅，午饭时郭副院长和年轻人席地而坐，啃着冻硬的馒头，就着一小口咸菜，喝着从路过的兵站要来的一瓶热水，肚中会稍稍增加一丝热气。那一天，郭副院长为了看到、得到第一手的航弹弹道的测试试验结果，在零下二十多摄氏度的沙漠中坚持了一整天，在从靶场回驻地的路上，还在指导刘、谭二人怎样根据实测数据修正航弹的弹道计算参数和程序，当天回到 14 号驻地时已是午夜十二时了，基地场站食堂准备了一碗热汤面就是最丰盛的晚餐了，多么敬业的一位长者。

回到北京后，设计部十六室的这批年轻人们服从组织调遣，告别心爱的儿女，暂时留下专业不对口的另一半，带着组织关系和北京户口关系（吊销）奔赴青海金银滩去参加“596”草原大会战了。

在四厂区的模拟环境实验室里，2923 核航弹的地面环境试验在有序进行中。与塔爆静止状态的 596 试件所处环境不同，核航弹的振动、冲击、离心、高空低温和潮湿度都有了更严苛的环境。所以，在国家试验前必须重新制定地面环境试验条件，增加一些必要的试验考核，才能确保机载核航弹的安全可靠，保证试验一次成功。

1965 年元旦后的一天，在 411A 工号将要进行一次内球组合件的低频振动试验考核。前一周草原上一直在下大雪，四厂区内的积雪大约有半米，草地上雪白一片、远山上也是一片银白的山峰。根据设计部的通知，十六室二组的技术人员暂停了 402 工号内 36 立方米高低温实验室的调试工作，三组的郝技术员等人暂停了 411 工号中英国 V-1007 振动台的安装和丹麦频谱分析仪的调试工作；十七室的谢技术员、蒋技术员等人暂停了 407 工号静力试验加载作动筒的调试工作……其实每次为了确保安全，在四厂区只安排一项试验任务，就是说四厂区已经清场。

在 411A 工号外，警卫战士持枪站岗，厂保卫部二科的人在门口验证，按规定，今天进入 411A 工号的人员除了平时的盖有 411A 字样的临时出入证件外，还要核查贴在小门上的试验人员名单后才能进入。

在 411A 工号内，500 千克机械振动台的上方，2923 内球组合件已用专用夹具和吊具悬挂到位。

二组的柳道勤的任务是监测振动台的轴承温度，以确保试验设备的安全运转。第一次见到核航弹的组合件真品，内心激动不已；又是第一次接触到核材料部件，对于一个非核专业的人来说，心中还是有些不安。

振动试验按照实施大纲要求进行，振动台设备运转正常，监测仪器工作正常，测试数据符合设想预估值……

当试验将要结束时，411A 工号的小门打开，几位年长的人走进试验室，设计部的龙主任陪着一位身体修长、瘦瓜子脸、戴着一副深度近视镜的五十多岁的长者走近 500 千克振动台，此时试验结束，振动台停转。孙技术员小声地告诉身边的人说，那是郭副院长。

郭副院长仔细地询问了试验的相关情况和实测数据，又围着试验台转了一圈说：“你们试验后要认真检查试件的结构、安装尺寸的变化情况。”他非常关心的是四 X 支撑的内球的动态稳定性问题——“这可能影响成败”。

郭副院长又对十六室的主任说：“要加快 V-1007 电磁振动台的安装调试，争取早日承担高频振动试验任务；同时要加快引进其他的先进的环境试验设备。”

临走时，他还特别叮嘱大家要注意安全防护工作。多么细心、慈祥的一位老人，一位特别关注环境试验工作的老人。

4. 投弹训练

核航弹试验要有空军的参与密切配合，投弹是由空军的轰炸机组完成的。

时任空军司令员刘亚楼上将非常重视这次投弹任务，亲自部署将这一任务交给航空兵独立四团执行，并指定几个机组同时进行投弹训练，负责轰炸机训练任务的是空军副司令员成钧中将。

1965 年春节后，空军首长到部队传达了中央专委关于首次空投原子弹的命令，同时确定执行任务的正式机组是李源一、于福海机组；预备机组是徐文宏、赵承业机组。空军党委要求：“必须以最大的干劲、最高标准、最严的要求完成试验任务。”

李源一时年 36 岁，是航空兵独立四团的副团长，第一飞行员，在抗美援朝时轰炸大和岛的二等功臣；于福海是第一领航员，时年 33 岁，是航立四团的投弹技术能手。

他们坚定又激情地向空军首长说："我们有信心克服一切困难，有决心为祖国投好这第一颗原子弹。"

投弹训练是个苦差事。

在酒泉基地 14 号地区，承担核航弹投弹的两个机组正在抓紧训练中。空军的成副司令员在"现场指挥"训练机组，二机部的李副部长在"现场指导"机组训练，221 基地向空军提供了多个训练用的原子弹仿真模型弹。其实多数空军的空勤和地勤人员都没有见过真的原子弹是什么样子，有个地勤军官对李副部长说："原子弹就是这样的呀！"李副部长说："这是训练弹，是假的，真的哪有这么多呀！"

李副部长又对空勤机组人员说："训练用的假弹头，你们要多少，我们给多少，摔坏了也没关系！"

李副部长伸出食指，非常严肃认真地说："真的弹只能给你们一个，你们必须保证投准、投响，那玩意儿可不是闹着玩的，不能有一丁点儿差错！"

李副部长又对身边的九院负责弹道计算和修正指导的刘、谭二位技术员说："你们俩每次训练投弹都要到现场，发现问题及时与空军同志通报解决！"

此后，只要有机会，李副院长都要到空军投弹现场去，与机组人员座谈了解训练的进展情况，与空军领导一起解决机组训练中的实际困难，以确保试验投弹一次成功；同时也要求刘、谭二人整理训练过程中发现的航弹设计问题，以便在研制后续型号设计，特别是对外型结构设计的问题进行技术改进、完善。

这次核试验投弹是使用光学瞄准的水平投弹，空军没有经验可以借鉴，又没有国外资料可供参考，特别是原来机组都是投放的普通航空炸弹，按规范能投在距靶心200米以内就是优秀成绩；投放核炸弹要求他们投到距靶心100米以内，以保证地面核试验效应的需要，达到“一次试验、全面收效”，投弹标准提高了，对机组人员来说，真的好难！办法只有一个，加大投弹训练的频度，不断总结经验、不断提高光学投弹技术，以确保核航弹一次空投成功。

经过一个多月的刻苦训练，机组人员齐心协力、团结战斗，天上飞、地下练，白天投弹训练、晚上进行技术总结，探索提高投弹精度的规律，修订原设计的投弹规程图。一个月下来，空勤机组的飞行员们瘦了，飞机也“累了”需要检查保养，可喜的是训练投弹的成绩，已是一条不断上升的曲线，那个月在最后一次飞行训练时，机组投了三发训练弹，其中有一颗落在了距靶心35米的地方，他们的投弹精度突破了100米的大关，首长们高兴了，飞机空勤、地勤人员也都很兴奋。

刘、谭技术员查阅了酒泉基地戈壁滩上春天季风的气象资料，沙尘天气快来了，他俩向李副部长和院领导报告了这一新情况。高空风速的大小会影响到投弹的命中率，理论上风速的影响和修正能进行提前预估，但是高空中的气流是瞬间发生的，要有多种修正预案。

李副部长特别提醒飞行员同志们，不能满足现状、更不能麻痹大意，说：“要知道投弹准确度不只是个光学瞄准的技术问题，也会受到其他因素的影响和制约，特别是天气好坏会影响光学瞄准的准确性，高空风速的大小更会直接影响到投弹的精确度。”

人们担心的事情还是发生了。

1965 年春，戈壁滩上的季风提前到来。有时地面上是沙尘滚滚，高空气流却还稳定；有时地面晴朗平静，高空却是飓风涌动。

一次投弹训练时，正好碰上剧烈的高空气流，给李源一操作飞机带来不便，更给第一领航员于福海瞄准造成极大的困难。从高空向下俯望，靶标的圆框就像一枚硬币大小，飞机随着气流波动不稳，靶标在光学瞄准镜中是忽左忽右、忽上忽下，有时已闪现在眼前，有时又会逃得捕不到目标的踪影，几乎没法把瞄准镜十字线稳定地压在靶标上。两发弹的投弹结果是一发落在距靶心 2 000 多米处，另一发更是根本找不到投哪儿去了……

投弹训练成绩急剧下降，飞行员们心情烦躁，甚至出现了不团结的相互埋怨。有人说领航员“没有接受大家的意见”，有的怀疑投弹能手“技术上有问题”，有人甚至建议“更换领航员”。领航员的精神压力很大。

其实，造成投弹落点偏差的既有技术问题，又有图-16型轰炸机本身原设计的问题，一次打开自动驾驶仪仅一分多钟，飞机就出现了 3° 左右的偏航，这时候投弹就会差之千里了，这是硬伤没法改变原装设备，投普通炸弹没有问题，投放原子弹就会给地面核辐射效应造成巨大损失。

此时，航空兵独立四团的于政委、兰州空军的袁副司令员和刘副政委分别同飞行员们谈话交流，试图排除内外的压力、稳定情绪，但是收效甚微。他们只好请张副秘书长出面做思想“解放”工作。

这一天，张副秘书长来到团部的演练室同机组乘员握手致意，又向他们传达了周总理和军委首长对机组人员的亲切慰问和指示精神，他和机组乘员们坐在一起开个座谈会，没人带头开口说话，会场无声“暂停”。

张副秘书长说：“我知道大家在投弹训练时遇到一些困难、训练成绩下降，心情焦虑是可以理解的，但要清楚这是遇到了高空季风的影响，是个新的投弹环境氛围，主要是缺乏这种气流下的投弹经验造成的，不是哪个人的‘技术问题’，所以请大家谈谈你们遇到了哪些困难，根据你个人的经验怎样克服困难，说说难点是什么，原因是什么，解决的措施是什么，这样不就找到解决问题的办法了吗？”

副参谋长的一席话打破了会场的紧张气氛，六个飞行员都积极发言，谈困难、找原因、提措施。

最后张副秘书长说："知道你们的压力很大，精神状态都很紧张，从你们几位的发言中也听出来了。是的，你们要执行的投弹任务是投中国的第一个核航弹，是党中央、周总理下达的重大任务，全军指战员们在看着你们，全国人民也在看着你们！压力说多大就有多大。"

停顿片刻，张副秘书长又说："压力大解决不了你们所面临的困难，只会增加解决它的难度。所以，我提议你们大家换个思维方式，就是放下压力，把时间和精力放到在恶劣气流下如何解决投弹精准度上来。大家精神要放松一点，能投到 100 米靶圈内最好，投到 200 米以内也行，就是投到靶标外边也没有什么大不了的，也就是在核试验效应方面取得的数据少一点罢了，能投到哪里算哪里，重要的是从中获取宝贵的经验，为以后的核武器试验打好基础。"

张副秘书长的一席话，让六位机组人员彻底"解放"了。他们放下压力、齐心协力、加大训练难度、互相总结经验……训练成绩迅速上升，投弹精度超过了以往的最好数值。

李源一每次训练回来都要感叹着说："张副秘书长的那句'投到哪里算哪里'的话让我们解放了、开窍了，这几个字中有辩证法，又有用兵之道！"苦练精投，只有苦练，才能实现精投。

5. 空投六勇士

1965 年 3 月 20 日，周总理在中央专委会的会议上指示：“这次试验一定要准备好。要吸取上次核试验的经验，要更周到、更细致、更妥善地全面做好安排，在效应试验上，要搞清楚在空中、地面、地下各种条件下杀伤和破坏的威力半径。我们反对核讹诈和核威胁，我们不主张搞几百次核试验。因此，我们的每一次核试验都要从军事、科学、技术的需要出发，都要做到‘一次试验、全面收效’。此次试验的空中取样飞机要三路三层同时准备好，要准确及时地全面掌握住烟云情况。”

核试验指挥部向各参试单位详细传达了周总理的指示，要求各单位结合自己分管的试验工作，落实周总理的指示，“更周到、更细致、更妥善”地做好核试验准备工作。

在 221 基地，参加空投试验的第九作业队已经组成，队长还是李副部长，队员中增加了总体设计、引爆控制和遥测系统的技术人员。总装车间已完成了试验弹的试总装工作，各部组件符合试验技术要求。到 4 月初，221 基地已经为核航弹试验准备了冷弹两发（供遥测系统用）、热弹两发（供核爆投弹用、打一备一），随时可启运。

在新疆核试验基地，为了落实周总理“一次试验、全面收效”的指示，航弹试验现场规模更大：参试的单位（由26 个增加到 30 个）、效应项目（由 22 项增加到 81 项）、效应物数量（17 152 件），要比第一颗塔爆试验时增加了一倍、数倍和十几倍。海军第一次塔爆时只提供了孤立的舰艇舱室，这次提供了快艇、潜艇指挥台围壳、防波堤、钢筋混凝土码头等实物。同时摆放时分别有舰首对着爆心和舰舷对着爆心的不同，以考核不同时核效应参数，作为实战中防核辐射的参考依据；核试验基地新建了永久工事、野战工事、民用楼房、地下铁道、机场跑道、变电站、桥梁油库、油井等参试建筑物；在距离靶心 4 公里的范围内的 1 152 个效应点上，根据实战需要和效应分布要求，还安置布放了效应设备、测试仪器和 3 645（头、匹）狗、马、驴、兔、鼠等动物做生物效应考核。核防护分队、核取样飞机都已进行过实地演练，制定了严密的规程，达到了指挥部的实战要求。

4 月 20 日、24 日两发配重弹命中靶心。

为了确保空投核航弹试验一次成功，试验指挥部正副总指挥决定进行一次全场的综合预演。

综合演练，是一场按正式投放核航弹的试验全程序进行的预演，与正式试验不同的是使用了“冷弹”，是一颗不装 ^{235}U 的不会产生裂变反应的原子弹，其他部组件与真弹相同。

4 月 25 日，两发“冷弹”已由青海 221 基地安全运到酒泉基地，两发“热弹”也已正在装箱，待命起运。

经周总理、罗总长批准，综合预演定在 4 月 28 日。

4 月 28 日凌晨，指挥部一声令下：“综合预演开始！”

相距千里的甘肃酒泉发射基地和新疆核试验基地的全体参试人员立即到岗到位，按程序操控自己负责的仪器、设备。

在酒泉发射基地，九院设计部的邵技术员将“冷弹”与空军地勤特装人员交接、挂弹。李源一、于福海驾驶着战机从 14 号机场起飞，地勤们目送飞机在视野中消失。经过两个小时的飞行，到达罗布泊的上空，一圈、二圈、第三次进入靶区瞄准，于 8 时 30 分按下投弹按钮成功地将“冷弹”投下。

冷弹准确地命中靶心，全体地面参试人员按程序和时序迅速出动，进入靶心周围及其上空进行取样、测试、回收、清洗……

试验指挥部陆续收到两个基地的报告，证实冷弹试验整体效果比预想的要好，是成功的一次演练。

但是，有的系统中的仪器设备出现了故障。发生了回收信号秩序混乱无法判读。

核试验基地作战室王参谋报告：“在回收数据时，九院的一辆遥测车信号突然出现混乱，致使部分遥测数据没能测到！”

张副秘书长请来陈副院长一同乘吉普车来到遥测车

旁，看到俞大光副主任心情沮丧、脸上乌云密布。

作为负责遥测车的测量技术专家，俞大光是百思无解。从制定遥测系统方案，到研制车载设备仪器，引爆控制系统与遥测系统已经进行过十多次空中地面联试，信号都是正常有序的，今天的遥测系统故障出在哪儿呢？大家脑中一片空白。

张副秘书长见状，心平气和地安慰他说：“这是个好事嘛。事情发生在综合预演中，坏事可以变成好事，这等于给我们一次机会、一次警示。现在是要查出原因、排除故障，到真正实弹试验的时候，就会像你的名字一样大放光芒了！”俞副主任从副秘书长的眼神话语中看到了希望和光明。

陈副院长也说：“不要灰心，也不要着急，当务之急，是赶快找到信号混乱的原因。”

一席话，让俞副主任头脑清醒了许多，他和谷、帖、郑等几个技术员一起认真地查找原因、反复测试、对比分析，很快找到故障设备仪器，排除了故障，再开机自检和联试，遥测车恢复了正常运转。

5 月 4 日，进行了第二发遥测弹的投弹，遥测数据正常。

为了确保试验时机场与靶场都是好天气，机场与靶场的两个气象站架设了专线，每日三次通报两地气象资料。

5 月 6 日，张副秘书长乘专机回到试验基地，传达了在中央专委会上周恩来总理的指示：“党中央、毛主席已原则批准了第二次核试验计划。根据气象情况，5 月 9 日试验，可以。如果不行，到 28 日也可以。反正 5 月里进行，早一点更好，只要有把握，不要勉强。爆炸以后要收到数据，要把破坏界限搞清楚。要对试验的安全性普遍检查一下，凡是有漏洞的都要补起来，要特别小心，一点不能疏忽大意。李源一机组要另用一架图-16 飞机练习飞一下。”

根据总理指示，指挥部决定用两天时间对包括安全工作在内的各项准备工作进行一次全面普查。

现在是“万事俱备、只欠东风”。

5 月 6 日，中央专委下达命令：试验进入 48 小时准备。

在酒泉基地 6 号地区的总装厂房里，第九作业队负责装配的人正在紧张有序地装配一发“热弹”，黄珂琦师傅又习惯地向门口处看了一眼，看到的是李副部长还坐在一张折叠椅上，一言不发，又是临场助威，眼神中好像在说：“大黄，别走神，好好干活。”

又要插接雷管了，李副部长又像上次一样搬了个小板凳坐在原子弹旁，为了使大家的情绪能放松一点，他还对站在铁凳子上插装雷管的齐寿章说：“你下来，我来插几个吧，我个子大，插得方便！”齐寿章抿嘴一笑，仍在按程序操作着。

5 月 7 日夜里，“热弹”已装配合格，控制系统各项测试数据正常。总装厂房里的人们除二人值班外，都只能在原子弹旁的泡沫塑料上打个盹了。

中国第一枚核航弹

半夜了，周总理还没有休息，不断来电话询问试验的装配和各项准备工作情况，刘、李两位副部长每隔一会儿就用直通专线电话向总理汇报总装进展情况。有一次，周总理亲自在电话中询问："放牛放羊的人都回来了没有？下风方向的水井加了盖子没有？柳园火车站准备好了没有？"刘副部长做了汇报，电话中总理还特别嘱咐："让放牛的人好好睡觉！"

按事先约定，电话中使用的都是暗语，"放牛放羊的人"就是指的飞行员们。周总理十分关心飞行员的心理状态、休息的好坏，叫他们不要太紧张。

根据气象站报告，机场和空投试验场气象适宜投弹试验。8 日凌晨 2 时，张副秘书长仰望长空，心情格外好，因为今日的天气很好，月亮明亮地挂在西南的夜空中，远望布满天际的星星宁静地闪烁着点点亮光。

张副秘书长向总理报告：“报告总理，气象条件没变化，指挥部确定零时为8时整。核航弹已经装配合格，准备挂弹了。图-16飞机弹舱温度正常，拟于6时准时起飞。试验场区一切准备工作完成。”

周总理：“飞机起飞前，就是5时50分左右再报告一次。”突然，指挥部的电话铃声响起来，气象站报告：“报告总指挥，场站从探测到的气象资料汇总发现：在罗布泊试验场的高空，十分钟前还是西北风，可是现在9 000米高空已经转为东北风了！”

此时，挂好试验原子弹的飞机已经滑行到14号地区机场的起飞线上，准备起飞了。罗布泊的试验场，所有人员已经进入战位，待命出发了。

如果这时进行核试验，原子弹的放射性尘埃就会随着东北风向西南方向刮去。在国内，西南方正是居民区，不利于参试人员和居民的安全；再往西南刮去，就要将放射性物质飘到邻国去了，这怎么行呢？

张副秘书长急忙拿起电话，向周总理报告：“报告总理，气象情况突变：罗布泊试验场高空风向已经由西北风转为东北风了，核爆炸以后，放射性尘埃可能吹向西南方的邻国，对场区参试人员和居民也会形成伤害，请求推迟试验！”

周总理：“这件事使我们又多了一次经验，增加了一些气象知识，同意你们的意见，暂停试验、转为待命，正式试验时间由你们根据气象情况再定。”

酒泉基地接到指令：“载弹图-16飞机原地待命！”

现在的急迫问题是：把飞机弹舱内的原子弹运回到安全的地方去。因为这时的原子弹已经插好雷管处于零前状态，机舱内的金属物和静电的积累，万一触发雷管或因弹舱无法满足设计技术要求而影响起爆，那是多么可怕的事情啊！

指挥部紧急命令：“将核航弹卸下飞机弹舱，运回到六号总装厂房、关闭弹上电源、保险装置，由第九作业队派人双岗值班看守。”设计部的谭子敬和柳道勤负责监测，测试厂房和弹上温度、相对湿度数值，并记录在案。

还好，一切进展顺畅，就算是又进行了一次实弹演习吧！

“好天气”并不服从人们的调遣，“待命”令人焦虑不安，傻等不是办法。

张副秘书长和基地司令等人到基地气象站来寻找“好天气”了，这个所谓“好天气”是一整天最好，如果某一天中的某几个小时也行。

但是，对于气象站来说，从站长到每一个气象预报员都感到压力更大了，因为所有参试单位和人员都在盯着气象站的“天气预报”呢！如果报不准就会影响试验成败，谁也负不起这么大的责任。

张副秘书长是个善于做政治思想工作的人，怎么才能使大家压力变成动力呢？在一次座谈会上，他认真而又风趣地说：“你们现在什么都不要怕，什么都不要考虑，天塌下来，有高个子顶着。你们都没有我职务高，天塌下来由我先顶着呢。再说了，天也不一定会塌下来。你们的任务就是捕捉到好天气，能捉到一次就是成绩、就是胜利。也不要等什么大块的好天，小块的、短时的也行，也能完成投弹任务需要，也很了不起嘛！”

接着他又高声承诺：“只有你们尽心尽力地工作，拿出你们的真本事来，书本上的和你们多年从事西北气象预报的经验都用上了，哪怕只找到小块的、短时的“好天气”，就马上报告，可以直接向我报告。决策由我来定，出了问题是我的，由我负责；成功了，是你们的，我让基地给你们记功授奖。”

张副秘书长的这一席话，情深意长，令大家感动，放下焦虑、轻装上阵，继续分析、判读、寻找好天气。

周总理也在北京连续召集有关单位领导和国家气象局、总参气象局的专家们，研究分析西北的天气形势。

但是，9 日至 13 日这几天，“好天气”总是不肯来巡，连个短时的影子也不见。领导同志们心情焦急、食寝不安。第九作业队的“守弹人”更是感到责任重大，一个小时一个小时、一天天一天天地守着，盼着好天气快来报到……

5 月 14 日凌晨 2 时整，指挥部的电话铃声又一次突然响起来，气象站站长高声地、清晰地向张副秘书长报告：“报告总指挥，今天（指 14 日）9 时至 12 时，有短时的好天气！”

张副秘书长：“再重复一次，你是说今天有3个小时的好天气吗？”

气象站长：“是的，总指挥。经对周边气象资料数据的分析和会商研判，肯定会有3个小时的投弹‘窗口’！”

张副秘书长激动地说：“就等着你们的这个好消息了。谢谢你、谢谢气象站的同志们！”

试验指挥部紧急召开核试验党委和核试验委员会的会议，决定：航弹试验投弹零时为5月14日上午9时30分。并报中央专委。

同时，向酒泉、马兰基地的全体参试人员下达了“试验零时”的指令！

周总理在电话中详细地询问了有关两个基地的气象情况后明令：“同意你们的安排，试验照计划进行！”时间是7时54分。命令用暗语传到机场：“老六可以吃黄豆了！”明令就是说：“飞机可以起飞投弹了！”

6号地区的总装厂房前，李副部长亲自带着6个人，用拖车将那发已经待命多天的核航弹运往14号地区，这6个人有：221总装车间的曹庆祥、黄珂琦师傅，设计部负责设计挂弹平板拖车的凌道舒，进行厂房、航弹保温和监测的谭子敬、柳道勤，还有弹道计算的谭志成。核航弹交接、挂弹、弹舱盖关闭等按程序完成，李副部长特别嘱咐谭、柳二人要读取机上弹舱起飞前的温度数值，并与前期航弹的保温记录整理归档、备查。

载弹飞机已经滑行到机场的起飞线上。空军成副司令员等待着起飞指令。

电话中传来张副秘书长的命令：“经请示周总理，同意载弹飞机起飞！”

塔台下达命令：“起飞！”时间是8时13分30秒。

载弹飞机腾空而起，像是一条“大白鲨”（人们对图-16的美称），在人们的目视中飞向靶区。

当飞机升空到平飞段时，所有机组乘员的心情也渐渐地平静下来，近几天待命时焦急的心总算落下。但是，今天机舱中挂的是一枚真的核航弹，与前几天投遥测弹（冷弹）时相比，大家的心情还是略有紧张，有人想起李副部长说：“那玩意儿可不是闹着玩的，不能有一丁点差错！”……注意、调整心态，全体乘员集中精力操控好飞机，在茫茫的云海中穿行，目标——罗布泊靶场。

投弹的轰六甲型轰炸机“大白鲨”

按照“飞行囊”中的“飞行图”，根据时序判断此时是航程过半了，领航员惊奇地发现，原来机身两侧翻腾不息的滚滚浮云渐渐地平静了、云层也是渐渐地淡薄了。从机舱向下望去，往日那熟悉的蜿蜒清澈的河流和蓝绿色的点点湖面，又能依稀可见了。当飞机临近靶区时，天气已是晴空万里、蓝天白云，飞机在零星飘动的几朵白云中穿行，气象站的预报还真准！

9 时 26 分，领航员于福海报告：“发现靶标，现在飞机距靶标 50 千米。”又向指挥部请示：“是按原定计划 3 次进入靶标，还是改为一次进入靶标投弹？”

指挥部明白：为确保投弹精度，保证靶场地面光测、电测和效应试验项目取得完整的可靠数据，按原飞行方案规定程序，飞机必须三次进入靶场上空。现在已经是 9 时 26 分了，如果还是“三次进场投弹”，原指挥部命令的“零时”为 9 时 30 分，只能顺延、无法实现“零时”投弹。所以领航员直接请示。

张副秘书长果断地决定：“要确保投弹精度，一切按原定程序执行！”

此时，靶标已在眼前。那是个白色的方框，白框里套着一个直径 200 米的白色圆圈，圈中画着一个醒目的白色“十”字标识。

飞机由东向西第一次进入，进行初步瞄准和识别靶标。

第一飞行员李源一打开自动驾驶仪，把飞机交给第一领航员于福海时说：“我和第二领航员刘景新一定会把飞行高度、速度保持好，你就放心大胆地瞄准吧！”

于福海用眼神与李、刘交流，多年的搭档无需言语、心中明白。他尝试着用光学瞄准具瞄着靶标，瞄准镜中的靶标十分平稳，没有一丝晃动。他快速地确定了投弹诸元数据，通报说：“航向 270 度、偏流负 2 度、中间风修正数 80 米，按规定高度、速度和核航弹下落的标准时差，计算结果是——用 34.8 度的投弹角，不会有弹着点偏离的趋向。”

其他机组乘员也分别通报了各自的状态。

第一飞行员李源一：“速度好、偏流对、飞机飞行平稳！”

第二飞行员刘景新：“航向和高度都很准确！”

第二领航员张公祥：“于福海算出的投弹角度数据和我用雷达计算的完全一致。”又补充说：“原子弹和弹舱温度正常，设备良好。”

9 时 45 分，飞机第二次进入。进行第二次瞄准，并和第一次校对，结果是速度、偏流和投弹角度等数据，与第一次相同。

第三次进入正式投弹程序。在空中于和李互相商量了一下，首先是确保投准，至于“零时”嘛，两个人看了一下时间，头脑中快速一算，就取个整数让原子弹十时整爆炸吧！李和于同声说：“好，就十时整，咱们往前延长飞一分钟再拐弯，正好是十点钟！”

当飞机转弯后，李源一打开自动驾驶仪，又把飞机交给了于福海。

天上，通讯员孙兴富向地面指挥员呼叫：“请示进入靶场上空投弹。”

地面空军成副司令员：“同意进入靶场上空投弹！”

张副秘书长在距靶心 20.5 千米的红岩观察点拿起望远镜，第三次看到了飞机临近，听到略显沉重的轰鸣声。

投弹前 7 分钟。

于福海：“打开投弹总开关！”

射击员韩惠安复述并操作：“投弹总开关打开！”

投弹前 3 分钟。

于福海：“接通原子弹弹上电源！”

复述操作并回答：“原子弹弹上电源接通！”

于福海：“打开自动投弹器！”

第二领航员张公祥复述并操作：“自动投弹器打开！”

于福海：“打开弹舱！”

张公祥：“弹舱打开！”时间是 9 时 50 分 10 秒。

于福海操控着瞄准器，使得观测角和投弹角准确地重合，电路接通、原子弹脱钩而出，飞机一下子减轻了重量，突然向上一蹿。

于福海向外一看，乳白色的原子弹在阳光下亮闪闪地向靶标落去，他又在瞄准器中观察了 10 秒钟，十字标线仍然死死地压着靶标，没有丝毫的偏移。李源一急忙问：“你看一看投得究竟怎么样？”于福海很有把握地报告说：“没有问题，肯定能投进去！”

这个回答让大家放心了。李源一高兴地命令道：“立即关上遮光罩！”飞机加大油门，以每小时 450 千米的速度离开原子弹爆心，以获得最大的安全系数。

机组乘员刚把机舱玻璃上用来防止光辐射的遮光罩拉上，一束耀眼的强光袭来，持续了大约四五秒钟。强光刚过，于福海实在是忍不住了，摇开遮光罩向靶标方向看了一眼，看到的是在靶标的上空出现了一个巨大的火球，仿佛是太阳落在了脚下的大地上，光芒四射。于福海怕伤着眼睛，快速地关上了遮光罩，心里还想看看，又打开了，这时火球不见了，靶标也不见了。靶心下边半径 3 千米的环形公路也不见了。机翼下方是一片汹涌澎湃的火海，乌黑的浓烟从火海中翻滚而出，越来越多、越来越浓，火速地升到空中。

当飞机离开原子弹爆心约 19 千米时，爆炸的冲击波也已追赶上来，飞机被震得强烈地抖动着，持续时间约六七分钟。飞机拐弯到爆心的侧面时，爆心的蘑菇云已和飞机一般高了。

这是一次非常准确、非常成功的投弹。空军报告：地面雷达测定，原子弹爆炸时距靶心只有 40 米；据马兰基地研究所、各效应单位报来的初步测量结果：爆炸高度约

500 米、爆心投影点距靶心 135 米、方位 232 度、爆炸威力大于 3 万吨 TNT 当量。

张副秘书长在红岩观察所拿起电话筒向周总理报告：“报告总理，初步检测证明，本次核航弹爆炸试验成功！”

周总理：“好，很好！我代表党中央、毛主席、代表中央专委全体同志，向参加试验的全体同志表示祝贺！祝贺你们又取得了一个辉煌的胜利！请继续抓紧各方面工作，切实完成好善后工作。并请转告投弹机组同志们，他们任务完成得很好，祝他们安全返航！”

飞机刚刚把核爆炸的蘑菇云抛在后边，前面却又迎来浓云密布。酒泉机场通报：“机场附近天气变坏、侧风加大、能见度不好！”李源一沉重地回话：“明白！”

机组乘员们庆幸准确地选择时机完成了投弹任务。但是，他们明白，现在不是庆祝胜利的时候，在飞机没有安全着陆、“安全返航”之前就不能说是圆满地完成了任务。他们要掌控好飞机，迎接返场的恶劣气候考验。

飞机临近 14 号地区机场时，机场周围猛然间狂风骤起、沙土弥漫，他们看不清跑道，跑道上欢迎飞机归来的人们也看不清飞机……

因为经历了正式投弹那样严峻的考验，他们沉着冷静地应对着又一次考验。在李源一的指挥下，机组各成员稳健操控、配合默契，不慌不忙地按照远距导航台的信号下降高度，于福海在全神贯注地寻找着地标、跑道。

就在狂风稍稍间歇的刹那间，于福海发现了近距导航台前的那条熟悉的小路。他看了一下眼前的各种仪表数据，大声报告说：“速度好、高度好、方向也好！”说时迟、那时快，李源一果断地操纵飞机下降、对准跑道安全着陆。

蔽日的沙土遮住了“大白鲨”的身影，呼啸的狂风淹没了飞机的轰鸣，机场上欢迎的人群正在茫然不安地四处寻找，飞机已经滑行到了停机坪，靠在了同志们的身边。九院的谭志成、柳道勤等人欢呼跳跃着涌向飞机。时间是11 时 23 分。

张副秘书长向周总理报告：“放牛放羊的人都安全回家了！”

5 月 14 日晚，毛泽东主席批准了新华社的新闻公报，标题是《中国又一颗原子弹爆炸成功》。新闻公报指出：“这次试验成功，是中国人民加强国防、保卫祖国安全和世界和平方面的又一重大成就。”同时，《人民日报》刊发了号外，中央人民广播电台广播了公报全文。北京和全国各大城市一片欢腾庆祝。

此时此刻，张副秘书长又是满怀激情，诗兴来了：

春雷颂

第二次原子弹爆炸成功

一九六五年五月十四日　戈壁滩

瀚海晴空，

玉龙乘东风。

万朵红霞灿苍穹，
春雷再显神通。
热风漫卷乌云，
三军亮展奇能。
英雄喜添新翼，
任我天下飞腾。

核航弹空投试验取得圆满成功。从那时起，中国人有了可供实战使用的核武器，我们有了弹、也有了枪！

请记住投弹的六位勇士：

第一飞行员　李源一

第一领航员　于福海

第二飞行员　刘景新

第二领航员　张公祥（以上四人在前驾驶舱）

通讯员　孙兴富

射击员　韩惠安（以上两人在尾舱）

第四章　核导弹——“啰唆君”迎娶“邱小姐”

核航弹爆炸成功后，按照周总理“三步走”的规划，核导弹的试验提上了议事日程。

核导弹是由导弹运载的比核航弹更先进的核武器。有人说核航弹只是个初级的核武器，但是受当时中国的轰炸机腿不长、走不远的影响，必须进行两弹结合的试验，让核弹能飞能跑，能打击更远的目标群。

核导弹一是需要飞行安全可靠的导弹系统，当时导弹系统的研制是从仿制开始的，从仿制成功到自行设计曾经经历了许多磨难，而核弹头又对导弹的可靠性和安全性提出了更高的技术要求，为此有人说导弹就是一个“啰唆君”，一发导弹的发射过程要经过几十道程序，研制一个型号的导弹从多次失败到成功需要多年的努力，这是七机部的任务。

核导弹的另一个主角是要给导弹配上一枚合适的核弹头。与核航弹相比，首先是体积小、重量轻，否则超重无法发射升空。同时，在导弹运行中要经受更复杂更苛刻的环境条件的考验，其振动、冲击、离心加速度等条件升级，头部弹舱的温度也更难以适应。有人说，原子弹怕冷、怕热、怕潮湿，更怕电磁干扰、怕振动冲击……这是一个非常娇气的“邱小姐”，让“邱小姐”能在导弹的头部弹舱中安全乘坐升空，也有很多难题要突破，这是二机部的任务。

一场实现“两弹结合”让世人震惊的风暴开场了。

1.“啰唆君”真啰唆

国产导弹从仿制到自主设计的道路并不平坦，经受过他国的刁难、失败时的沮丧，也有艰苦中的乐趣、成功后的喜悦……

早在 1958 年上半年，根据中国和苏联政府在 1957 年 10 月 15 日签署的《国防新技术协定》，苏联曾陆续运来了部分导弹实物样品、图纸资料、工装设备，先后派出了一批技术专家，协助进行苏制 P-2 型近程导弹的仿制生产。其实 P-2 型导弹就是在德国的 V-2 型导弹的基础上改进而成的；推进剂是液氧加酒精，射程约 590 千米。

但是，到了 1959 年 6 月 20 日苏共中央撕毁协定，以各种借口撤走专家、停止了技术资料和设备样品的供应，给仿制工作带来极大的困难。

1960 年 7 月 19 日，毛泽东主席在北戴河会议上强调说：“要下决心搞尖端技术。赫鲁晓夫不给我们尖端技术，很好！如果给了，这个账是很难还的。”

这就是动员令，中国的广大科技人员、工人和干部，响应毛主席的号召，奋发图强走自己的路，立志为国争光、为中国人民争气。

1960 年 9 月 10 日，也就是苏联专家撤走的第 17 天，中国人在酒泉基地发射了一枚苏制 P-2 型导弹，获得圆满成功。这是中国人第一次用国产燃料——液氧发射的导弹，真是大快人心、群情振奋。

1960 年 11 月 15 日，我国制造的第一枚近程导弹发射成功。发射试验结果表明：火箭发动机、控制系统仪器设备工作良好，国产燃料燃烧正常，仿制设计、制造工艺和各种原材料都符合设计技术要求。12 月，又连续两次发射国产近程导弹成功。仿制苏制近程导弹的成功，为转入自行设计打下了一定的基础。

仿制不是目的，目的是实现自主设计，让我们的技术队伍积累经验、提高本领，迅速突破从仿制到自行设计这一关。但是，由于缺乏经验，只能摸着石头过河，摔几个跟头也是难免的。

“两弹结合”使用的东风二号导弹是一种中近程导弹，

是用国产燃料发射成功苏制 P-2 型近程导弹成功后自行设计、自行制造的导弹。

1962 年 3 月 21 日，东风二号中近程导弹进行了首次飞行试验，试验失败了：起飞几秒钟后，导弹出现较大幅度的摆动和滚动；飞行到 18 秒时，发动机起火，随机关机；69 秒时，导弹坠毁于发射台附近……

首发失败，人们心情十分沉重，现场负责发射的任副院长（任新民、时任五院一分院副院长）更是陷入自责之中。

此时，从北京传来聂帅的慰问和鼓励："不要追究责任，要总结经验……"大家重新鼓起了勇气，决心从失败中吸取教训，找到失败的原因和具体故障的所在。

故障原因找到了。主要原因有两个方面：一是在总体设计中，没有充分考虑到细长的火箭像一根细长有弹性的"竹鞭"，在飞行中弹体的弹性振动影响了控制系统，致使控制系统失稳；二是弹体和发动机在结构上有薄弱环节。怎么办？改！按程序彻底地改！在以后的二年中，五院的人们针对两个主要问题"举一反三"，不放过任何一个小问题和薄弱处，采取了几十项改进措施：控制系统提高了抗干扰能力；发动机系统进行了多种方案的对比，17 次地面试验和 82 次的热试车，结构强度大幅度增强，同时提高了发动机的比推力。

1962 年 5 月，五院建立了总设计师系统，成立了总设计师室。

1964年6月，在确认达到试验发射的标准后，国防科委批准进行第二次发射试验。但是，1962年首次发射失败的阴影都还留在人们的心中，还无法下定决心进行第二次发射试验。

聂帅又派出了张副秘书长到现场指挥发射，请钱学森和赵九章两位科学家到酒泉发射基地坐镇，后又请火箭专家谢光远和梁思礼两位专家到现场做技术把关。但是，在讨论能不能按时发射时，却出现了明显的分歧：同意的一方认为，经过反复测试和鉴定，没有发现什么问题，更重要的是，发射现场还有钱、赵、谢、梁几位把关指导；反对的一方认为，两年前首次发射前，也是经过了大家的反复检测，最后由钱学森他们鉴定通过，结果还是失败了，这说明还可能存在着“隐患”，暂时没有发现，所以主张推迟发射。

怎么把两种意见综合处理好呢？面对着一双双期待的眼睛，张副秘书长说：“请主张推迟发射的一方再仔细想想，有根据的话就摆事实，没有根据也可以提‘推测’或‘设想’什么的！”于是又提出了不少“可能出现的问题”“特别要注意的细节”等。钱把这些意见归纳、梳理后说：“请大家按照分工和责任，再对导弹系统和发射系统进行一次全面的检测和鉴定工作。”

自检和互检的结果是：一切正常。钱、赵、谢、梁又做了全面的检测和鉴定：符合技术要求，签字确认。

该下决心了吧？人们先是把目光对准了钱学森，钱沉默不语。张副秘书长看懂了，钱还没有从首次发射失败的阴影中走出来，谁担责任呢？张站起来说："我决定按时发射！你们都要放下包袱、轻装上阵。成功了、功劳是你们的；失败了，责任由我承担！"

1964 年 6 月 29 日，经修改设计后的东风二号导弹按时发射，火箭按预定程序飞行，试验获得圆满成功。

7 月 9 日、7 月 11 日，又连续进行了两次发射，均获圆满成功。

三次发射成功，对我们这支年轻的设计队伍来说，是个了不起的成果，人们受到了巨大的鼓舞。

至此，"啰唆君"已经可以谈婚论嫁，迎娶"邱小姐"了。

2. 周总理"布阵"核导弹

1965 年秋，周总理主持召开专委会会议，会上决定尽快解决导弹和原子弹的结合问题，使之成为具有真正打击能力的核武器。

在北京西花厅，周总理接见七机部副部长钱学森和二机部副部长李觉，听取了汇报并亲自布置导弹核武器的试验工作。

周总理特别强调说："七机部要保证不能掉下来。二机部要保证掉下来也不能爆炸。”

这是李觉第一次到总理办公室，第一次以副部长的身份直接向总理汇报，第一次直接领受总理当面布置工作任务。他有些紧张，又一想导弹核武器试验关键在导弹，有钱副部长这位大科学家在现场，就让钱先讲吧！

这时的钱也表现出很为难的神态，不说话、抓头皮想着怎么办？电话铃响起，秘书请总理接电话。李趁此机会，小声对钱说：“大专家，你把头皮抓烂了也没有用，还是尽快想办法把导弹搞出来，不能掉下来呀！”

周总理回到沙发上，非常严肃地再问：“二位，怎么样？”

钱根据近期导弹发射的数据狠狠心表态说：“我们保证导弹不掉下来。”

李接着表态说：“我们保证掉下来，也不爆炸。”

总理满意地点头说：“这就对了。一定要做到万无一失。不能在自己的国土上搞核爆炸，万一爆炸，不是等于自己给自己扔了一个原子弹嘛！”

接着总理又询问了原子弹、导弹结合的一些细节问题，可以看出总理很细心、很内行，令钱、李二位副部长心中十分佩服，一位多么可亲可敬的总理。

其实，当时中央内部的斗争已经非常尖锐了。“四人帮”一伙正在密谋重头文章，批判所谓“三家村黑店”和评《海瑞罢官》，矛头已经直指周总理了。面对如此严峻的政治形势，总理是想要在政治风云到来之前，成功地进行导弹核武器的试验，以尽快形成战斗力。如果不是形势所迫，正常情况下，总理不会越过副总理和国防工办、国防科委，没有通过二、七机部部长直接向二位副部长布置任务。

3.“邱小姐”真娇气

二机部的任务是要造出适用导弹发射用的原子弹弹头，由于受发射载荷重量的限制、头部弹舱体积的限制，就必须做小型化、武器化设计，要做到体积小、重量轻、威力足够大。同时，导弹的飞行环境条件比航弹更加苛刻，要实现安全可靠对弹头提出了更高的技术要求。针对周总理提出的“掉下来也不能爆炸”，李让专家们研究用什么办法在原子弹上装一个自动装置，万一出现异常情况，有一个信号让他自行销毁、在空中引爆！

其实，二机部的理论研究人员已经利用理论设计的优选法，对几种导弹核弹头进行分析比对，确定了理论设计方案。

实验部对爆轰元件和模拟装置的爆轰试验，在有序进行中。

设计部在龙主任的带领下进行了核装置的结构设计和工艺试验研究；俞副主任带领莫斯科航空学院毕业的吴

景云等进行引爆控制系统的研制试验，引信及飞行试验测量用的无线电遥测系统和天线已取得成功，系统中包括多级保险和多种原理的引信机都在研制中，同时设计了“自毁装置”以确保不会核爆炸；俞还要解决两弹结合中的引爆控制系统面临的新课题是核弹头与航天导弹遥测系统的兼容问题……

饭要一口口地吃，技术问题要一个个地解决，邱小姐的“娇气”要一样样地克服。

在四厂区，根据确定的几项定型和大型试验项目，首先是对核装置和引爆控制系统的一些部组件、整体弹头进行振动、冲击、离心加速度、温度、相对湿度等的地面试验考核，考核的环境条件全部按照导弹的要求进行。但是，当时四厂区的环境试验设备还不配套，怎么办？创造条件也要做，用土办法也要做。例如在浴池里完成控制系统的湿度试验考核；有时做燃烧试验用柴火烧、用煤烧、用雷管炸；人为制造碰撞事故，看看是否安全；振动试验设备激振力不足，就先用多组橡皮绳把整弹悬浮在小振动台上，测到各部件的振动传递规律，再把部件放到振动台上，按测试到的振动传递值进行分步分次的振动试验；没有大的激振力的振动台，就将整弹放到汽车上拉着跑土路，看看整弹能否经得起简易公路的振动考核，这样一拉一跑，心中就有点儿谱了，目的是要确保安全可靠，要保证万一掉下来不会核爆炸，于是就有了下面的场景：

1966年盛夏，美丽的青海湖畔，金银滩草原上，景色宜人、芳草如茵、山泉清流、赏心悦目，啊！好美的大草原。

此时，一辆汽车一颠一颠地奔驰在221的简易公路上，就像是一只出没在绿草中时隐时现的小船。

汽车上装载的是一颗最新设计研制的核导弹弹头。驾驶室里安全技术处的处长苏耀光一直对司机说："能不能再快一点，再颠一些？"

司机郝留锁点点头，一脚猛踏油门，汽车猛地蹿出，里程表已经到了80千米/小时，这已是当时国产车的最大速度了。

苏处长看着里程表说："就这样！猛跑，越快、越颠越好！"

大家还记得两年前进行的第一颗原子弹核装置的一次爆轰试验时的情景吧！原子弹核装置娇贵得就像一个刚刚出生的婴儿被保护着，用几条毛毯包着；为了不被震坏，人们特意将它放在刁书记的沙发上，又派四个技术人员在车上扶着、抱着在平整过的厂内公路上运输，还是苏处长带队，一路上他一再告诉司机同志："慢点、慢点、再慢点！"就怕公路振动影响了核弹的性能。

而今天，苏处长还是怕震得不厉害、怕颠得不够狠，让司机再快点，因为他们正在进行公路运输振动试验的考核。

设计部十六室的柳道勤和邵天酬坐在产品车后的另

一辆卡车上，两眼直盯着那颗核弹头，一直跑完了几百公里的路程。没有工夫欣赏这美丽的221大草原、没有精力观看远山雪峰，试验成功、安全可靠，就是最大的收获了。

4.“试婚”——DF-2核弹头整体电加温试验

核导弹试验是个复杂的系统工程，为了保证试验的一次成功，二、七机部的专家带领年轻的技术员们在努力工作着，以实现尽可能地满足对方的技术要求。

但是，首先碰到的问题是保密。七机部有七机部的保密规定，二机部核弹的保密规定更加严格，连内部的同事都要执行八项保密守则，每个人都按规定只知道各自该知道的技术数据，现实中违反保密规定已有多人被处分、被判刑（很重的刑罚）。所以，当七机部一院的人想知道“邱小姐”长什么模样、漂亮吗？有什么脾气和秉性？二机部221的人想知道“啰唆君”高大帅气吗？家中的房子里有取暖空调吗？在天上的振动、冲击、离心加速度能受得了吗？由于保密规定，互相都有保留，不能说。就是各自“产品”的重量、重心、转动惯量、连接部位和方式等都是在专门的会议上制定的，双方技术人员不准交流。

这样怎么协作？怎么统一技术参数？怎能实现两弹结合？还是张副参谋长召开了两部、两院的协调会议，有关部领导、专家和科技人员参会，会上宣布解密：

凡是参加“两弹”结合试验工作的科技人员，可以根据技术需要无所不谈，可以互通信息和有无。并明确各级领导不能“秋后算账”，从此有关技术人员解除了“后顾之忧”，各项工作进展顺畅。

在221基地，设计部的一百多个年轻的大学生们正在科学家和老同志的带领下做着两弹结合试验的准备工作。

大家的一个共同表现是，不管你是哪个学校毕业的，不管你是学什么专业的，分到相关的室组面对新课题时没有一个人说：“这个我没学过。”所有的人都会去学习，向书本学习，向老同志学习（其实多数老同志也是面临新课题）！办法只有一个——学习、学习、再学习！

每天就是宿舍——食堂——105 办公大楼三点一线的单调生活。宿舍还是七八个人一个屋，四个双人铁床、一个办公桌、一个脸盆架。都是近几年毕业的大学生，早毕业的称“师兄”、晚毕业的叫“师弟”；都是技术十三级，有人给我们起个公用外号，称呼是“13 级老 K”（扑克牌中的 K），每月工资是 126.75 元，发工资后就把装工资的信封往床上一扔走人啦！其实就是个每天睡觉的地方，白天都去上班，宿舍钥匙就挂在门框上的横梁上，可以说生活区一片寂静、没有人影。

设计部的食堂就是后来的红星饭店，伙食品种还算“丰盛”。除了正常窗口外，还有一个小炒部，谁想吃得好一些，就到小炒部去炒个自己喜欢的小菜，还有小腊肠、酱猪肘、皮蛋等凉菜，价格都“不算贵”，比如一条红烧黄花鱼才一块钱，鱼的个头很大，可以装满一个大饭盒，吃它二三顿，还能使用保健费来买。其实，对刚从学校毕业的大学生们来讲，已经很知足了，反正食堂就是一个吃饭的地方。

105 大楼的东侧都是设计部的办公室，大楼的设计在当时应该说是高标准的了：宽敞明亮的房间，内部采用的是全部硬木地板，楼道是水磨石地面，每层都有开水房。105 大楼中部有 221 基地唯一的一部客货两用电梯。一楼中厅西部是保密室，是设计部的人每天上班领取自己的保密包和下班存保密包的地方，每个人都有一个专属的保密号和领取牌。

设计部十六室二组的办公室在一楼东侧第二间房中，第一间房是四组的办公室。每个办公室的门后都贴着保密守则，每个人办公桌上都有一个小保密柜，这是临时存放文件和资料的地方。办公室里大家都在专心地学习，有人看着相关的技术资料（这是要经过批准的）、有人在看书，除了专门的小组会，谁也不会过问你在做什么、看什么、学什么！一个共同的感觉是面对核武器研制试验的新课题，学校中学过的知识已经远远不够用了，在任组长的指引下去读相关的专业书吧！有人借阅了“热工学”“传热学”，有人看“核物理”“核物理电子仪器”，有人看“炸药与火药”“爆炸物理”，还有人在看“气象学”“核武器效应”……非常感谢母校给大家打下了比较扎实的基础理论知识，很快就读懂了一门新的专业书，这时心中也会有一点成就感，一个新专业入门了，再借另一本书去读，学习没有止境。

年轻人经常会感到学习的时间不够用，怎么办？那就“加班”吧，晚饭后你会在食堂到 105 大楼的土路上看到三三两两的人群疾行而过，一会儿 105 大楼东侧的办公室亮灯了，一盏、两盏，很快灯光连成一片……开始时，有人加班到很晚，被李院长知道了，就命令设计部各室的指导员一个屋一个屋地关灯撵人，后来就规定 105 大楼晚上十点钟拉闸关灯，于是晚上十点钟就是下“夜班”的时候了。

105 大楼的灯灭了，路上又是一群说说笑笑的年轻人、一群精力充沛的年轻人了。

夏日天气晴朗时，月亮就在头顶上热情地俯视着你，走在海拔 3 200 米的高原上，似乎伸手都能抓几个星星玩，让人心旷神怡。走在小路上，有人高兴地唱起了王洛宾的歌曲：“在那遥远的地方，有位好姑娘……”几位年轻的姑娘唱起了俄罗斯歌曲：“深夜花园里四处静悄悄，只有风儿在轻轻地唱，月色多美好，心儿多爽朗，在这迷人的晚上。”很快小合唱变成了大合唱。要知道这群年轻人是学了十几年俄语长大的，有人用俄语唱起了“喀秋莎”，有人会用汉语跟唱：“正当梨花开遍了天涯，歌声飘着柔曼的轻纱，喀秋莎站在峻峭的岸上……姑娘唱着美妙的歌声……”，有人会顺口说“哈拉哨”（好）“欧亲哈拉哨”（很好）好热闹的场面，好精彩的演唱会。

刮风下雨、天气不爽的夜晚，年轻人会不约而同地走大路（水泥路、比小路要远 800 米），要多走十多分钟的路，男生们会齐唱“学习雷锋好榜样，忠于革命忠于党，爱憎分明不忘本，立场坚定斗志强”，全体合唱“社会主义好，社会主义好……”

三点一线的生活，读书增长了知识，学习积累着能力，歌声中充满了欢乐，歌声满怀期望、梦想，年轻的人们伴着歌声成长。

1965 年 12 月，根据定型和大型试验项目计划，DF-2（5××型）核弹头整体电加温试验和热传导试验拟在青海 221 基地四厂区 402 工号的 36 m^3 试验室进行。

设计部十六室二组的任行祥组长（原西安交通大学的热工系讲师，是中央专委的一纸调令一人来基地报到，将爱人孩子留在西安交大，成了一个“单职工”），正在带领 16 个年轻的大学生们进行着试验准备工作。说起来很有趣的是，十六室二组是负责气候环境试验的，包括高低温、相对湿度（潮热）、低气压（真空）、太阳辐射、风、沙尘、雨淋、雾和霉菌等试验项目。但是这 16 个人却没有一个是与上述相关的专业毕业的，就是说一个西交大教热工学的讲师带着一群年轻的新人干着中国没人干过的新事——核弹头的气候试验，闯一个新课题。

402 工号的 36 m³ 高低温试验室已经安装调试完毕，任组长分配哈尔滨工业大学无线电测量专业的柳道勤和北京工学院学电真空专业的赵方林负责 36 m³ 高低温试验的操作和维护，保证在试验时的温度控制曲线准确无误，控制精度在±2 ℃以内。这对两个人已是很大的挑战了，两个学无线电的人首先要看懂高低温设备控制的“电气”图，还要按试验温度控制曲线熟悉控制柜面板上各按钮的操作达到准确无误。怎么办？学！向电工师傅请教看“电工”图，向书本学习“电力拖动和控制”，向钳工师傅学习一般制冷压缩机组的故障判读（听）和应急处理办法……

任组长分配南京航空学院学导航控制专业的林丙策和中国科学技术大学工程力学专业的陈国全负责温度测试仪器的使用、调试和多点转换开关的制作。其实他们两个人也是第一次知道什么是电位差计，什么是热电偶传感器。

西北工业大学毕业的邵天酬、北京航空学院毕业的王祖麻则是同任组长一块到二分厂总装车间去布设和安装温度测量用的传感器。为了进行各层温度传递规律的测量，从内层到外层都置有热电偶探头，并实现有序编号引出到弹头壳体外，以便连接远测导线。这是一个危险的岗位和操作，因为面临的试件既有炸药部件又有放射性部件，现场贴片面临着放射性辐射，出现意外会有生命危险。所以，安排的是三位共产党员到岗，组里的两位女同志和还没有结婚的年轻人们没你们的事。在环境试验中，有危险时共产党员上已是常事，这就是党员的先锋模范带头作用，在日常工作中给年轻人树立了榜样；有放射性辐射时，党员在，各级干部和老同志在，已成为不成文的“规定”。

当时，一般的民用和工业上使用的温度测量方法已无法在核弹头试验中使用，为了在精密装配的核弹头各层中安装合适的测温传感器，只能采用自制的热电偶才能实现，虽“土”却也算是一种创新技术了。全组人都要学会的是自制 Cu——康 Cu 热电偶传感器，热电偶本来就是一种经典的测温手段，加上任组长平时处事严谨、细心，人们就给他起了个优雅的外号“老古董”。

自制热电偶还真的是一个精细活。要把直径只有 0.2 毫米的铜丝线穿到直径 2 毫米的塑料套管内本来就不易，更难的是要穿过 4 米长的塑料套管，中间不能打折，打折就作废、不能用了。有时已穿过 3.5 米后，再穿一打折就废了，要剪断铜丝，抽出来从头再穿。说来是个简单的活，但穿起来还真难合格。刚开始时，有人一天也没有一根是合格的，心里急没用。看看那两个女同志就穿得很快、合格率高，这时女人有细心和耐心的优势了，她们把穿传感器当成做针线活了……人们在耐心地传授着经验，柳对赵说：“刚开始时可以穿得快些，等到过了一米长度就要小心了，这时要慢点穿，每次就穿 2 厘米、3 厘米……”这个办法还真灵，经过努力大家都掌握了穿线诀窍，几十支传感器连同备份都通过了组长的验收，合格！后来，大家才明白，任组长用心良苦，是想把每个人都培养成多面手、一专多能，能编写试验方案、能操控设备、能测试数据……随时都能顶岗补位，做一个全能的试验人。

按照试验实施大纲要求：402 工号外的避雷针已复测，数据合格；消防水龙头、水带和八瓶干粉灭火剂已就位；36 m^3 试验室已调到试验初始温度值保温待命；装配大厅的两根静电接地线和一个人员放电接地棒已检测合格。

在正式试验的前一天上午，一个小型的车队押运着一枚已总装合格的 DF-2 核弹头（连同七机部的弹头壳体）从二厂区运到四厂区。

402 工号大门敞开，迎接那辆产品运输车进入装配大厅。随同到达的第二生产部的黄珂琦师傅惊奇地发现这个大厅和二厂区的 215 车间的装配大厅是完全相同的。是的，这是一张图纸施工的大厅，配属的防爆吊车、真空泵、真空容器、防爆无火花水磨石地面等都是一样的，因为最早的工艺设计路线是：在四厂区进行环境试验的试件都在这个大厅完成。

黄珂琦和张克林两位师傅使用弹头总体吊具将弹头与 402 的 5/15 吨防爆吊车的吊钩连接，曹庆祥吹着口哨、拿着小红旗指挥着四厂的吊车工赵师傅（他也是第一次吊装正式产品）将 DF-2 导弹核弹头吊起，再平稳地水平地吊装到 36 m^3 试验室的专用平板车上。

任组长和党小组长邵天酬干练地将产品静电接地线连接固定到弹头壳体的后密封盖上，这是关键岗位，是双岗制。此时，柳道勤是第一次看到真实的核弹头，有些惊呆，尽管在他的保密手册上曾经批准抄录了东风-2 号核弹头和测点布局的示意图，但是，现实中的弹头真的好大、好大，是个庞然大物。对于小时候只见过手榴弹和榴弹炮炮弹的人来讲就是一个震撼。特别是在弹头吊起在空中运行时，你能清楚地看到，壳体的玻璃钢表面不是太光滑，在阳光的照射下新出厂的弹头仍闪烁着绿宝石般的光芒，又增加了几层神秘感。

参试的弹头壳体是七机部一院研制的，一院弹头所派出了郑思禄和林泽文两位技术员负责技术协调和电加温系统设备操作各项工作。《东风-2 号头部整体电加温试验》是二弹结合试验前对七机部头部电加温系统的实际考核，也是对核装置的低温性能的试验考核；同时要做的《东风-2 号头部整体热传导试验》主要目的是摸清核装置内部各层的热传导规律，以便为理论计算和改进设计提供参考。郑和林技术员好辛劳，他们是乘铁皮闷罐火车押运弹头壳体到 221 基地的，好在前几天在二生部的 215 总装车间他们经特殊批准看到了核装置的外貌，也算是极大的安慰和荣幸了，要看到“邱小姐”的外貌可不易，直到今天 221 基地的人真正看到“邱小姐”的人也是极少数的。郑感慨地说：“‘邱小姐’还真是个光亮的丽人，真的是丰满又漂亮！”，林接着说：“原子弹原来是圆的呀！好胖的身材！”在旁的221人只是会心地一笑，其实他们也是少数的见过“邱小姐”真容的人之一而已。

根据技术要求，试验件要在两种状态下完成考核。一是在36 m^3高低温试验室内完成水平状态的低温试验；另一个是弹头垂直状态下的考核，由于36 m^3试验室的高度限制无法在室内进行，当时的160 m^3试验室还是一片工号内预留的空地，建成使用是多少年以后的事了。土办法是在402工号的测试间平房外的平地上进行，难点是要等待适合做低温试验的天气，就是要选择一个最低温度在−30 ℃左右的那几天做试验。本来，金银滩高原上这样的天很多，但是在1965年12月到1966年3月的日子里，偏偏经常是晴朗、无雪、无云……终于盼到了寒冷的几天“窗口期”……

当年，由于测试精度的要求和测试仪器设备技术水平的制约，试验时是人海战术、全员上岗，测试间中两排测试台上摆满了UJ-1型电子电位差计、游标指示仪、多点转换箱等，每人负责一摊，每隔15分钟进行一次测试，就是一场疲劳战，但是，都是在有序和紧张中重复着。

七机部的郑、林技术员熟练地操控着电加温设备仪器，配合默契；二机部的人每小时还要进入试验室手持便携式风速仪测量风速，这也是个苦差事，柳技术员和郑技术员（双岗）每次都是身体凉透、手脚冰麻。二、七机部的人各负其责、分工协作、顺畅愉快。

到 1966 年 3 月终于共同圆满地完成了两弹结合的头部整体电加温地面考核任务，试验结论是电加温系统提供的弹头壳体内舱温度基本能满足核装置要求，为两弹飞行试验提供了实验依据。当然，如果能把舱内温度的均匀性再提高一个水平，更好！这是以后改进提高的事了，后来七机部设计了“空气调温”系统。

就是说，“啰唆君”的“婚房”，基本上达到“邱小姐”的环境要求了，“试婚”成功过关！

5.“啰唆君”娶“邱小姐”、飞天生贵子

两弹结合试验的准备工作有序展开：

根据国防科委要求，酒泉导弹发射基地于 1966 年 6 月至 8 月抢建完成了简易发射场，代号 50 号阵地。发射中队和安全控制中队进场训练发射。

钱副部长和李副部长带领有关技术人员组成先遣作业队、试验队进驻酒泉，与基地共同承担发射训练任务。此时，二、七机部的专业技术人员按照专业对口分工，做到了交思想底、交产品质量底、交相关技术参数底，及时通气、互相协商、真诚合作。

罗布泊孔雀河畔的弹着区，遥测和测试的观测站大部分建设在孔雀河北岸，测试通信、工程等利用原空投试验

的设施，其他的新增配套设施也在施工作业中。

“啰唆君”正在组织迎亲的车队和伴郎；“邱小姐”在金银滩上打扮梳妆、陪嫁品清点装箱，准备掀起一场惊天动地的“风暴”。

1966 年 6 月 30 日，周恩来总理出访阿尔巴尼亚、罗马尼亚，经巴基斯坦的拉瓦尔品第回国时，没有直接飞回首都北京，他是专程到酒泉导弹发射基地，亲自检查导弹核武器的各项试验准备工作情况，观看中近程火箭发射试验，并乘直升机视察兰州军区的防务工作。陪同总理的是杨成武代总参谋长和酒泉基地代司令员李福泽。李副部长和马兰基地张司令员也都在酒泉基地。

周恩来总理已先后 5 次到西北核试验基地视察。总理也十分关注青海核武器研制试验基地的研制生产情况、关心金银滩 221 基地人的生活福利和物质供应。

在酒泉基地，李副部长带着 221 人的期盼邀请周总理到青海基地视察，为了更亲近和缓解紧张情绪，李还以非常轻快的语气说：“总理，我还可以陪您游览青海湖，看看鸟岛、看看鸟，那可是个好地方啊！”

周总理点头说：“我知道，我早就想去青海，就是抽不出身来呀！”

李副部长和酒泉基地的李代司令说，他们万万没有想到，可能连总理自己也没想到，这是总理最后一次视察核试验基地了。

周总理未能到青海 221 基地视察，给 221 人留下了永久的遗憾。

1966 年 9 月，参加“自毁试验”和“冷试验”用的弹头及导弹分别从青海金银滩和北京运到酒泉基地。

9 月初，221 基地工作队的全体队员乘坐专列，带着金银滩草原上的花香，来到了酒泉发射基地，来到了茫茫的戈壁滩。

在酒泉基地 6 号工作区。由陈家圣工程师（时任设计部 215 车间副主任）和李必英工程师（时任二生部 207 总装车间主任）领队的总装组住在基地车间的办公室里，工作队领导、系统组的人和办公室的分管技安、保卫、医务等人住在距装配车间 100 多米远的营房里,李副部长和 221 基地的队员同住、同吃，全体人员到基地后没有休息就投入紧张的练兵操作中。

按照基地试验指挥部的安排，总装的第一发是训练弹，是一发参加安全自毁试验的预演弹，总装组白天熟练地进行总装工作，第一次看到试插接雷管时还很好奇，但是他们要撤离到隔离线外以确保安全。晚上总装组要在车间里陪核弹睡觉，这时黄珂琦和张克林师傅都翻来覆去地睡不踏实了。为什么呢？原来是他们有些担心，怕万一不小心碰响雷管引起爆炸……这也是情理之中的事，因为总装的钳工师傅和技术人员都是搞机械的人，对雷管、炸药、核材料的性能知之甚少。细心的李副部长好像知道工人们心里在想什么，不仅陪着一起和核弹睡觉，还特别安排负责技术安全的同志给大家讲课，讲雷管、讲炸药、讲核材料的相关知识，特别是讲它们的性能和安全防护注意事项等。负责插雷管的人还给大家做安全试验，黄和张师傅们心里安稳了许多。黄想：李副部长和插雷管的人不也在车间陪弹睡觉吗？我也不怕！不怕！

记得中秋节那天，吃晚饭的时候，我们走进食堂刚坐下来，李副部长走过来，冲着大黄师傅说："大黄，今天是中秋节，晚上你们都要加班，可不能喝酒呀！"其实，李副部长熟知大黄他们几个人爱喝两盅，特意嘱咐一下。大黄站起身说："请部长放心，就是桌上摆着酒，我们也不会喝的！"李高兴地说："好！好！等任务完成，我会给你们酒喝的！"

10 月 7 日，酒泉基地进行了一次实际检验安全自毁装置系统的两弹结合飞行试验。发射导弹起飞后，弹上和地面设备全部工作正常，并按预定程序、弹道和时序，弹头和弹体自毁成功爆炸。酒泉发射场和罗布泊弹着场都按正式试验要求和程序进行了实际演练。试验结果表明：导弹工作正常，自毁安全系统工作可靠。

10 月 8 日，周总理在专委会上听取了两弹结合的安全自毁试验结果和进行飞行"冷试验"、正式"热试验"准备工作情况的汇报。周总理特别强调说："两弹结合试验十分重要，这种试验美国人是在海上搞的，苏联是在西伯利亚做的，而我们是在自己的国土上搞试验，飞行弹道下有一万多名居民要疏散，不能出乱子。‘冷弹’是一次严格的实战考查，要做好各项记录；‘热弹’要一点差错都没有才行，要把各种因素都考虑到。弹头的撞击试验，斜撞、横撞都要进行。”

周总理亲自部署试验工作，直接指挥二机部李副部长、七机部钱副部长到酒泉基地现场办公。

10 月 20 日，周总理在人民大会堂福建厅召开导弹核武器试验前的最后一次专委会，部署和确定几个重大事项。

本来总理办公室秘书通知会议在晚上 8 时 30 分开始，此前总理是在人民大会堂主持另一个重要会议。7 时 20 分，国防科委罗舜初、张震寰及胡若嘏，七机部钱学森副部长及谢光远，二机部李觉副部长及尤文光就来到福建厅等候。他们想总理日理万机、工作繁忙、时间宝贵，如果上一个会议结束了，就可以立即进行专委会，只能是他们大家等总理，等多久都行。

一直到 9 时 30 分左右，周总理、聂帅、叶帅来到福建厅，无需口令全体站起来向总理致意。总理抬起双手摆了摆示意大家坐下来，自己也在中间的大沙发上坐下。要是在往常，周总理会和每一个人亲切地握手、关切地问候，特别是像钱学森这样的科学家，一定会更加关怀问询，可以看出周总理很累很累了。

一位服务员端着一个大盘子进来，上面有一碗汤面、两个小包子、一碟小菜。总理秘书对大家说：“总理还没吃晚饭呢！”又不自主地大声说：“这已经是第三次给总理送饭了！”从她的眼神中可以感受到的是：请你们再等一等，先让总理吃口饭吧！

大家从服务员的眼神和言语中已经非常会意和感动，静静地等着。

张震寰副主任汇报了两次“冷试验”的结果后，又汇报了“热试验”的各项准备工作情况。

总理边吃边听汇报。李副部长看到钱副部长一直专注地看着总理吃饭，张副主任到底汇报了什么他没有认真听，要是在以前这样的会议上，他一定会认真地听别人讲了什么，哪些问题还要补充，哪些问题讲得不对、不准需要订正……今天，作为一个科学工作者，他的表现有些反常，他转过头很深情地对李副部长说：“老是这样，连饭都吃不好，怎么行？总理的身体怎么承受得了？”李轻轻地点头同意，此时，两个人的眼睛都已湿润，心痛得无法用语言来表达。

当周总理问钱学森：“你还有什么要说的吗？”

钱急忙回答：“没有，我们就等总理指示。”

周总理似乎也感觉到今天的会议有些沉闷，同时也知道大家当前最关心的不只是核导弹试验，就故意显露出轻松的神态，微笑着说：“学森同志，你是大科学家，是我国第一颗导弹的总设计师，你不说话，我能做什么指示呢？”此时，周总理的声音已有些沙哑！

平时非常健谈的钱学森深情地看着劳累过度、疲惫不堪、强打精神、强装微笑的周总理，欲哭无泪，想说点什么却又一句话也说不出来，勉强地、苦涩地向周总理笑了笑，笑中带着隐忧和痛爱。

服务员送上一条毛巾，总理擦了几下手，站起来走到大地图前，钱和李等人也都跟了上来，准备回答周总理的提问。

周总理在地图前，仔细地查看核导弹飞行的弹道，询问弹道下边居民的分布和疏散方案。总理问道：“导弹射程能打多远？核弹头爆炸的杀伤威力和范围有多大？附近的居民有没有危险？”

其实，周总理最关注的是两个问题：一是当地的各族人民的安全，二是爆炸后国际社会的反应。钱、李和二、七机部的技术主管一一做了明确回答。

专委会议一直开到午夜 12 时。秘书说，家里还有另一班人在等着周总理呢！看来总理还不能休息，为国操劳的好总理呀！

10 月 24 日，试验指挥部下达了正式组装我国第一颗核导弹弹头的命令。221 作业队的人多少天来，学习、练兵、装冷弹参加预演等，都是为了这一天的到来。黄珂琦尽管参加过前几次国家试验了，还是感到有些紧张、兴奋。

下午，在试插雷管的时候，总装组的人退到隔离线外观看，等待着继续总装的工作。

谁知，危险发生了——

插雷管的人小心谨慎地按规定动作程序将雷管插进去后，有一个雷管没有插到位，想拔出来重插却怎么也拔不出来。这可是个危险的事，万一弄响了雷管引爆了核弹，后果不堪设想。看得出来那个人已是满头冷汗了。

车间里静得出奇，好像掉个针头都能听到响声，每个人都能听到自己的心跳声。大家精力集中到那个雷管上，没人发现李副部长什么时候走了进来，坐在隔离线外注视着大家，一声不响。有人小声说："太危险了，快让李部长离开点吧！"

这时，陈家圣走出操作隔离线，和李必英说了点什么，然后直接走到大黄师傅前说："大黄，你是钳工，去试一试，把雷管给拔出来！"大黄师傅有些惊恐："我从来没干过这事……恐怕不行、不行啊！"

陈非常理解他的心理，低声但是很坚定地说："不要怕，只要胆大心细，别紧张，不会有问题的。相信你会有办法，去试一试。"

大黄看了一眼身后的李部长，发现李部长也在看着他，两人眼神中一个交流，仿佛在说：相信你能拔出来的。

此时，每个人的目光都盯着大黄，眼神中也是肯定和期望。大黄师傅镇定下来，为了争取时间，不影响后续任务，他什么也没说，大步地来到操作台前，稳一稳神，又看了一眼李部长，眼神中是坚定的回答。

大黄轻轻地左拧一下，右拧一下雷管，开始雷管是纹丝不动，卡得很死。他的脑海中琢磨着，怎么就拔不出来呢？……大概过了半个小时，突然，他轻轻地一下就把雷管给拔出来了，没有听到异样的声响，没有用太大的力气。他深深地吸了一口气，却已是满身大汗，连工作服里的内衣都湿透了。大家投来了赞许的目光。

一发热试验用的核弹头已总装合格。

10 月 24 日，周总理、聂帅和叶帅向毛主席汇报了这次重要的核导弹试验，毛主席批准了试验，任务确定。

10 月 25 日，聂帅受毛主席、周总理的委托，乘专机飞到酒泉，指挥核导弹试验发射任务。

10 月 26 日，导弹和核弹头按时向简易发射阵地转运。遇到了强寒流和 20 米/秒以上的大风，风沙蔽日使能见度不足 20 米，汽车开着大灯，顺着电线杆子走，50 多千米的路走了近 3 个小时。

聂帅、张震寰和李副部长、钱副部长都在发射阵地观察发射二中队的各项勤务操作，坐镇指挥。

发射二中队吊装组打破常规，在大风中、低温下展开高架起重机，全体配合准确精准地操作，用最低的速度，一毫米一毫米地起竖对接将导弹吊装到起竖托架上，对接核弹头……核导弹终于安全地起竖固定在发射架上。在现场的指挥员是基地一部的参谋长王世成。

在发射场上，连夜检查、瞄准、舵机调零……核导弹的各仪器和参数已调到最佳状态，一切准备就绪。

在甘肃柳园，警报器响起，飞行弹道下，一万多名居民百姓在部队的疏导下撤到安全地带。

10 月 27 日晨 5 时多，指挥部向周总理请示报告，请求批准加注推进剂和发射。总理高兴地指示："可以加注，要安全发射、准时发射！祝你们成功。"

发射场最危险的地方，是发射控制室，这是距发射台最近的地方，距离只有 100 米左右，一个深 4 米多的地下控制室，如果发生意外，后果难料、损失严重。此时，所有人员都已撤离，只有地下室的 7 个人在岗操控。这 7 个人分别是：酒泉基地第一试验部政治委员高震亚、一部参谋长王世成、发射二中队队长颜振清、控制系统助理员张其彬、加注技师刘启良、控制台操纵员佟连捷、战士徐红。地下控制室非常小，只有十多平方米，7 个人加上设备仪器通电后的散热，使得室温达到近 40 ℃，又闷又热、呼吸急促。为了防止意外发生，发射中队准备了可供几天使用的食物和饮用水。

上午 8 时整，按试验发射程序，阵地指挥员王世成下达了"30 分钟准备"的口令。

"15 分钟准备"口令下达，首区指挥部用暗语向国防科委和周总理请示报告："卫要武、戴红身体检查合格，可以出发。”明语是说导弹、核弹头各技术条件合格，可以发射。回复是“同意出发”。

地下控制室中，高政委拿出国防科委赠送的毛主席纪念章，郑重地别在 7 个人的胸前，大家整齐地转向毛主席画像，默默地宣誓：“保证完成任务！”

9 时 10 秒，王参谋长高声下达了“点火”口令，佟操纵员沉着果断地按下了发射按钮，瞬时，一声轰鸣，东风导弹托举着 5××型核弹头，喷射着浓烈的火焰起飞了，像条白色的东方巨龙，直冲苍穹。7 个人屏住呼吸，焦急地等待那最终的信息。

今天的天气晴朗，万里无云。

在敖包山上的指挥所，广播喇叭中不断传来无线电信息：“程序转弯”“发现目标”“遥测信号良好”“导弹飞行正常”……

首区指挥所顿时响起一片热烈的掌声，有人相拥而泣，唯有李副部长没有鼓掌、脸上没有表情，他在等着那最后的一响。

李副部长想的是：“导弹飞行正常”到核弹成功起爆还有一段路呢，核弹头的引爆控制新系统是否正常，威力多少？……飞行时间不长，等待却是紧张而又漫长的。他心中还在记着周总理的指令——“七机部要保证导弹不能掉下来，二机部要保证掉下来也不能爆炸”。掉下来不得了，爆炸了更不行，责任重大呀！

9 时 9 分 14 秒，罗布泊传来激动人心的信息：“核弹头命中目标，实现了核爆炸！”李部长一直悬着的心总算落了下来，他下意识地用力鼓掌，旁边的人感到莫名其妙——他怎么才想起来鼓掌呢？

成功的喜讯传到地下控制室，7 个勇士激动得热泪盈眶，互相握手拥抱，面向毛主席像齐声高呼：“胜利了！成功了！毛主席万岁！毛主席万万岁！”

李部长来到观察站的小山坡上，看到 221 基地的人正在欢呼跳跃、相拥抛帽，高呼着：“毛主席万岁！”“中国共产党万岁！”的口号，有人伸出大拇指喊道：“我们中国人有了导弹核武器了！”……黄珂琦一眼看到李部长来了，和几个技术人员一起把李部长抛向空中——“成功了、成功了！”

发射前的 DF-2 导弹

核弹头与导弹对接

水平托架上的 DF-2 导弹

1966 年 10 月 27 日晚 8 时，新华社发表新闻公报：

1966 年 10 月 27 日，中国在本国的国土上，成功地进行了导弹核武器试验，导弹飞行正常，核弹头在它预定的距离，准确地命中目标，实现核爆炸。

北京和全国各族人民连夜举行盛大的集会游行活动，热烈欢庆我国核武器研制取得的又一个重大胜利。

核导弹爆炸成功，再一次震惊了全世界。

晚上，俞大光来到系统组的宿舍，与吴景云等技术人员庆祝试验成功，谈笑风生中突然感慨地自言自语道：“你们说我这个人就是命不好，第一颗原子弹试验时本来是到现场参加试验的，不巧的是因为胸部有病住院，就没能到罗布泊参加试验，好遗憾呀。去年做第一颗核航弹试验时，本来一切正常，在做预演时又发生了遥测信号程序混乱，无法判读，弄得我是现场发呆，好没面子，还好正式试验时挽回点脸面。今天核导弹试验成功，咱们的引爆控制系统和遥测系统是‘冷试验’‘热试验’都是动作可靠、程序正常，也算是我的名字放点光吧！”大家会心一笑。

李部长来到 221 工作队总装组的驻地，直接走到黄珂琦面前，从身后拿出一瓶红葡萄酒说：“大黄，平时不让你喝酒，今天试验成功了，你和大家每人一口，算是庆祝试验成功吧！”所有的人都很感动，心中明白，多么可爱的将军啊！多么守信的将军啊！心情激动的大黄把白天在观察点小山坡上心中的一首小诗写在日记本上：

蓝天飘云坐山坡，眼望红日正喷薄。
发射塔下喷火海，神箭腾起上真核。
汗水浇出科研果，创业路上勇拼搏。
满怀热泪高声喊，目标准确壮山河。

两弹结合的核导弹试验成功，有人比喻说这是“啰唆君”（指导弹）娶了“邱小姐”（指原子弹），飞天生贵子（指核爆炸）。啊！又是一个美丽的神话传说。

从此，第二炮兵有了实战的武器装备——东风二号核导弹。

请记住地下控制室中七位勇士的名字：

基地第一试验部政治委员	高震亚
基地第一试验部参谋长	王世成
发射二中队中队长	颜振清
控制系统助理员	张其彬
加注技师	刘启良
控制台操纵员	佟连捷
战士	徐　红

第五章　保卫和平　氢弹也要快

1965 年 1 月，毛主席提出：“原子弹要有，氢弹也要快。”

在中国第一颗原子弹、第一颗核航弹和第一颗核导弹试验成功后，氢弹试验的任务提上了议事日程。

氢弹试验是周总理明确指示的我国核武器研制任务“三级跳”设想的第三跳，要在 1967 年完成试验。

氢弹的研制，在理论上和实践上要比原子弹复杂得多。要实现热核聚变爆炸，需要 1 000 万摄氏度以上的高温，这就要利用原子弹爆炸时的高温高压能量，去点燃氘、氚等轻材料发生自持聚变反应，并在瞬间释放出更加巨大的能量。

由于受裂变材料临界质量的限制，原子弹爆炸的威力一般在几百吨到几万吨 TNT 当量内；而氢弹就没有这个限制，想要多大量，理论上都是可以的，所以氢弹的威力比原子弹要大很多倍，可以大到几千万吨 TNT 当量，与原子弹相比这是一个大的飞跃，苏联就曾造出千万吨当量的氢弹。

如果说我国在原子弹的理论设计时还多少有一点苏联专家的影子的话，那么氢弹设计和研制技术则是在没有任何外援的情况下，完全由中国人自己独立完成的。

实现核聚变的氢弹研制过程是个巨大的考验，因为氢弹在原理、材料和结构设计等方面都要比原子弹复杂，需要中国人的聪明才智；同时，国际形势要求我们必须赶在法国人之前进行氢弹试验，可以说是时间紧、任务重；加上 1966 年“文化大革命”的影响，所以氢弹研制是在艰苦的探索中进行的。

爱国、奉献的 221 人经受了严峻的考验，走出了一条自己的氢弹之路。

1. 氢弹预研与理论突破

在我国大力研制原子弹的同时，科学家们从 1960 年 12 月就已开始了摸索氢弹原理的预研。二机部刘部长和钱三强副部长把研制氢弹的任务交给了在原子能研究所做研究工作的黄祖洽、于敏、何祚庥等人，成立了“轻核反应装置理论探索组”，秘密地进行着热核材料性能和热核反应机理的研究。在第一颗原子弹爆炸成功后，1965 年 1

月，二机部决定将原子能研究所的黄、于等 31 位科技人员调到九院理论部，与那里的科技队伍相汇合，一起突破氢弹，形成了强有力的科研攻关力量。北京花园路理论部的大楼里每天晚上都是灯火通明，合力攻关的场景。

当时，我们已经掌握了原子弹原理和制造技术，又通过预先研究对热核材料和热核燃烧的有关物理现象和规律获得了一些重要的认知，这样就为突破氢弹技术打下了较好的研究基础。特别应当指出：一是通过突破原子弹的锤炼，已经培养了一支实事求是、思想活跃、无私奉献、非常有战斗力的科研队伍；二是良好的学术民主的科研氛围，灯火辉煌下畅所欲言。大家提出了各种各样的突破氢弹的设想和途径，经过认真讨论、计算和分析，又一条条地否决了，有时是“山重水复疑无路”的感受。但是面对困难、面对新课题，人们的积极性还是非常高涨，可以说是“攻城不怕坚、攻书莫畏难、科学有险阻、苦战能过关”的激情满满。学术报告一个接一个，学术报告大厅里挤得水泄不通。从多种设想方案中经过比较分析，最后选择了两种途径，进行氢弹的总体计算，以摸清影响热核材料燃烧的主要因素和能量释放的规律。

热核燃烧，在高温、高密度等离子体状态下，集流体场、辐射场、中子场和核反应场于一体，并形成一个很复杂的综合场，交互作用、瞬息万变，有关现象和物理规律非常复杂，要研究这些现象和规律，计算机是不可缺少的工具。那时，我国仅有二台每秒 5 万次的电子计算机。九院的那台苏制“乌拉尔”电子管计算机 200 次/秒已无用武之地了。

计算氢弹的核数据，需要大功率、高运算速度的计算机，但是当时北京仅有的中国科学院计算机研究所的 119 型计算机（5 万次/秒）已不能安排氢弹计算需求，因为这台计算机 95%的时间要用在原子弹的理论计算上。李副部长派人到处探访，最后了解到上海中科院华东计算研究所有一台 J-501 型计算机（5 万次/秒）可用。

1965 年 9 月底，于敏带领理论部 13 室的几个组的年轻人到上海出差，利用 J-501 型计算机完成了加强型原子弹的优化设计方案任务。结果表明，加强型原子弹虽然含有热核材料，但是热核燃烧不充分，只能起到加强原子弹威力的辅助作用，它还不是氢弹。在上海，他们很快解决了计算方法中存在的问题，改编和研制了新的大型计算程序，对加强型原子弹做了非常详尽的系统计算。更重要的是通过对计算结果由表面现象到物理实质的分析，终于找到了热核材料充分燃烧的关键所在。10 月下旬，于敏在上海向全体出差人员做了一系列的“氢弹原理设想”的学术报告，引起大家浓厚的兴趣，认为通过这个时期的工作，成效巨大。

于敏戏说：“我们到底牵住了牛鼻子了！”

后来人们抓住这个关键，又计算了几个模型，发现了热核材料自持燃烧的关键，得到了非常好的计算结果。群情激昂、气氛热烈，继续在完成原来加强型原子弹的优化设计任务的同时，加班加点，开辟另一条战线，探索突破氢弹技术的途径。

当时，虽然已经掌握了突破氢弹的关键点所在，但是要创造热核材料更充分燃烧的条件，仍然是相当困难的事。众所周知，原子弹有巨大的多方面的破坏作用，必须能驾驭和控制住才行。得益于前4年预研时对热核材料燃烧的内因和外因有关物理现象的基础研究时，技术人员学习和运用毛泽东主席《矛盾论》中的论述——“外因是变化的条件，内因是变化的根据，外因通过内因而起作用”——作为研究氢弹理论的指导思想，准确地将热核点火和燃烧作为氢弹爆炸的内因，将辐射流体力学创造的条件作为外因，反复研究了外因和内因的相互辩证关系，进而探寻出高温、高密度等离子体状态下的基本物理现象和规律性，对氢弹原理做了一些初步探索，这是“氢核反应装置理论探索组”的理论研究成果，利用这些已掌握的规律，加上多次反复计算、多次集体讨论，终于找到了控制原子弹的破坏因素，采取了非常精巧的结构设计，创造出了热核材料燃烧的条件，使内因通过外因而起作用。在上海连续奋战100个日夜，终于形成了一套从理论到构型都基本完整的氢弹理论方案。

消息传到北京，邓主任第二天就飞到上海，他一下飞机就直奔计算机房，兴奋得像个大孩子——“娃娃博士”！当时，邓的工资比别人高一些，人们称他是财神到了，欢呼着要他请客犒劳大家，一派激情又温馨的场景。

从理论方案到付诸实施，还需要进一步完善和实验，想办法解决许多关键技术难题。当然还有许多工程技术问题，其中包括结构设计、轻材料生产、异形零部件加工、制造装配及冷热试验时的参数测试等一系列难点……

经过221基地多次研究确认，于敏等人提出的利用原子弹引爆氢弹的理论方案从基本规律上推断是合理的、可行的；加上在突破原子弹和对热核材料的生产及工艺预研，我们已经有了一支在实验技术、结构设计等方面特别能战斗的技术队伍，这个氢弹方案经过努力是可以实现的。并明确要尽早、赶在法国人之前研制出体积比较小、重量比较轻、聚变比比较高的100万吨级的氢弹。并确定这是氢弹突破的主攻方案。

后来，人们常把这个氢弹方案称作于敏构型，是中国氢弹的特殊构型。于敏自己说：“研究氢弹原理的是一批科学工作者，参加设计实验的人就更多了。要说攻关，也是集体攻关，我只是其中的一个卒子。”

1999年，于敏被国家授予“两弹一星”功勋奖章，并代表23位获奖者发言，他说这是集体的功劳。他婉拒“氢弹之父”的称号。他说，核武器事业是个庞大的系统工程，是在毛泽东、周恩来等老一辈革命家的英明决策，在党中央、国务院、中央军委的正确领导下，全国各兄弟单位大力协同下完成的大事业。

他还是觉得大家称他为“老于”最亲切。

2015年1月10日，于敏院士获国家最高科学技术奖，坐着轮椅接受习近平总书记授奖。

2019年1月16日，从未出国留学的、“国产专家一号”、全国劳动模范，我国乃至全世界一流的理论物理学家于敏院士在北京溘然长逝。

2. 小平视察221

三月的金银滩，春寒料峭。

1966年3月30日，时任中共中央书记处总书记的邓小平同志在到兰州浓缩铀厂、酒泉原子能联合企业视察后，又风尘仆仆地来到西北核武器研制基地视察。

下午三时整，一辆辆小轿车在总厂办公楼前的东头拐弯处缓缓停下，小平总书记从一辆苏制黑色的吉姆牌轿车上走下。站在海拔三千二百多米的金银滩上，放眼瞭望那茫茫的大草原，环视远处起伏的雪山，显得十分兴奋。

他对身边的工作人员和领导同志说：“原来以为核基地建在山沟里，没想到是建在辽阔美丽的草原上。”接下来又说：“这里与当年长征时我们走过的毛尔盖草原差不多嘛！”

在薄一波副总理、西北局第一书记刘澜涛、国防工办主任赵尔陆、青海省委第一书记杨植霖、青海省省长王昭的陪同下，与前来迎接的第二机械工业部副部长刘西尧（专程从北京赶来）、副部长兼九院院长李觉、八一二二部队司令员贾乾瑞、副院长兼二二一厂党委书记吴际霖、副院长王志刚与陈能宽、厂政治部主任刘志宽等人一一握手。

小平总书记指着李觉，对薄一波和刘澜涛说："我记得这个地方还是他选定的。"

李觉汇报说："是小平同志亲自批准建在这里的！"

小平同志微微一笑，风趣地说："这么说，建这个基地我也做了一点贡献啊！"又对薄一波说："你可能不知道吧，李觉曾在你手下工作过，还是我派去的呢。"

李觉急忙说："当时我参军不久，在基层，一波同志在太原。"

小平同志又说："李觉还是有点办法，从你的老乡（指阎锡山）那里拉出了一支队伍，上了太行山。"

221基地职工、解放军指战员、少先队员和家属列队在马路两旁激动热情、喜气洋洋地拍手迎接小平同志一行的到来，身穿黑色呢子大衣、神采奕奕的小平同志面带笑容，向欢迎的人群挥手致意，迎来一阵阵热烈的掌声。

穿过激情的人群，小平同志健步来到电影院前的广场上，接见了荆立喜等六名厂级劳动模范、驻军五好战士和先进代表，并与一千二百多人合影留念。

合影后小平同志一行来到一厂区105大楼后的模型厅参观，听取了刘西尧、李觉同志关于基地贯彻毛主席、周总理加强氢弹研制工作的汇报。小平同志听了基地氢弹研制的最新进展情况后非常满意，高度评价肯定了我国科学家们发扬民主、群策群力、脚踏实地、实事求是的精神，还亲切接见了王淦昌等科学家，一再勉励他们继续为我国核工业建设和研制核武器做出新贡献。

当听到研制氢弹还有一定难度和风险时，他鼓励说："你们大胆地干，成功了是你们的；出了问题失败了，我们负责呀！"这给在场基地领导和科学家们以极大的鼓舞和支持。

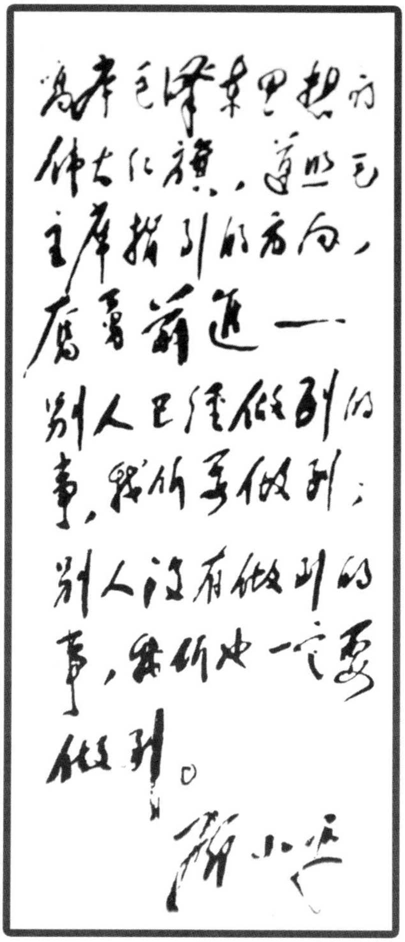

在模型厅，小平同志仔细地观看了产品模型，认真地听取了详细讲解后，十分高兴，欣然挥笔题词：

高举毛泽东思想伟大红旗，遵照毛主席指引的方向，奋勇前进——别人已经做到的事，我们要做到；别人没有做到的事，我们也一定要做到。

题词充分表达了小平同志的高瞻远瞩、敢为人先的豪情和对我国核武器研制事业的殷切期望。

小平同志的题词对正在进行氢弹攻关的科学家、工程技术人员和221基地的广大职工是个巨大的鼓舞和鞭策。要群策群力、不断进取、努力创新，设计部、实验部和各生产部门紧密协同、刻苦攻关，下决心赶在法国人的前面爆炸我国的第一颗氢弹。

离开模型厅，小平同志迈着稳健的步伐来到对面的一0二车间。在四号厅，听取了关于热核材料的介绍，观看热核材料成型用的手套箱、模具、压机和真空炉等设备，不时点头询问；在 11 号密封间，听取了热核材料采用涂层的必要性介绍，观看了涂层的操作过程演示，鼓励涂层组要不断提高和完善涂层技术。

随后，小平同志一行乘车来到第二生产部的二0三车间和二一五车间（当时是设计部管辖），观看了原子弹核弹头；还到实验部的七厂区701工号的临界安全试验厅，仔细认真地观看了实验装置。

小平同志非常关心基地的建设和科研生产的正常运转情况，他伸出食指对李觉说："不管发生什么事情，你们要抓紧生产不放手，这是根本的一条。要保证各个环节的正常运转。"

李觉十分熟悉小平同志的这个动作，因为小平同志讲话的特点就是简洁、明快、要言不烦、切中要害，没有让人眼花缭乱的感觉。但在关键时刻，特别强调一个问题时，他会举起右手，中指、无名指和小指微微弯曲，大拇指压住中指，伸出食指，对着你仿佛在问：“你明白了吗？”

小平同志视察后非常兴奋地说：“看到这些产品很高兴。”五时许，小平同志在职工的热烈欢送中离开了 221 基地。

小平总书记的视察充分体现了党中央、国务院和总书记本人对基地建设和核武器研制工作的亲切关怀和高度重视，为核工业战线和基地广大职工突破氢弹技术注入了强大动力。

在场的领导和科学家记住了，全体基地员工记住了——“要保证正常运转”！努力工作、不断开创，为中国的第一颗氢弹早爆早响再做贡献。

3. 加强型原子弹试验探路

当确定了新的氢弹理论方案，就是用原子弹作“扳机”引爆“被扳机”的两级氢弹原理设想方案作为突破氢弹技术的主攻方向后，九院（221 基地）立即组织理论、实验、设计、制造等各方面力量进行技术攻关，加速试验研制工作。

为实现这个氢弹理论方案，要安排进行三次核试验。第一次是加强型的原子弹（带有热核材料）的试验，主要目的是探索热核材料的性能，验证试验结果与热核材料性能的理论计算的结果是否相符；第二次是氢弹原理性试验，目的是验证是否真正掌握了氢弹的原理；第三次是进行一次全当量的氢弹空投爆轰试验。

在核航弹出厂前，核航弹内球组合件的低频振动试验安排在四厂区 411A 工号内进行，设计部十六室的技术人员在黄工程师的指挥下，操纵手动吊车上下、左右、前后动作，用内球组合件的专用吊具和夹具将 596L 内球悬浮在 500 kg 机械振动台的台面上，振动台预热、启动、按规定的振动试验条件进行振动考核……振动台运行正常、测试仪器测试数据正常、目测试验件无异常。当振动试验加载快结束时，411A 工号的小门打开，一位圆脸戴着眼镜的长者在设计部十六室李主任的陪同下健步走来。柳道勤一眼就认出是王淦昌副院长，还是那和蔼可亲地微笑着的王副院长，平常他到实验部爆轰试验场的时候多些，到设计部四厂区较少，也算是到草原之后第一次见到王老了，仔细看老人家还是有些衰老和憔悴，毕竟是近六十岁的老人了，在高寒缺氧的金银滩草原恶劣环境下“以身许国”操劳着，让这些二十几岁的年轻人佩服至极。王老认真仔细地询问试验的有关技术问题，说这个试验是氢弹研制第一步核试验的重要地面考核试验之一，要写出完整的试验报告，给出明确的试验结论。临走前还特别嘱咐要认真进行试件的拆装检查、注意安全防护。

望着王副院长的背影，年轻的技术员们想说，这就是我们德高望重的王老师，成就卓著的一位核物理学家。

在热核部件的研制中，要将这种化学性质非常活泼的材料，制造成符合技术要求的部件，就需要解决一系列的工艺技术问题，这是当时氢弹攻关的关键技术之一。为了在预定时间内完成这一任务，第一生产部一0二车间在宋家树副主任、三大组组长武胜的领导下集体攻关，热核材料对所有人都是新材料、新事物，一切都要从零学起，几十个刚毕业的大学生们白天做实验探索，一个字一个字地研读那一份仅有的技术文献资料；晚上加班学习相关书籍，经常加班到晚上十点，才唱着歌从一厂区步行回生活区。1964 年哈尔滨工业大学毕业的吕志清技术员（撤场时任一0二车间副主任）分到了轻材料压制成型组（老三组），他和几个大学生就住在一0二车间楼下的一个浴池，他住在中间根本见不到阳光，楼上就是办公室，吃过饭就到楼上办公室看书学习、整理工艺实验材料，过得还是很充实的。

老三组有 33 个人，其中 22 个人是知识分子，11 个是工人。最早是武副主任带着大家摸着干。翻看着那本苏联出版的小薄书《锂和它的物理化学性质》，大家最先知道的是这种材料易燃易爆。

原材料是粉末状的，做成合格部件首先要压制成型。为此要攻关解决几个问题：压力与密度的关系，烧结强度与密度的关系，还有升降温速度、热压、烧结温度、保温时间等，都需要做大量的试验探索。经过半年多的努力，终于摸清了材料的“脾性”，确定了最佳的烧结时间、压力、温度等工艺参数。

为了确保按时交出合格部件，大家以科学态度、多路探索、学术民主、大胆创新的精神状态，经过几百次的试验，从小部件到大部件压制，终于形成了一套成熟的热核部件加工工艺，并于 1966 年 1 月，生产加工出符合设计技术要求的合格部件。

热核材料的化学活性比较强，很容易被大气潮解，从而造成部件质量下降而不合格，因此对轻材料部件的防潮保护技术措施就是另一个技术难点了。在一 0 七大楼有个物性组，就是一 0 二车间六大组第一小组，二楼是办公室，一楼是试验室，王副主任领着另一群年轻人专门进行轻材防护和涂层研究。把物理、金属材料、有机化工等专业的年轻人组织到一起，合力攻关。其中还有几个女同志，有个姓杨的女同志是老红军的后代，父亲是红一方面军的、母亲是红四方面军的。众所周知解决这类技术问题一是从热核材料自身来解决，二是寻找保护性涂层，赵技术员（撤场后调到北京 261 厂任副总工程师）说：“当时车间要求在 5 个月内解决，车间领导在组内专门开会，布置主攻技术方向，并在现有材料中寻找——一类是油脂软膜类材料，一类是油漆硬膜类材料。于是派人去上海、天津、四川等地去寻找与热核材料既不发生化学反应，又能实施有效保护的材料，在近100种涂料中选出了三种，经性能对比后确定其中的一种做加速试验。”经过长期储存试验后最后确定了一种选定为热核材料的涂层，有人称为第一代涂层，满足了核试验的需求。不久又研制出一种半硬膜，可以加工、防污性能较好的涂层，适应了武器化产品的储存要求，有人称它为第二代涂层。后来又自主研制了PC涂料，是高分子合成的，就称为新一代涂层了。

1966年5月9日，我国第三次核试验（596L型核航弹）成功。这是我国第一次含有热核材料的加强型原子弹的试验，试验弹由改装后的轰-6甲机空投。试验的圆满成功，为氢弹理论设计提供了重要依据。同时在试验中第一次使用了“内活性指示剂”的方法，测量出××兆电子伏中子总数，为热核材料聚变的当量提供了实验数据，加深了对热核材料聚变规律的认识和理论计算参数的使用。

4. 氢弹原理试验可行

氢弹原理试验是氢弹研制过程中的一次极为重要的试验。

1965年12月，在李副部长、吴副院长主持下，221基地召开1965—1966二年科研生产规划会，会上介绍了新的氢弹原理和要实现时必须解决的几个关键技术问题。

要在不影响原理试验目的的前提下，设计中尽可能地采用已有的部件和成熟技术，以争取时间在 1966 年内进行小当量的原理试验。

然而，天有不测风云，正当人们突破氢弹技术合力攻关时，一场史无前例的“文化大革命”开始了。

好在此时，“文化大革命”的冲击波还没有那么大，多数技术干部和工人还都坚守在工作岗位上。

1966 年 1 月，实验部制定了相关的爆轰模拟试验方案，并探索氢弹模拟试验方法，进行了一系列的小型试验。1966 年 3 月 30 日，小平同志视察 221 基地，给基地干部职工以极大的鼓舞。为加快试验研究进度和更接近实际，通过几种缩小比例的、不同代用材料的方案的上百次试验，又进行了大型爆轰模拟试验，验证了由缩小比例、代用材料、局部模拟试验所得的一系列试验结果的正确性，陈主任还是爆轰试验现场的“炮司令”。

理论部集中力量，在配合实验部爆轰试验同时，进行了小当量的氢弹原理试验的理论研究，开发了新的计算方法、计算程序，研究了部件的配置与能量释放的关系，从而确定了原理试验的理论设计方案。

设计部、生产部立即着手进行装置结构技术设计和制造，同过去的原子弹试验装置相比，氢弹装置结构比较复杂，有些部件形状奇特，给设计、加工增加了困难，特别是从方案确定到结构设计、加工制造的周期超短。为此，基地采取了和当初原子弹研制时行之有效的做法，即把理论、实验、设计、制造各方面的科技人员组织在一起，及时交流、互提要求、共同研究，使设计与制造同时作业，从而争取了时间，按时完成了试验装置的设计制造任务。

第一生产部一0二车间的大王和小王技术员与谢师傅密切配合，在大型异形裂变材料的加工中，共同设计、安装调试出单边靠模机械仿形系统用于生产中，抢了时间，加工出了合格部件产品。

1966 年 10 月，设计部十六室二组在任组长带领下，在四厂区 402 工号的 36 m^3 高低温试验室内进行了"'596'中央球和元件包装箱的保温试验"，这是供氢弹原理试验用的改装箱（内装 6××产品），目的是争取时间以应原理试验的急需，试验结果证明此案可行。

原理试验是氢弹研制中的一个重要的试验过程，用什么实测数据来检验，用什么方法来测量这些试验数据，是另一个重要课题。在王淦昌副院长和实验部的胡副主任指导下，一群年轻的实验测试人员认真制定测试方案，在实验室对探测器、传输系统和记录仪器进行了多次反复调试、考核和标定，为氢弹原理试验做好充分准备。

1966 年 11 月底，氢弹原理试验全套装置经试总装后由青海运往新疆核试验基地，并组成了由试验、设计、生产、装配和理论等部门参加的作业队。

1966 年 12 月 10 日，装配组的全体人员由青海西宁乐家湾机场乘坐专机，直飞新疆核试验场，参加新的氢弹原理试验装置的塔爆试验，大黄师傅又是装配组的一员。当时，据原定的试验日期还有半个多月，可以说是时间紧、任务重，第二天便开始投入“战斗”，在装配厂房拆箱检查、核实产品部件、地面装备等，总装前的准备工作，吊车试重、人员到岗定位、一切有序展开。

那时的戈壁滩上已是冬天，气候恶劣，寒风刺骨，白天是飞沙走石，使人难以睁开眼睛；晚上，帐篷如同大海中逐浪摇晃的小船，睡在里边是头昏脑胀，久久无法入睡。再看那深夜守护在铁塔下的解放军战士手握钢枪、昂首挺胸、威武雄壮，屹立在风沙戈壁滩上。

总装、上塔、待命！

在现场组织指挥这次氢弹原理试验的是聂荣臻元帅。

1966 年 12 月 28 日，中国进行了第五次核试验，氢弹原理装置在百米高的“596”试验的备用铁塔上爆炸成功，试验取得了关键的测试数据，当量××万吨，与理论计算值相符。

《新闻公报》中说：“继导弹核武器试验成功之后，又圆满地实现了这次新的核爆炸，从而把我国核武器的科学技术提高到一个新的水平。”

聂帅在新疆马兰基地主持了首次氢弹原理试验后说：“这次试验是成功的，试验结果表明，新的原理方案切实可行，而且非常简便。”

氢弹原理试验成功后，各路参试队伍带着胜利的微笑，撤出试验现场，汇聚在总指挥部的马兰。傍晚，总指挥部在马兰举行庆功宴，在酒宴大厅里灯火辉煌，充满了欢声笑语。黄珂琦师傅作为装配工人的代表入席，和聂帅、钱学森、朱光亚等科学家，国防科委副主任张震寰将军、李觉将军共同举杯庆祝试验成功。大黄师傅看着自己一双粗糙的大手，眼前闪烁出白天核爆炸的烟云，看到比第一颗原子弹爆炸时更亮的火球，时间更长、声音更响、威力更大。大黄回想起自己这两年参加了第一颗原子弹、第一颗核导弹、第一颗氢弹原理试验的场景，心情久久不能平静，便又起草了一首纪实小诗：

沙飞戈壁野茫茫，
排排帐篷风太狂。
搏风抗寒腰杆直，
各路英雄摆战场。
氢弹接原子弹出，
科技攻关靠栋梁。
核爆轰鸣震大地，
火球凌云万道芒。

5. 看！天上有两个太阳！

受“文化大革命”影响，1967 年 2 月 12 日至 17 日在基地召开的氢弹空爆试验科研生产会议上确定的要赶在法国人前、在7月1日前进行氢弹的空爆试验任务似乎很难完成了。

怎么办？聂帅向周总理如实汇报了基地的现状。经总理批准，聂帅派专机到西宁把有关领导和两派群众组织的代表接到北京京西宾馆开会。

3月4日，周总理、聂副总理在中南海接见了两派群众组织的代表。会上，聂帅说："二二一厂是我们国家的极为重要的工厂，担负着国家十分重要的研制设计任务。最近的事态发展，使正常的科研生产秩序受到影响，工厂的安全受到威胁。"接着聂帅非常严肃地说："国务院、中央军委对此十分关切。经周总理批准，我宣布：国务院、中央军委决定对二二一厂实行军事管制。贾乾瑞同志任二二一厂军事管制小组组长。"周总理在讲话中语重心长地指出："革命群众组织之间对某些问题有不同意见的争论，这是不可避免的、是正常的。这是人民内部矛盾，一定要采取'团结—批评—团结'的方式，做好团结工作。我希望厂内广大群众、革命干部，在军管小组的领导下，坚决贯彻'抓革命、促生产'的方针，搞好当前十分重要的研究设计与试验任务以及其他各项工作。"

二二一厂实行军事管制后，逐步恢复了正常的科研生产秩序，大多数职工都积极地投入到氢弹研制生产中。

理论部科研人员昼夜加班、突击研究、计算分析，完成了氢弹的理论设计方案；设计部的结构设计技术人员抓紧进行结构设计和工程计算，由于时间紧、任务重，不得不采取了边设计、边加工、边实验的办法同时展开工作，争取了时间、缩短了工期；在四厂区，设计部十六室、十七室的技术人员每天泡在试验室里，同时进行了多项的地面模拟环境试验考核。大家只有一个奋斗目标——按时完成“1100”氢弹航弹的试验准备（重量一吨、威力100万吨TNT当量的航弹）。

氢弹的研制是受各方面条件的限制和制约的。当时我们拥有的轰炸机的最大载重量小于10吨，氢弹设计的总重量必须小于10吨，否则飞机无法起飞；另一个技术安全问题是放射性污染问题，原型机设计是投普通航弹的，所投氢弹的当量又可能在百万吨级，要保证执行投弹任务的飞机和乘员的绝对安全必须对该机进行改装，才能使他们不受到放射性污染，所以，设计部的邵天酬和安防处的杨技术员又受命去完成保温加防辐射的双重改装任务。

6月5日，二二一厂承担的氢弹设计、生产、环境试验及检测、总装、联试工作已全部完成。

氢弹的试验基地在新疆马兰。由于研制好的各种元器件、部件、弹体等材料的特殊安全技术要求，当时不能用飞机运输，也无法用汽车运输（太远），只能用火车运输。这列火车又是一列特殊的专列，从外表看与普通列车一样，但是为了增加列车的稳定性和安全性，它的每节车厢都多了几对车轮，同时沿线加强了警戒，在运第一颗原子弹时的各项安全警戒措施都已经用上了。6 月 8 日，氢弹试验弹运抵新疆基地。

执行投弹任务的是空军的徐克江机组和张文德机组。两个机组在核试验场区共飞行了 35 架次，投出了模拟训练弹 35 枚，弹着点大部分在距靶心 500 米以内，经空军研究决定徐克江机组为正式执行氢弹投弹任务的机组。

但是，投弹也有风险。6 月 3 日，轰-6 甲机在进行一枚配重弹投弹时，因降落伞在空中破裂，致使弹体自由跌落，发生了事故。这件事引起了试验指挥部的高度重视——如果在正式投弹时发生，后果将不堪设想。经专业技术人员分析研究，对降落伞采取了局部加固、改进折叠方法、专人负责（指定空军实习队的技术员）等措施，经验证提高了降落伞的可靠性。

负责试验弹保温监测和总装厂房环境温湿度测量的邵天酬每天都会见到在厂房大门里坐在折叠椅子上的李将军，这已是他的工作习惯，每次国家试验时都陪着总装的师傅们，坐镇壮胆、只看不说。

周恩来总理非常重视试验的安全防护工作。会上明确要求对场区周边×××公里处的三个居民点，要分别派出队伍以应意外急需。遵照总理指示，总参作战部制订了详细的发生安全防护问题时的预案，成立了安全防护工作组；铁道部组织了 4 列火车在附近车站待命，总后勤部抽调集结了 300 余辆军用汽车在附近公路待命，用来在紧急情况下及时疏散居民；卫生部和总后勤部抽调了 50 多名医务人员组成了紧急救护队……

6 月 13 日，一架轰-6 甲型飞机空投了一枚不带核装料、只有引爆控制系统的“冷弹”。一切正常，再一次验证了各试验程序的安全可靠性。

周总理再次要求聂帅去基地主持氢弹试验。6 月 14 日，聂帅乘专机到达基地。当晚连夜听取了试验指挥部张震寰、张蕴钰、李觉将军的汇报，并到现场检查准备情况。这时的聂帅还发着高烧，他是抱病来执行总理亲授的任务的。

6 月 16 日，指挥部向聂帅建议：正式试验的“零时”定在 17 日上午 8 时整。聂帅立即向在北京的周总理和叶帅报告、请示，周总理回答：“一切由你现场决定！”

6 月 17 日上午 7 时整，空军徐克江机组驾驶 726#轰-6 甲机，携氢弹从马兰机场起飞，飞机穿过浮云薄雾向靶场疾行。

8 时整，徐克江机组驾驶的飞机进入空投靶区，地面指挥员发出了庄重的投弹报时指令，广播中“……5、4、3、2、1，起爆！”

地上，观察点上一双双戴着防护眼镜的眼睛抬头久久地望着天空。过了 1 分钟，仍没有看到闪光、没有听到爆炸声响。

天上，飞机仍在空中盘旋，氢弹没有投下，还挂在弹舱中。

怎么回事？到底发生了什么事情？人们在焦虑中等待着！

负责投弹任务的机组人员回忆说：

机组在投弹前要背诵毛泽东主席《愚公移山》中的一段语录：“下定决心，不怕牺牲，排除万难，去争取胜利。”这是严格的政治纪律规定。空中在投弹区，投弹手第一领航员孙福长已经接到投弹命令，但是他才背诵到“不怕牺牲”，飞机一下子就飞过投弹靶区，等全部背诵完再按自动投弹按钮，氢弹就可能会有落在试验靶区外。所以，孙领航员由于背语录分散了注意力，才错过了原预定的8点整投弹“零时”。

试验指挥部里，聂帅拿起电话，立即将这一意外情况向一直在北京中南海西花厅里等候试验消息的周总理报告。

周总理回话说：“请告诉飞行员同志，要沉着冷静，不要紧张！”同时批准了徐克江再次投弹的请求。

空军地面指挥员下达指令：“重飞！要沉着冷静！”

徐克江驾驶飞机按原定投弹飞行路线再次进入试验场上空，孙福长稳定情绪、准确瞄准，接到投弹指令后有力地按下了自动投弹按钮，中国的第一颗氢弹从高速飞行的轰-6甲机弹舱中抛出。它使劲地拽着降落伞，摇晃着飞在碧蓝的天空中，一个乳白色的圆柱体越来越远、越来越小……说时迟、那时快，一道强烈的闪光、一个硕大的火球、一声惊天动地的巨响，人们看到的是比原子弹爆炸时的蘑菇云更加壮观美丽的伞状烟云，慢慢地上升、又迅速地扩大，逐渐由红色变成了白色。天空中高悬着的太阳旁，又出现了一个更加灿烂耀眼的“人造太阳”。有人高喊：“看！天上有两个太阳！”在距爆心 400 千米处都能听到连续不断的爆炸轰鸣声，在距爆心以西 250 千米处还能看到火球和清晰壮观的蘑菇云，可见威力之巨大。

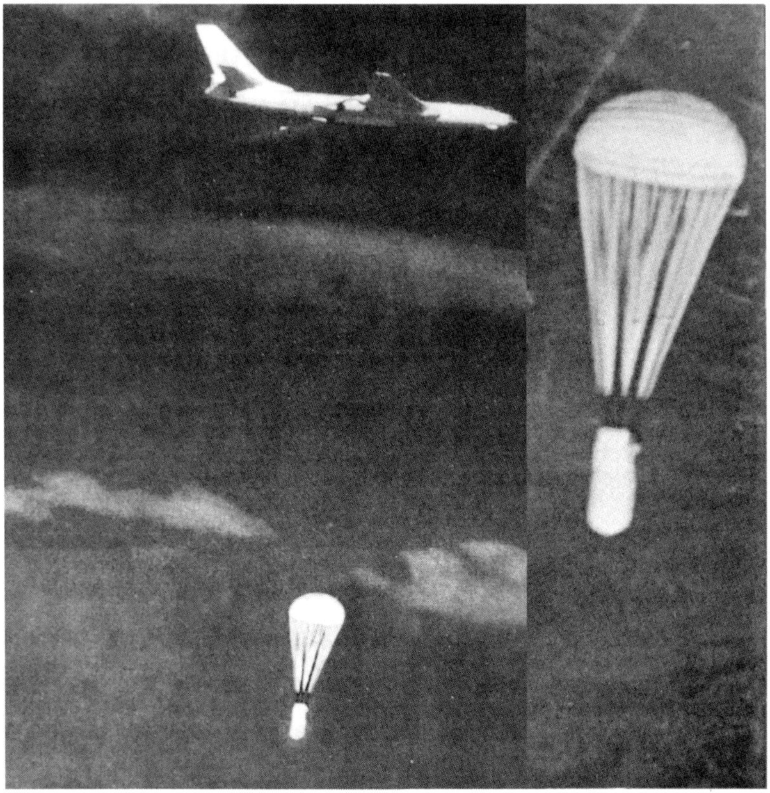

1967 年 6 月 17 日中国第一颗氢弹空爆

中国第一颗氢弹爆炸成功，“零时”是 8 时 19 分，爆高 2 960 米，当量 330 万吨，赶在法国人之前，我国成为第四个掌握了氢弹技术的国家。

第一颗核航弹（氢弹）

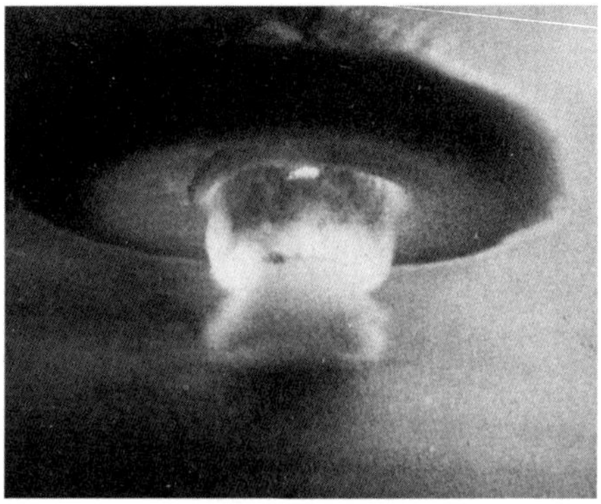
氢弹升起的烟云

新华社发表《新闻公报》。《人民日报》印发了大红的喜报，并写道：

“毛泽东主席早在 1958 年 6 月就指出：搞一点原子弹、氢弹，我看有十年功夫完全可能。”“我们向全国人民和全世界人民庄严宣告：毛主席的这一英明预言和伟大号召已经实现了，在两年八个月的时间内进行了五次核试验之后，今天，1967 年 6 月 17 日，中国第一颗氢弹在中国西部地区上空爆炸成功了。”“这次氢弹试验的成功是中国核武器发展的又一个飞跃，标志着我国核武器发展进入了一个崭新的阶段。”

美国人从 1945 年 7 月 16 日 5 时 30 分在阿拉莫戈多爆炸第一颗原子弹，到 1952 年 10 月 31 日在埃尼威托克珊瑚岛上爆炸第一颗氢弹原理装置用了七年零四个月的时间；苏联人从 1949 年 8 月 29 日爆炸第一颗原子弹，到 1953 年 8 月 20 日爆炸第一颗可运载的氢弹用了四年时间；英国人用了四年零七个月；法国人用了八年零八个月的时间，这引起了全世界的巨大反响，公认中国已经进入了世界核技术的先进行列。

其实，美国爆炸的第一个氢弹原理装置“迈克”重 65 吨，有三层楼高；苏联爆炸的第一颗氢弹，虽然能用图-95 型轰炸机空投，但爆炸当量只有 40 万吨 TNT。而我国这次空爆的氢弹，成功地实现了体积小、比威力（单位重量的爆炸威力）高、聚变比（聚变反应能量在整个核反应中的份额）较高的 330 万吨级的氢弹，令世人惊叹。

美国作家斯诺这位“中国通”，对中国氢弹如此快速地试验成功，也有些感到意外。1970 年 10 月 19 日，他在人民大会堂问周总理：“为什么相对来说工业还不发达的中国，在试验氢弹方面取得成就的速度要比美国和法国快一倍？”

周总理说：“不光氢弹，整个核武器我们还在试验阶段。试验比较快的一个原因还得感谢赫鲁晓夫，是他撕毁了在原子能方面同我们签订的合作协定，是他在 1959 年撤回了在中国的全部苏联专家，迫使我们自力更生解决问题。”

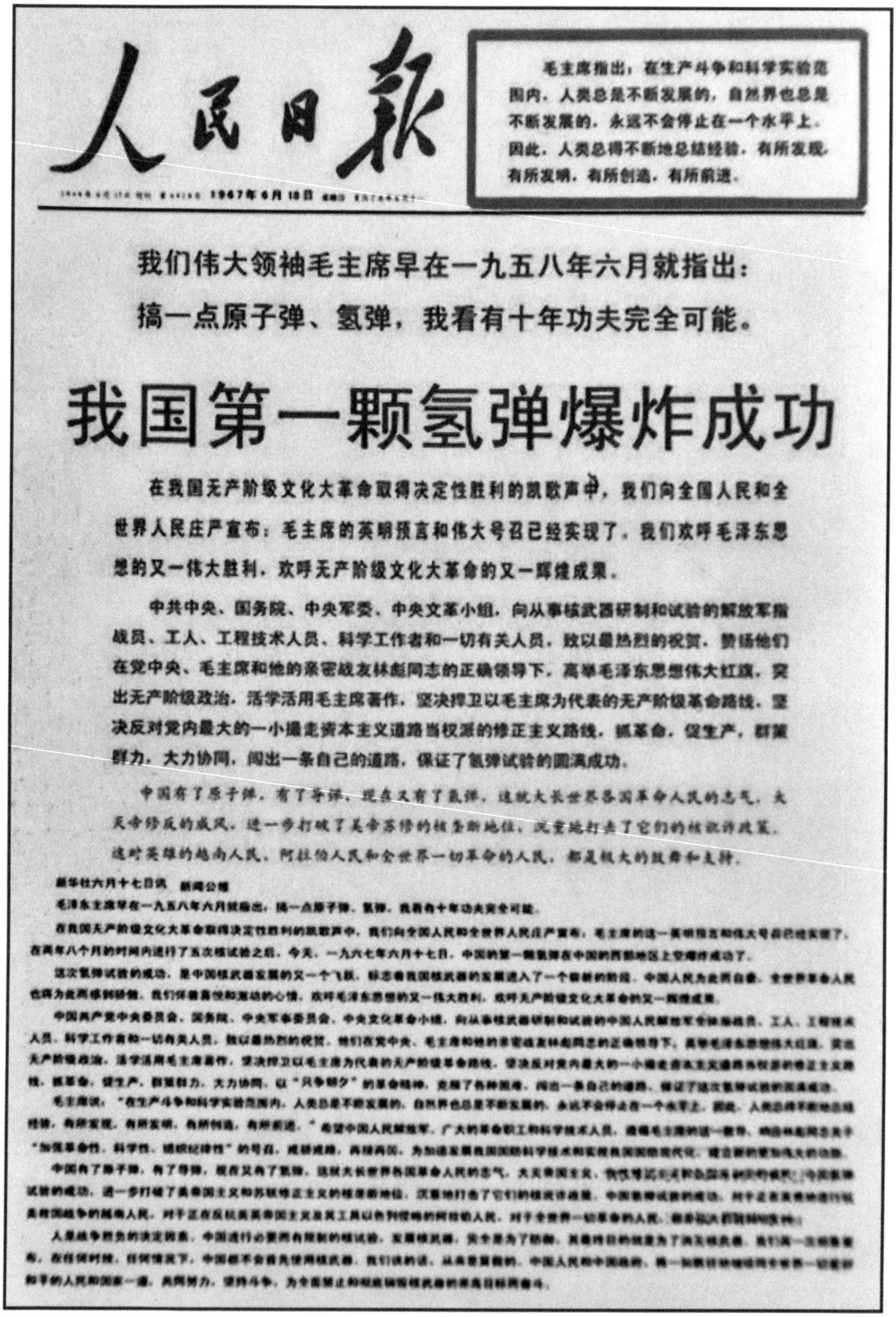

人民日报

1967年6月18日

毛主席指出：在生产斗争和科学实验范围内，人类总是不断发展的，自然界也总是不断发展的，永远不会停止在一个水平上。因此，人类总得不断地总结经验，有所发现，有所发明，有所创造，有所前进。

我们伟大领袖毛主席早在一九五八年六月就指出：搞一点原子弹、氢弹，我看有十年功夫完全可能。

我国第一颗氢弹爆炸成功

在我国无产阶级文化大革命取得决定性胜利的凯歌声中，我们向全国人民和全世界人民庄严宣布：毛主席的英明预言和伟大号召已经实现了。我们欢呼毛泽东思想的又一伟大胜利，欢呼无产阶级文化大革命的又一辉煌成果。

中共中央、国务院、中央军委、中央文革小组，向从事核武器研制和试验的解放军指战员、工人、工程技术人员、科学工作者和一切有关人员，致以最热烈的祝贺，赞扬他们在党中央、毛主席和他的亲密战友林彪同志的正确领导下，高举毛泽东思想伟大红旗，突出无产阶级政治，活学活用毛主席著作，坚决捍卫以毛主席为代表的无产阶级革命路线，坚决反对党内最大的一小撮走资本主义道路当权派的修正主义路线，抓革命，促生产，群策群力，大力协同，闯出一条自己的道路，保证了氢弹试验的圆满成功。

中国有了原子弹，有了导弹，现在又有了氢弹，这就大长世界各国革命人民的志气，大灭帝修反的威风，进一步打破了美帝苏修的核垄断地位，沉重地打击了它们的核讹诈政策，这对英雄的越南人民、阿拉伯人民和全世界一切革命的人民，都是极大的鼓舞和支持。

新华社六月十七日讯 新闻公报

《人民日报》喜报

笔者作为这一代的亲历者，可以接着回答这个问题：

因为我们有领袖的英明决策；

因为我们有一批爱国奉献、隐姓埋名的科学家的理论技术指导；

因为我们有近万名艰苦奋斗、技艺精湛、自力更生的“大国工匠”；

更因为我们有全中国各民族、各行各业的大力协同……

精辟地说就是“两弹一星”精神——

热爱祖国、无私奉献

自力更生、艰苦奋斗

大力协同、勇于登攀

钱三强曾说：“中国人并不笨，外国人能做到的，中国人经过努力，也能够做到。”这就是我们中国人的回答。

氢弹爆炸成功的晚上，柳道勤曾填了一首词，以表激情祝贺：

浪淘沙

第一颗氢弹，
威力无边，
戈壁雷鸣震宇寰。
举国欢腾红旗展，
东风更坚。

奋战二三年，
群策攻关，
草原儿女铸利剑。
保卫和平强国防，
再作奉献。

赞中国第一颗氢弹空爆成功
词作于　1967 年 6 月 17 日夜

第六章　拜访嫦娥广寒宫，又同后羿追太阳

核弹头武器化的过程是曲折而漫长的，既面临着风险和责任，又要迎接创新和挑战。如果说 1966 年 10 月 27 日东风二号甲两弹结合飞行试验成功标志着中国有了中近程的核导弹，1967 年 6 月 17 日第一颗氢弹空爆试验成功标志着中国有了氢弹核航弹，那么把氢弹变成中远程导弹的核弹头时，由于中远程导弹的飞行环境条件要求会更加苛刻，部队对交付后的弹头的各项使用要求更高、更全面，需要通过一系列的环境、使用试验考核，不断提高核弹头质量和适应性能。

最先提出的使用要求是核导弹要具备“全天候”发射的能力。由于中国幅员广阔，中远程导弹的发射阵地气候条件差异很大，要保证在起竖待命×个昼夜内都能全天候可靠安全发射，最早就安排了北方冰雪严寒的低温试验和南方酷暑加太阳辐照的高温试验考核。

但是，核导弹的气候试验项目受当时实际发生的天气的限制，这极大地影响了武器定型和交付部队的进度，也就是说，核弹头气候试验靠天是靠不住的。

郭永怀副院长十分关注地面模拟试验室的建设。二二一厂基建之初，郭副院长就明确指示要创建高水平的 160 m^3 高低温试验室，并亲自指导了试验室的技术指标的制定，四厂区 402 工号内还预留了建立潮热、雨淋试验室的空地。160 m^3 高低温试验室建成后，分别安排了东风×号等多个型号的武器装备的高低温试验考核，为武器定型、批生产、装备部队服务立功。

1. 陪着弹头战严寒

遵照毛主席“提高警惕，保卫祖国”和“要准备打仗”的教导，1968 年冬要进行一次东风×号（524 型）导弹北方阵地的低温试验考核。

设计部十六室二组（有人称是气候试验组）负责试验的全部技术工作。任组长在试验设想方案中对参试弹头的试验件状态、测试仪器和手段、试验安全等都提出了要求。

当时，东风×号产品刚启动试制生产，计划中并没有多余的部组件供试验用，交付的战斗弹部组件又不能动用，小组会讨论并上报批准：拼装一发试验弹头，选用了一些超差件、曾做过部组件抽检的试验件，还用代用材料加工了一部分代用件，比如核心材料部件多用钢材料代用，为了试验安全炸药部件用热容模拟件代用（木质炸药球）等，还算顺利居然拼出了一发“核弹头”，又不会影响试验中环境参数的测试。

外场试验时，原试验室配套使用的测温仪器已无法满足需要。1968 年 7 月，柳道勤、赵方林、谭子敬、朱云川等 4 人带着三项任务去上海出差调研：一是为正在建设中的 160 m^3 高低温试验室选用可供在控制间进行远距离操作时能实时监视的工业电视机和通话联络的对讲机；二是为将要执行小型化弹头投弹试验用的强五甲机选择弹仓温度测试和监测用的测温仪器和传感器；三是选定可供 524 弹头场外低温试验运输途中和试验中弹头舱内温度测试仪器设备。

说实话，那时候中国的工业技术水平有限，想完成三项任务时，才发现可供选择的仪器和机型很少。全国唯一的工业电视机厂生产的工业电视机也只有一个型号，还是黑白的电视机，技术指标很差，要实现百米外的同轴电缆传输厂家还要调整参数，再做试验才行。监视冷冻机高低压机组压力表的指示不是很清晰，观测 160 m^3 试验室整体和电动大门的开启程度还算清楚，没有选择余地，就用它了，并与厂家签订了合同；强五甲飞机弹仓测温用的仪器选用了上海热工仪表研究所刚刚试制的小型多点铂电阻测温仪，为适应飞机上 400 Hz、115 V 的电源还需自己再研制电源变换器，加装减振装置；场外试验用的测温仪表选用了仿苏的эПП-09 型电子电位差计，能进行自动记录。

柳道勤回厂后，参加了低温试验的各项准备工作，保密本中第一次记载了东风×号导弹核弹头的示意图，与赵方林等参加了在总装车间的总装、布设安装传感器、准备测试电缆束等工作……试验队出发的前三天，柳道勤接到换人通知，由组里的 L 技术员接替柳参加试验去了。那就在 402 参加 160 m^3 的安装调试吧！

1968 年 11 月，核弹头在东北大兴安岭地区参加了低温试验的考核，试验代号“830 任务”。从 1968 年 11 月底到 1969 年 2 月初试验期间，海拉尔试验场的气温是零下 45 ℃到零下 30 ℃，所有的参试人员和导弹、弹头一起冻着。L 技术员是个南方人，他浑身哆嗦着，不停地跺着脚，直到试验部队的同志送来的皮军大衣披在外面才算是有点儿热乎气了。

啊！一群在广寒宫里工作着的人。

2. 与导弹一块抗高温、晒太阳

根据科研生产计划安排，1969 年上半年，气候试验组的全体又投入到东风×号核导弹在场外进行高温试验的各项准备工作中，任组长带领着大家一项一项地完成着出厂前的准备工作：试总装试验弹头，部件补加工并安装传感器，调试测试仪器，捆扎焊接远测电缆束等。

1969 年 5 月 11 日至 6 月 1 日，东风×号导弹武器系统耐腐蚀、高温试验（代号“117 任务”）计划在云南进行。然而，人们发现云南当地的高温天气已结束，原设想高温气候的考核条件没有赶上，试验指挥部决定追着高温日晒，专列开到武汉，在指挥学院的操场上继续进行，直到 8 月 2 日结束。试验中参试人员是与导弹一起抗高温、晒太阳，这对 221 基地的人也是一种考验，每日汗流如雨，工作服能挤出水来。太阳把赵方林的脸晒得黝黑，邵天酬的肩上、背上都晒脱皮了，但他们还在坚持着试验测试工作。

高温试验取得了重要的试验结果，但是环境条件的考核还没到位。由于弹头试验件多为借用（代用）材料件，如核心部件材料均为钢代用件，被扳机材料部件为一件铝材料代用件，所以核部件材料的高温适应性，核部件镀层、涂层等并未受到考核，各层的热传导规律没有完全摸透，太阳辐射的规律及其特点，待命×个昼夜的高温适应性、温度突变的影响（如雨淋、强风等）都没有遇到考核，所以在“117 任务”试验结论报告中取消弹头降温设备的同时，又提出了“要在试验室内安排进行模拟试验，以补充和完善野外试验的不足”。在7324会议和743会议上明确提出：要进一步摸清高温环境条件下的安全可靠性和热传导的规律性，给作战使用提供充分的实验依据。

这就要加速模拟气候试验室的建设和安装调试了。

3. 调试160 m^3模拟气候试验室

160 m^3 高低温试验室是国内第一个技术性能最好的大型气候模拟试验室。说它的性能最好，是指它的设计技术指标较高，其最低温度、最高温度、温度均匀性、风速等都是当时国内最好的；说它大，是说它可以容纳第一代核弹头的所有型号做气候试验，连同弹头装载运输车辆都可以开进试验室进行试验考核。它设计的净空尺寸为8 m×4 m×5 m，容积160 m^3。

试验室的冷冻机组是由大连制冷设备厂制造的复式高低压机组，同时使用了氟利昂22（F22）和氟利昂13（F13）两种介质做制冷剂，可以达到深度冷冻的需要。调试机组时首次充入加注近40瓶F22、2瓶F13（氟利昂钢瓶与氧气瓶相似，区别是外表面有银白色的涂装和醒目标识）。为了确保弹头试验的需要，每年都要提前订购F22和F13制冷剂，厂家称是个“大客户”。

1968年12月2日下午，任组长正在带领邵天酬、柳道勤、赵方林、郑志和等人进行着试验室的安装调试工作：压缩机组安装、远控工业电视机调机、测试电缆铺设到预制电缆沟中……突然，邵组长发现郭副院在李主任的陪同下来到 402 试验室。李主任说："郭副院长十分关心气候试验室的建设，今天抽空来现场看看。"郭副院长非常仔细认真地听邵报告建设进度、设备安装调试、动力和测试电缆铺设等实况。郭副院长话不多，只说："你们要抓紧安装调试，以便早日用在弹头的研制定型试验中，后面几个型号都在等着呢！"从他那张非常严肃的脸上和藏在眼镜后面的深沉的眼神中可以感受到他对大家坚定的信心和期望。

让人预料不到的是，12 月 5 日，郭副院长在指导第一次热核试验准备工作之后，为了争分夺秒地带回关键试验数据，拖着疲惫的身体，从兰州乘夜航回京，在临近机场的 400 米高空中飞机意外失事，郭副院长殉职遇难。郭副院长是为我国的核武器研制试验而献出了宝贵的生命，我们失去了一位可敬的长者，一颗巨星陨落！

1968 年 12 月 27 日，我国第八次核试验空投爆炸成功，就是后来定型、批生产、交付部队的东风×号核弹头。

160 m^3 气候试验室的建造调试过程并不顺利。几经反复调试运行，全套设备达到了原设计的各项技术指标要求，设备的最高温度、最低温度、温变速率、温度均匀性、最大风速等全部合格，配套的远控系统、远程电视监视和通话联络等都已通过验收合格，可以承接气候试验任务了。

然而，因为一些原因，160 m^3 试验室的高压机组的水冷却系统被冻坏了，无法正常运行。为了修复机组的冷却水系统，郑志和、柳道勤、邓仲科等人大费周折。郑志和本是西安交通大学、深度制冷专业毕业的，面对裂纹也是犯了难，他多次到大连制冷设备厂和上海制冷设备厂出差学习、请教；柳道勤几次去三分厂的焊工周师傅处，全厂只有周师傅能焊铸钢铸铁件。最后是“土洋结合”，修好恢复了机组的冷却系统，使设备能正常运转，才没有影响后续的试验任务。

4. 东风×号弹头高温试验

1976 年，根据科研生产年度计划安排，要在 221 基地四厂区进行“东×弹头高温试验”考核。

柳道勤是高温试验课题的负责人，这也是他担任研究所四室气候试验组组长以来的第一项大型试验任务。年前，他负责编写试验设想方案时，对这项试验的必要性、安全性和可行性等进行了充分的分析论证。

试验的必要性是指这项试验是 743 会议确定的核弹头定试验项目，核弹头在发射阵地导弹起竖后，待命×个昼夜是实战需求，是硬性的必须达到的技术指标，是部队作战使用的技术要求。

吊装中的东风×号弹头

试验的安全性历来都是非常重要的前提，何况这项试验是第一次使用了一发全部真实材料的核弹头；第一次在二二一厂内做试验考核，要确保不能核爆炸也不能化爆（指炸药件）；放射性辐射和污染问题，特别是209部件的核安全问题十分敏感，因为9#材料既是亲骨性的核放射性材料又是剧毒化学物，人的终生剂量为0.65微克、生物半衰期为200年，可诱发肺癌、骨癌和肝癌，应该绝对避免内照射。

试验的可行性是说402工号的160 m³高低温试验室已

调试合格，可以完成这国内第一次的地面模拟高温试验任务。需要再做的技术工作是太阳辐射条件，当时试验室还没有设计安装太阳辐射设备，主要是受太阳辐射模拟技术和辐射器件的限制。怎么办？柳道勤根据他所学习掌握的传热学知识，大胆地提出："用热传导的办法，提高试验室的温度，以弹头壳体外表面温度作基准，以实现太阳辐射的增温效果。"

方案汇报会上，黄祖萌副所长说："这个办法行！"柳道勤又补充说："我已查阅了云南野外高温试验的测试数据，知道了绿色弹头、白色弹头壳体的太阳辐射增温率，会在实施细则中明确壳体表面的控制温度。"

苏总师同意了这个方案上报。

会上还同意在 9#部件止口处设计加装了专门的密封圈，以防万一。

柳道勤又汇报说："402 工号试验室面向十八厂区的两面原设计有防爆土墙，另外两个方向都离六厂、三厂区很远；402 工号试验室与遥控测试间中也有防护墙，设计有 Z 型泄爆通道，测试间参试人员安全风险很小。"

苏总师强调说："还是要做好静电避雷设施检查，配备好防火器材。试验中人员集中在测试区工作，限制试验室工作人员数、实行双岗制，必须十分注意安全，这是厂领导最关注、最担心的问题。"

苏总师还说："为了掌握高温试验中的重要部件的温

度分布和传递规律，试验前要对板级做个传热理论估算。”

黄副所长当场把任务下达给了柳道勤去办。柳道勤尝试着用有限差分法和热传导理论模型进行了计算，当时只有手摇计算机，每隔×分钟的计算用了近两个月的时间。

1976 年 1 月 8 日，为“两弹一星”事业呕心沥血的周恩来总理永远地离开了我们，北京万人空巷送总理，两弹试验人更是永远不会忘记敬爱的周总理。

“东×弹头高温试验”的准备工作还在有序地进行中。1976 年 7 月中旬的一个上午，一个运载试验弹头的小型车队从二分厂 215 车间驶出，车队虽小、警备森严，有开道车、前导车、后卫车配备，在二厂区下坡处的路口、三厂区的十字路口、四厂区与总厂区的交叉路口都已设岗、封路，保卫部的刁部长和研究所的黄副所长亲自押运试验弹头到四厂区 402 工号。

402 大厅内，5/15 吨的防爆吊车将军绿色的发光弹头吊装在 160 m^3 高低温试验室的电动平板车上，试验室的双重电动大门开启，平板车缓缓地驶入试验室内，双人双岗，接上静电接地线、连接测试电缆束……进行 48 小时的保温，试验室温度控制在（20±1）℃。

7 月 26 日上午 8 时，在 402 工号测试和遥控操作间，试验现场负责人柳道勤向黄副所长报告：“报告副所长，高温试验的保温阶段已经结束，试验设备操控、测试仪器等运转正常，请求批准开始第一工况的正式试验！”

黄大声说：“同意正式试验，注意观察、注意试验安全防护工作。”

柳道勤：“请测试初始温度，请按试验控制曲线要求开始加温。”技术员们在按要求完成着各自的工作任务，第一次在厂区内离一发真弹头这么近，还是有些紧张，现场鸦雀无声。

7 月 28 日，河北唐山发生 7.8 级地震，当时人们只能从广播中听到消息。柳道勤发现试验队伍中的两个唐山人，情绪低落、眼圈发红，但是他们都仍然坚守着岗位。又到了要到试验室去进行剂量测试和风速测试的时候，安防处的王技术员带着英国造的便携式剂量测试仪、二组的吕技术员带着便携式风速仪穿过通道走向试验室，这时的试验室内温度是 55 ℃左右，他们测试完弹头表面的 α、β、γ 剂量值和最大风速，已是汗流满面。柳在 Z 字形通道处迎接两人回来，真的不知道该说些什么。他知道，王技术员的爱人是中学语文老师，带着两个女儿在唐山市区；吕技术员的爱人在唐山农村，带着一儿一女，吉凶难料。他们压抑着心中的惦念，又要经受试验室的高温考验，真是佩服这两个硬汉。（一个月后，试验还没结束，组织上同意两人回唐山去探亲，双双接回了受了惊吓和轻伤的家属。）

第一工况结束，试验弹头运回 215 车间拆装检查，结果是质量全部合格，弹头经受住了考核。

第二工况进行时，试验室的控制温度提高了×℃。这一天，柳道勤发现测试间里的小董技术员和老邓正在争吵着什么，询问了一下才知道，原来是为了提高测温精度和改变全员上马的状态。小董技术员试着制造了一台多点（99 点）自动转换装置器代替人工转换（6 点），柳是学无线电的，很支持董的设想和实施，就在高温试验中作为备份测量试用，并配上从日本进口的一台数字电压表和打印机。老邓是学机械的，觉得还是经典的热工测试仪表好用，理由是他发现那台数字电压表的数码总是闪动变换着，而原来的电位差计很“稳”，变得很慢，便于读数。其实老邓不清楚的是数字电压表的采样速率是每秒十次、测量精度是 1 微伏，这是进步性的尝试，是测试手段的革命。

负责试验室高温操作控制的郑志和报告，第二工况试验曲线最高点时的试验室墙壁温度已达 65 ℃，如果第三工况再做可能最高壁温超过墙壁内保温材料的常用温度，会使试验室受到永久性损伤。柳立即向所、厂领导报告了这一情况，并补充说：“第二工况的环境条件已能满足目前二炮所有阵地的高温环境下的使用要求。”苏总立即决定请示上级停止第三工况的试验，等待批准。

1976 年 9 月 9 日，从广播中惊悉毛泽东主席逝世的噩耗。几天后的下午 3 时整，全国同时举行追悼大会，221 人来到图书馆前的运动场追思毛主席，三鞠躬、默哀，有人哭泣，也有人悲痛地昏了过去。正在 402 工号进行着高温试验的全体参试人员只能在试验岗位上怀着无比崇敬和悲痛的心情寄托哀思、缅怀主席，收音机里的哀乐在试验测试间缭绕回响。

402 工号的全体参试人员，化悲痛为力量，精心组织、坚守岗位，高温试验在悲痛和勤奋中继续进行着。

9 月 20 日，高温试验结束。高温试验中对试验弹头的×个温度测量点、×个相对湿度测量点进行了千余次的测试，获得了×万个实测数据，蒋海桂技术员整理了近 300 页的测试数据。数据分析表明：实验前的理论估算值与实测值相近，误差小于±1 ℃；柳道勤编写了《东×弹头（524 型）高温试验总结报告》，报告中明确回答：根据试验前后和试验工况中的弹头质量检查全部合格的结果证明，该核弹头满足部队高温环境条件下待命×昼夜使用的战术技术指标要求、安全可靠。

1978 年，东×弹头高温试验项目获得国家科学大会奖，柳道勤是七人获奖名单中的第二获奖人。

从此，在国内开启了在室内进行气候模拟试验的先河。就是说，后续型号的气候试验可以不再受自然季节变化和环境条件的限制了，随时都可以在模拟试验室内完成了。

当时，160 m^3 高低温试验室是国内的唯一，所以利用率很高、试验人很忙，先后完成了十多项大型试验任务，如：

DF-×弹头电加温系统高温试验，七机部定型试验项目；

东×弹头整体温度试验，九院定型试验项目；

DF-×弹头××批（控制舱）低温试验，七机部试验项目；

DF-×弹头（118 型）高温（设计使用了太阳辐射装置）试验，技术鉴定试验项目……

有时，在 160 m^3 试验室中刚刚完成“三九严寒、冰天雪地”的低温试验，又要安排“酷暑中伏、太阳直射”的高温试验。有人戏说：你们是带弹拜访嫦娥广寒宫、又同后羿追太阳的一群试验人。

5.“特务打信号弹”之谜

高温试验开始后的第三天晚上，柳道勤接晚班，后半夜看到保卫部的刁部长和马科长在四厂警卫连连长陪同下来到 402 工号检查保卫工作，先是绕工号巡查一圈与哨兵说了点什么，两个人又在柳的陪同下进入试验大厅（按规定警卫人员不能进入），试验大厅是灯光明亮没有死角，又通过 160 m^3 试验室的两个观察窗观看到试验中的弹头，然后一脸严肃地对柳道勤说：“要注意试验件安全！”对连长说：“进入试验室的通道门前再加一个岗哨！”

原来是昨天后半夜，六厂区警卫排的哨兵报告说发现在西边方向有信号弹的影子，并且说得很肯定。今天前半夜，402 警卫班的哨兵又报告说在 402 工号到 636 工号的山坡上好像又有一发信号弹划破夜空……

多少年来，221 基地一直流传着有“特务打信号弹”，但并没有人报告确切的地点、时间，保卫部通常也只是让厂警卫团加强观察、及时通报。这次是因为 402 工号正在进行高温试验，试验件是一发完整的核弹头，含有炸药部件、核部件、雷管组合件等，本来就有自身安全问题，若出了事就是严重的大事！

厂党委指令保卫部认真督办、蹲点调查。保卫部立即组成了两个侦查守候小组在六厂区监视。蹲点分了两个班守候，第一班是前半夜 10 时（青海有时差，天黑得晚）到后半夜 2 时，由刁有珠部长带班；第二班是后半夜 2 时到凌晨 6 时，由洪寿元副部长带班。

高原上的夏天，夜里还是很冷的，参加蹲守的干部们穿着棉大衣，每人一支半自动步枪，子弹已上膛，两个人一组隐蔽在六厂区的两个小山包间，所有人员不许说话、不许抽烟、不许任意走动，一切联络只许用对讲机小声说。保卫二科的小刁干事（为了与老刁部长区别，大家都这样称呼他）一过半夜就犯困了，一边打着哈欠，一边拼命地睁着大眼睛盯着前方，摸了摸衣袋里的香烟想抽根烟提提神，又把烟放回去了，再看看老刁部长比自己烟瘾还大都忍着呢！其实，刁部长是把那包烟拿到鼻子前闻闻又放回去，好像也能提提神……一连蹲守三天，没有发现任何可疑的信号弹线索。

在保卫部的小会议室里，一个关于信号弹的特别会议正在进行。警卫科的马力科长说：“是不是我们隐蔽得不好被发现了？”内保科的沈副科长说：“可能是我们进入蹲守点埋伏时就暴露了？”……刁部长总结说：“调整蹲守时间，改变设伏地点，进点路线不再经过警卫排的营地，但还是要继续蹲点破案！”就这样又连续守候了七天，还是没有发现有价值的蛛丝马迹，只好撤“军”，信号弹还是个悬案待查。

一天晚上，二分厂的警卫连报告说，在二分厂北围墙外二三百米处发现有打信号弹的，说得很真切，报告很及时，刁部长带人不到 15 分钟就已到达警卫连部，与连部共同组织两个班，呈南北合围态势搜索，并在四周的道口设防设阻。这次保卫部的人是佩戴的手枪，刁部长的配枪是老“公安牌”的短枪，据说威力较大；沈副科长带的是一支“马牌”手枪，是德国造的威力小、防身用的；小刁同志配发的是一支“54 式”手枪。出发前刁部长设定口令是“野牦牛”，走在前边的小郝干事突然发现他的左前方似乎有两个人的影子，他向刁部长请示要对方回答口令，此时人们的手枪都已上膛，刁部长说让对方走近些再凭视线辨别，结果是两个警卫连的战士已经从北面搜索过来。

好悬！差点发生误开枪事件。经过近两个小时的搜索，南北已经合围，拉网式的搜寻还是一无所获。

保卫部的会议室，刁部长组织召开了一次较大规模的案情分析会议。根据近几年传说的“打信号弹”事件和最近两次的蹲坑、围捕情况，一是发现信号弹的时间集中在七、八月份、多数是后半夜发生的；二是基地建成以来有几十次发现疑似信号弹的报告，基本上都在野外，没有一起是在十八个场区内的；三是分析敌人打信号弹的目的应该是指示方位，但是221基地的地理位置、海拔等信息对美苏来讲已不是什么秘密，他们的卫星一天要在基地上空穿过十几次；四是一个特务分子到野外山坡上发个信号弹实在是没有意义，正在进行高温试验的402大厅灯光通明，是很远就能看得清楚的目标……多数与会的同志认为“特务打信号弹”事件疑点多多。保卫部向厂党委报告，请示再次走访调查。

向农牧处的牧民询问，他们反映说在草原上的夏秋之季经常会看到磷光，年纪大的牧民说那是死去的动物骨头上发出的。到二号、三号哨所（都在海拔4 000米以上）调查，警卫战士和高炮师的干部也说经常会看到一束束磷光，但他们是从高处向低处的场区看，看到的是磷光在地面上穿行，没有报告过有人向空中打信号弹。而在一、二、四、六厂区值勤的哨兵，是从低处看高处、看远方，有磷火发生时就是一束束磷火升空，这就很像是有人在向空中打信号弹了，加上草原上野生动物的遗骨很多，产生磷火的可能性就大，战士们误判是“有特务打信号弹”是可以解释的现象了。

经过调查和科学分析，确认所谓的“有特务打信号弹”是动物遗骨产生的磷火作怪，信号弹之谜结案！

第七章　公路上跑着、专列上载着、空中运着的弹头

武器装备的运输安全是最基本的作战使用要求。从研制生产基地到交付部队、从部队的技术阵地到发射阵地、机动发射时的阵地转移等，都可能遇到公路、铁道、空中的运输过程。运输中既要保证运载交通工具的安全，更要保证武器装备的绝对安全，确保质量可靠、准时发射、形成战斗力。

1975 年 3 月，221 基地完成了《东×弹头公路运输试验》，这是 743 会议确定的定型试验项目之一。

1980 年 3 月，根据周总理“一次试验、全面收效”的指示精神，利用“南巡”试验弹头运输的途中进行了《东×弹头整体铁路运输试验》考核。

1980 年 4 月，在××基地完成了《东风×号导弹头体结合公路运输试验》任务。

1983 年 10 月，在临潼机场安排进行了《东×弹头空运试验》，尝试着把空中运输作为一种弹头的快速转运手段之一。

安排可靠转运，是武器化进程中首先要研究试验解决的课题。

1. 面对死神的考验

1975 年 3 月 18 日早晨 6 时刚过，总厂区机关食堂的门前排着一个大型的车队，车队的最前边是一辆吉普车，后边还有带篷的大卡车、轿车、救护车等，食堂门前停着的是一辆 NY-114 型调温结合车，这是刚刚交付部队的特种车辆，从外形看就是一个扣着绿色硬壳皮的“厢式货车”，与其他汽车不同的是，这辆车的前后、左右都有武装警卫守护着，戒备森严。食堂里，灯光昏暗，热气腾腾，有百十人在用餐，戴眼镜的人只好取下擦了又擦，再戴上还是一层水汽看不清……保卫部刁部长一声令下，早餐后的人全部按岗上车就位，在前导车的引导下，车队缓缓启动出发。

这是执行一次“东风×号弹头公路运输试验”的车队。

一个月前，总体室四室的测振动、测冲击的技术人员就在四厂区的 411、406 工号内进行着试验的测试仪器、设备和传感器的准备工作了，根据孙耀华副主任编写的试验测试实施大纲要求，为了确保准确地取得完整的测试数据，还为每台测试仪器分别专门设计了减震支架，支架上装着航空减振器，并分别实测了支架的减震效果，以保证在试验室内使用的仪器能上车可靠测试；还选用了一台220 V/50 Hz/1 500 W 的汽油发电机组供电，在地面上进行了测试系统的联试联调。

一周前，NY-114 型调温结合车从武威运到 215 车间，测试技术人员安装了加速度传感器，其中在调温结合车底盘、车轴支架处安装了×个传感器，并在参试弹头上安装了×个传感器，以实现对振动、冲击的传递测试分析。

这是第一次使用调温结合车进行实弹的运输试验考核。二炮派出的试验车队由陶副营长带队，柳道勤上车了解该车的调温技术性能和温度测试情况。部队的同志是非常紧张的，驾驶员曾多次问柳："是运真的核弹头吗？运输中安全吗？"柳道勤认真明确地告诉他们："试验是安全可靠的，我们已经进行了运输试验安全论证和必要的安全试验考核，别怕！我们的试验人员会在你旁边的副驾驶位置上陪着试验全程，我们的 4 名测试技术人员会在车厢内进行环境动态参数的测试。"

昨天上午，在运输试验的动员协调会上，苏总师说："NY-114 型调温结合车是最新设计的专车，调温是说它能利用空调设备满足弹头的温度技术要求；结合是说它将用来实现阵地的弹头和弹体水平对接，以缩短战备反应时间。所以这个试验非常重要，具有实战意义。”苏总师又说：“根据弹头战术技术指标要求，在四级公路上的累计运输距离要达到×××千米，车速要控制在××千米/小时。”动员会的最后，各级领导同志一致强调要确保试验安全。

今天早晨在车队出发前一小时，保卫部已派出一辆敞篷卡车，载着一个加强排的警卫战士和干警，在沿途的涵洞、桥梁、十字路口、岔路口等布设了岗哨，以防止地方车辆插入车队。

苏总师、刁部长、黄副所长坐在那辆前导车上开路，为了安全在调温结合车前后都安排了一辆隔离车；在调温结合车上，驾驶员谨慎地握着方向盘，总体四室的程敏玖主任和陶副营长坐在副驾驶的位置上坐镇引导；调温结合车厢内，孙副主任带着杨、朱、段技术员在紧张有序地进行着振动、冲击的测量工作，启动、加速、减速、上下坡、弯道……车队沿着青海湖北的四级公路行驶着。

刚察县到了，这是原定的公路运输试验的折返点，车队缓缓地按序停下来。

当那辆调温结合车停下来时，人们没有想到的意外情况发生了！

调温结合车的车厢门打开时，第一个下来的是小段技术员，他说：“好像有点头痛，没有力气！”接着下来的大杨、小朱两个技术员都是斜歪着下的车，一下车就都趴到地上了，最后下车的孙副主任是在人们的搀扶下蹲到了地上，说：“有些头昏、呼吸困难！”隔离车中的一个军代表小声说：“他们四个人是不是胆小鬼，陪着核弹运输害怕了？”还是曾经经历过事的黄所长明白，这是由于车厢内缺氧造成的。原来是车厢内加装了一台汽油发电机组，消耗了较多的氧气，排出了一氧化碳等废气，加上结合车的箱体设计密封性能较好，那四个在车厢内测试的人是在极度缺氧的车厢中坚守着测试工作，其实车厢中几乎全部是有害气体了，如果再坚持就可能会发生中毒死亡事故，所以确切地说是与死神擦肩。

苏总师指示：增加在刚察的休整时间，回程中要吸取教训，采取减少汽油发电机组的供电时长、增加停车换气等措施，一定要确保参试人员的自身安全。

3 月 21 日，运输试验圆满结束，一共测到汽车底盘和弹头上的×个振动、冲击实验测试数据，经过仪器判读、分析整理提供了可信的试验数据。参试弹头试验前后质量检查没有发生异常、全部合格；结论是 NY-114 型调温结合车运输试验成功。

1978 年，东风×号弹头整体公路运输试验获国家科学大会奖，四位面对死神考验的参试者全部列入七人获奖名单中。

2.“8”字头混合军列的秘密

1980年春天的一个漆黑的夜晚，一辆混合军用列车缓缓从青海金银滩大草原发车了，和以前一样，车上的参试人员除少数外都不知道列车的终点站，只知道是去南方执行一次弹头784-2试验任务。与上一次不同的是这次军列上装载的是两发核弹头，一发是部件分装状态的，另一发是整体组装状态的弹头，带着整体状态的核弹头在铁路上运输是中国的第一次，是具有一定的社会安全风险和技术安全风险的新课题，实际上却是提高部队作战使用能力的必需。

“8”字头已是混合军列的最高等级。军列车厢中除了两发弹头外，还用平板车装载了一辆北京212型吉普车、一辆大轿车、一辆带篷的解放牌卡车、一辆客货两用面包车，当然为安全在产品车厢间还加挂了多节硬座车做隔离车，所以这个军列是由软卧车、硬卧车、硬座车、平板车和餐车混合“乱编”的列车，其实只在最后的两节卧铺车是供参试人员使用的，试验弹头分别装在经过改装的软卧和硬卧车厢内。

担任这次试验任务总领导的是谢平海副厂长，副手是黄副所长和保卫部的洪寿元副部长。

研究所四室是这次南方储存试验（代号784-2任务）

的负责单位，柳道勤是课题总负责人。铁路运输途中还特别安排了一项整体弹头铁路运输试验(代号 784-2A 任务)，就是要对运输全过程进行振动、冲击环境的测量，由于测试参数和测试仪器数量较多，四室的多半人都在专列上工作着。

在软卧车厢内，孙耀华副主任正在带领张庭芳技术员、朱伟仪技术员和许凤斌技术员进行着测振、测冲击仪器的调试和预热，柳道勤和蒋海桂进行着初始环境和产品温湿度的监测记录，为完成全程的监测，四室的技术人员是一专多能的，每日排班分工协作。

列车运行的前两日，784-2A 试验已经测到了火车启动、加速、平稳运行、过道岔、过桥梁涵洞等的多个振动、冲击测试数据，保存记录到磁带中供后期数据判读用。根据实施方案安排，第三个晚上是测试最繁忙的时段，这时的列车正在陇海线的宝鸡至西安段运行，这段是午夜前后行驶，要经过数十个山洞、桥梁，有时是过一个山洞就是桥梁，再进山洞又接大桥，夜晚普通客货列车不多，所以车速较快，这也正是试验要测量的重要数据。这一班的带班是孙副主任，突然发现负责冲击测试的张庭芳神色不对，又呕又吐，不知道是晕车还是吃了什么不卫生的食物，孙用对讲机向车尾卧铺车的黄所长报告，请求让刚下班休息的许凤斌到岗换下张技术员，黄所长令柳道勤、许和一名随车医生到产品车换下张，其实柳道勤已是两天没怎么合眼了，作为课题负责人，他一直在产品车上盯着，责任重大不放心，刚刚在卧铺车上还在想着实施方案中有没有什么没预想到的事，就又回到了产品车上。

专列经过四天五夜的运输安全到达某铁路中转站，从中转站到 784-2 试验场地还有 100 多千米的公路运输，途中要经过 2 个市、4 个县，临时编组的一个公路运输车队出发了。最前边开道的吉普车是洪副部长和基地的保卫人员，第二辆吉普车上是谢副厂长和黄副所长，安排一辆解放牌卡车做隔离车后，就是产品车的车队了，柳道勤手持对讲机坐在 NY-114 型调温结合车的副驾驶位置上。感受到驾驶人员很紧张后，柳道勤对驾驶室里的带队副营长说："不用怕，NY-114 型结合车我们已经做过弹头的运输试验考核了，是安全可靠的！你们看，我不是也坐在这里吗！"一路上，柳两眼紧盯着前方的路况和车队，用对讲机与开道车上的洪副部长通话联络着。对讲机在厂里使用时的通讯距离不超过两公里，而这里是山路，信号并不稳定，时断时通，使得柳很紧张。听着洪部长的指令，报告弹头车一切正常，他没空去欣赏公路两旁那层次分明的绿色茶园、蜿蜒清澈的小溪、翠绿的竹林和已经开满山坡的红杜鹃。

一路上翻山越岭，4 个多小时后公路运输车队安全到达技术阵地卸车进洞。

3. 东×导弹弯道遇险

东风×号导弹头体结合公路运输试验（代号 784-2B 任务）是一项前人没有做过的事，关键点是对接着一枚真的核弹头，在仅供部队使用的南方四级公路上转运一发导弹有多项困难，一是当时的公路建设标准很低，只是解决了导弹部队从技术阵地到发射阵地或不同发射阵地间的机动转移发射的有无公路问题，砂石土路，基本上是单行道，只在必要时在沟头上修了一处可供避让的错车路段；二是南方的山路，上山下坡、过桥转弯是常事，这辆头体结合运输车实装后太长，从来没有运过；三是 4 月份正是当地的梅雨季节，坡陡路滑，路边多是深沟峡谷，发生交通事故，救援都难。

4 月 9 日，为了确保正式试验的安全，基地与试验工作队进行一次探路预演。预演用的是一辆没有装导弹（和弹头）的公路运输空车，一辆 212 型吉普车开道、一辆解放牌卡车断后，一路上发现多处大坑和乱石在路面上，公路运输车在两个急转弯处需谨慎慢行，多次调整方向盘倒车才能通过。部队立刻安排运输营的战士们清理路面石块、填补修整不平路面，正式试验日期视天气预报再定。

在×××技术阵地，已是总装车间副主任的黄珂琦正在组织工人师傅们进行着一发核弹头的总装，基地弹头排的技师和战士们也参加了这一发弹的装配操作，看得出来他们第一次装配真的核弹头还是很紧张的，好在221的师傅们是主操作手，他们打个下手经历了总装全过程，还是起到了实弹培训的目的；221的总体和专用地面装备设计的工程师们也在现场，目的是在基地现场使用中，核查地面装备是否还有待改进提高的地方。加上在专列上卸下的整体核弹头，技术阵地已有两发弹头整体待命，拟参加头体结合公路运输试验考核。

在弹头与弹体的对接现场，操作手们完成了核弹头与导弹的连接，一发核导弹在运输车上就位固定；试验工作队的人在这么近观看到一发东风×号核导弹也是很难得的机遇，啊！真的好长好大，很壮观。孙副主任按照振动、冲击测试的实施细则，指挥着戎善良、许凤斌、段春贵等技术员在运输车底盘、导弹支架、弹头壳体等处安装××个测试传感器，李、谢技术员负责连接固定测试电缆和仪器设备，预热调试一切正常，待命。

据基地气象站预报，明天是个晴天，试验领导小组决定进行正式试验。

一个庞大的试验车队出发了，前呼后拥着一辆装载着核导弹的运输车缓慢地行驶着。还是洪寿元副部长和基地保卫处的干事在开道车上，黄副所长、柳道勤、黄珂琦等人坐在整弹运输车后的一辆大轿车上，后边是一辆大吊车和二辆卡车，卡车是用来收容沿途放哨执勤的干部战士用的，吊车是预防万一的备用救援车。

南方山区的天气预报并不可靠，当车行不到一半时就突然下起了小雨。提前派出在沿途路口、岔道、小桥等处值勤的战士们已是湿透了军装，但都是笔直地站在那里执勤站岗，这就是中国的军人的形象。

公路运输试验的核导弹

车队在雨中行驶着，直行和平坦的路段一切正常，前方上坡后是一个急转弯，险情发生了。

导弹运输车很长，所需的转弯半径大，但是这个弯道处右侧上面是石崖截面，修路时应该是炸掉了石崖的一部分，左侧下面是一百多米深的万丈深渊，雨天转弯是更危险的事。车队在弯道前停了下来，全体人员下车清理拐弯处的碎石和路边的杂草，使路面更清晰；基地运输营的助理员们在导弹运输车的前后指挥，运输营的贺副营长坐在副驾驶位上“陪练”，一声口令：“前进，左转，停！”拖车的左前轮快悬空了！下边是深渊。再一声口令：“后退、右转、停！”导弹的尾翼已经快碰到山崖的石头上了，好吓人。就这样，“前进、左转，后退、右转”不知多少次，有时也就是移动了十几厘米的路……这个转弯处用了快两个小时，使运输车顺利到了公路上，化险为夷，弹头弹体毫发无损，人们可以松口气了，悬着的心落下来了，大家的衣服湿透了，有点凉，心情却是暖和的，一场虚惊。这时的小雨也停了下来，雨过天晴，山坳中升起了一道彩虹！

4 月 18 日，东×导弹头体结合公路运输试验圆满完成。总体四室进行振动、冲击加速度测量结果的判读和分析，写出了试验总结报告上报。国内第一次的头体结合公路运输试验获得了国防科委科研成果三等奖；基地驾驶员的高超技术和过硬的心理素质令人佩服，给他们立功受奖、提职晋级，理所应当。

4. 最早的东风“快递”

1983 年秋，一架军用直升机在陕西临潼机场平稳降落，走下飞机的不是穿着军装的军人，而是6个穿着白大褂工作服的人，他们是二二一厂总体室环境室的孙耀华主任和工程师杨德盛、张庭芳、许凤斌、蒋海桂、郑志和。6 个人抬着几台测量仪器急匆匆地回到场站招待所，空军机组的特勤人员将一发 5××型核弹头从机舱中吊出……。

这是一次代号为“817 任务”的核弹头空中运输试验，试验的目的是考核东风×号核弹头用空中转运作为一种快速机动运输方式的安全可靠性。

这次试验现场由部队组织实施，担任组织领导总指挥的是使用部队作战部的张部长（后任部队的副司令员），二二一厂派出了一个试验工作队参加全程试验，任务是随机测量振动、冲击加速度、噪声、温度等机舱环境参数，并负责编写试验测试数据和提供评估报告；孙耀华主任任厂工作队队长，杨德盛、张、许工程师负责振动、冲击、噪声测试和判读，蒋、郑工程师负责温度、湿度测试和数据整理工作。

为了使在地面试验室中使用的测试仪器能在飞机上正常运转，在出厂前已做好了试验准备工作：一是自制了电源转换装置，把机上的 400 Hz/115 V 电源转换成 50 Hz/220 V 的电源，二是为所有上机的测试仪器、设备加装了减震支架，并在出厂前在振动台上进行了振动试验考核。

今天，执行空中运输任务的机型是一架伊尔-××型运输机，目的地是延安机场。天气晴好、无风无云，当试验队的人抬着测试仪器来到停机坪时，地勤人员已经把一枚核弹头吊装到机舱内固定，看来地勤人员起得更早、更辛苦。飞机发动、滑跑、起飞，正是工作队测试最紧张的时段，人们在各自的岗位上忙碌着、坚守着，进入正常巡航高度平飞时要轻松一些，可以喘口气、喝口水了（谁也不敢喝得太多，只是一小口润润嗓子吧），机组报告临近延安机场上空准备降落了，下降高度、减速对准跑道、触地、滑行，又是测试最关键的时候……中午在场站就餐还是很丰盛的，临走时场站还送了两筐延安特产火红小柿子，很熟很甜，说是送给大家尝尝鲜，也送临潼场站的战友们一筐，看来两个场站的友情深厚。

下午，返回到临潼机场，落地后试验工作队的人把测试仪器、设备带回场站宿舍，要立即进行判读数据，整理分析，编写测试记录备用。一天下来很累，但是过得很充足。

这一天，执行运输任务的飞机换成了安-××型大运输机，运输目的地是南方的安庆机场。

对于试验工作队是又一次新的环境测试，机型大、速度快、巡航高度更高，一切从头测起。突然，孙主任发现张工程师有些异样，脸上有汗珠，好像要吐的样子，跑过去问：“哪里不舒服？能坚持吗？”张说：“不知道是为什么，是吃的东西有问题，还是有点晕机。”又说：“我能坚持测试工作，给我个塑料袋备着吧！”许工程师说：“你到机舱边上的折叠椅上休息吧，测试工作我一个人就能兼顾了！”试验人是一个团结友善的小集体。

安庆机场落地。午餐更丰盛，还特别上了长江里的鳜鱼、小虾和竹笋干，但是张工程师一口也没敢吃，怕返回时影响测试任务。航程长，回到临潼机场时已经很晚了，但是工作队还要处理完今天的测试数据，因为明天还有新的测试任务。

试验工作安排紧凑，在金秋十月的一个月里，共进行了 28 天的飞行测试。测试的机型有×个直升机型和×个运输机型；每天起早贪黑地工作着，重复着将测试弹头吊装到飞机上、将测试仪器安装固定到机舱内，早上从临潼机场起飞、空中负责环境参数测试，晚上飞回临潼机场、进行数据判读和整理。连续工作 28 个工作日，能确保每架次每个机型都取得完整测试数据，令空军和使用部队感叹和赞许。张部长高度评价 221 试验工作队的一不怕苦、二不怕死的精神，说这次“817”空运试验的两弹试验人，是在用高度的使命感和无畏的献身精神在为部队使用作战服务。

《“817”空运试验环境测试及数据处理研究》获核工业部科技进步奖，空中运输核弹头快速、安全，为提高快速机动发射提供了实验考核。

空中转运东风×号（5××型）核弹头，有人说这是最早的东风快递。

第八章　东游长白林海
南巡水乡大竹排

话说天下大事，分久必合、合久必分。

1974 年 1 月 1 日，院厂分家，九院迁往四川三线，成为核工业部军工局下的两个单位——第九研究设计院和二二一厂。核工业部下达了院厂任务分工的决定，二二一厂分配的主要任务是：核武器和地面装备的批量生产、工艺研究、储存性能研究、产品复检和部组件返修更新等任务。厂领导把储存性能研究任务落实到总体室四室肩上。

国内外实践表明，核弹头的许多技术问题和难点可能不是出在研制和批生产阶段，而是出在库存服役的时候，所以储存性能研究试验就成为弹头武器化进程中的重要课题。

“我们发展核武器，不是为了进攻，而是为了防御，是积极地防御。”就是说核弹头不会轻易动用，但是必须保证在服役期内核弹头的可靠性和有效性，立足于使用现有核武器准备打仗、打胜仗。

储存试验是弹头交付部队使用后必然要遇到的课题，当时国外资料较少，弹头储存试验在国内更是一个全新的研究课题，没有前人的经验可借鉴。

为此，二二一厂系统地安排了核材料、电子元器件、部组件、大部件的储存研究，特别进行了全弹头的 756、784、784-2 等阵地坑道整体储存试验研究工作，以考核整体弹头储存的安全性、可靠性，摸清弹头储存中性能变化的规律和对策。

1. 向苏总师汇报储存试验设想方案

1974 年 11 月，二二一厂召开计划工作会议，主持会议的是苏副厂长兼总工程师，厂领导和各大单位的领导参加会议。研究所的黄副所长带着柳道勤到会，柳发现到会的都是处室领导，只有他一个人是组长级的技术干部，就自觉地坐在后排了，左边是生产计划处统计科的夏忠副科长，夏小声地调侃说：“你管的试验室的面积比处室的大，你是厂里最大的组长了。”会上生产计划处的贾处长通报了明年 0×批产品的批生产计划和年度产品复检计划，特别提示明年的研究试验项目是简易被复坑道的整弹储存试验，这是国防科委和部局领导十分关心的试验，在国内是第一次，由研究所组织完成。

会议结束时，会场里一片大笑声，这笑声令苏总师有点诧异，又是夏副科长挑明说："苏老总，你看今天参加会议的有生产计划处的贾处长、生产科的胡兴调度、质量检查处的白处长，还有我这个统计科的夏科长，人们笑的是说今天这个会算是白开了，似乎是假（贾）计划、胡调度、白检查、瞎（夏）统计吗！"苏总不高兴地说："真是乱弹琴"！后来，这个笑料就在厂里传播开来，又是一片片笑声。

苏老总特意把黄副所长和柳道勤叫到他的办公室，说："小柳哇，是我特意叫黄所长把你带来开会的，今天会上安排的弹头整体储存试验就由你来当课题负责人，你要在一个月内拿出试验设想方案上报。"

接着又说："你负责的高温试验方案编写得怎么样了？高温试验大概安排在后年进行，因为咱们手中只有一套试验用的弹头，要科学地安排不同的试验项目。"

柳报告说："苏老总，高温试验方案第一稿已经完成，正在进行修改、完善、补充。我回去马上着手编写储存试验方案。"

苏总说："带着一发真的核弹头到使用部队去做试验意义重大，但是责任也更大。方案中一定要清楚地论述试验的必要性、安全性和可行性。核弹头试验是件极重要的事，黄胖子你要指导小柳完成方案的编写，给你们一个月的时间，元旦前我要看到上报稿！”

一个月后，黄所长带着柳来到苏老总的办公室，柳道勤详细地汇报了由他执笔编写的《东风×号导弹弹头整体储存试验方案（讨论稿）》，汇报过程中，看到苏总频频点头，内心渐渐平静。

苏总说：“方案总体上还可以，但要在试验的安全性论述中，增加工厂已经在厂内安排进行了炸药部件、雷管组件等火工品的安全性考核试验结论的内容。加强试验过程中核部件的辐射剂量监测工作等。”“还要再编写一份《储存试验实施细则》一同上报。”

柳说：“我回去再修改补充！”又急忙说：“苏老总，这是国内第一次的整体弹头储存试验，作为课题负责人，我感到责任重大、压力很大！”

苏老总略加沉思后，拍着柳的肩膀说：“小柳，别怕，这个方案正式上报时，我会在报告上签字的，黄胖子也要签，就是说这个试验由我负责，你只需大胆地去闯去干，试验成功了是你们的，出事了我们负责任！”

接着又说：“这次试验我会和你们一起去做的。”

是的，苏老总说到了，也做到了。他和试验人员一起乘专列带着核弹头“神州行”，一直陪着大家在基地几个月，他任 756 储存试验的总指挥，现场指导完成了这次国内首次弹头简易被复坑道整体储存试验任务。

柳道勤想起，苏总的话，和 1966 年小平同志视察 221

基地时听到王副院长等人汇报搞氢弹还有一定风险时他鼓励说的话——“你们大胆地干，成功了是你们的，出了问题失败了，我们负责”，和张爱萍将军在发射试验基地对干部战士说的话——“只要你们尽心尽力了，拿出你们的真本事了，出了问题是我的，由我负责。成功了是你们的，我给你们记功”，好像真的是一脉相承。柳道勤感到很幸运，能在这样敢于担当的领导下面做技术工作，你只有去闯、去拼、去执行，按照周总理的教诲——“严肃认真、周到细致、稳妥可靠、万无一失”——做好试验工作。

2. 绕过北京的9901/2次列车

1975年7月下旬的一个子夜，一列军用列车从二二一铁路编组站发车了，车上载有一发全真的东风×号（524型）核弹头和近百名试验工作队的人员，但是除少数几个人外都不清楚这趟军列的终点站？多数“乘客”只知道可能是去东北方向。站台上厂临时党委书记梁步庭和厂革命委员会刘书林主任等几位厂领导挥手送行。天上星光灿烂，地下火车头的一束强光射向远方。

这趟军列的运输车次编号是9901/2次列车，是军列的最高级别了，有人说如果再加一个“9”字就是毛主席、周总理和中央首长的专列了。

两周前，弹头就在215车间完成了试总装工作，拆装检查装箱待命；两天前，分别在十一厂区（上星站）、十二厂区装车。装车是严格按照试验实施大纲的安排进行的，大纲中明确规定了各箱件位置、固定方法和吊装顺序。

24 小时前，专列在铁路编组站编组成列，编组计划也是在实施大纲中明确规定的。原则是要把核心部件、核材料部件、火工品及炸药部件、引爆控制系统组件等不同材料的部组件分别装车、安全隔离，隔离用的是硬座车。所以这个神秘的军列编组与普通客车的编组完全不同，普通客车的编组是：餐车在列车中间，一边是硬座车、一边是硬卧车、软卧车紧靠餐车。这趟军列的编组是：软卧车在中间（装的是核心部件），餐车是倒数第 3 节车厢，餐车后边是两节人员乘坐的硬卧车。就是说这是一个“杂乱”编组的列车，近看是硬卧车、硬座车、硬卧车……软卧车、硬座车、硬卧车……其实一般人是无法靠近专列的，而试验队的人知道软卧车、硬卧车都是经过改装设计的产品车，专列中除后三节车厢的窗帘打开外，其他车厢的车帘都是拉上的。

苏总师、黄所长、保卫部的刁部长都在专列上。刁部长向随车的总参军调部李处长报告：专列上负责内保的十几名保卫部干警和警卫团的一个加强排已安排就绪；厂内 38 千米的铁路沿线、道岔、桥梁、涵洞等都有专人值守。李处长通报说：“专列沿途道岔、桥梁、山洞等都已安排双人站岗；专列通过时会将沿线的地、富、反、坏、右等人员集中办学习班，由专人管治起来；专列将绕过首都北京和交通枢纽、人口密集区；各铁路局的一位副局长和公安处长将分段登车护送，现在车上的是西宁铁路局的人随车，护送到他们管辖的最后一站。运输和社会安全问题是总部首长最关切的事，因为这是国内第一次将一发真弹横穿中国、从西北到东北的专列。”接着又说：“按军列级别，为确保安全运输，会在专列的前方安排一趟开道列车，在专列的后方安排一趟隔离列车，以防追尾。”

列车在黑夜里平稳地运行中。柳道勤和课题组的同志们在产品车厢中值班，负责监测产品运行中的温度、相对湿度、振动和冲击加速度、噪声等环境参数，特别要监测列车启动、加速、稳速运行、过道岔、涵洞、桥梁、山洞、减速、停车靠站等的环境参数。还要随时监测产品的辐射剂量数值。

作为课题负责人，柳道勤把自己和张庭芳、段春贵技术员排在第一班。一次全新的试验课题，他确实感到责任重大，在产品车厢中亲历运输全程好像更放心一些吧。又想到专列尾部的卧铺车中有苏总师、黄所长坐镇指导，心情总算平静了许多。

到达兰州西站时已是第二天的后半夜。列车停稳后，专列的警卫排干部战士全部下车，负责把列车前、后、左、右四面包围起来，每个人都是荷枪实弹背向列车；各产品车的厂保卫部干部在车门口下车，每个人都是面向列车，紧紧地盯着自己负责的车厢；在产品车厢中值班的试验人员守在产品车的车门口上边，每个人佩戴着一枚可供识别的特制的毛主席像章；柳道勤站在车厢门口上向远处瞭望，他发现车站已经“清零”，不见一个旅客，在明亮的一站台和相近的隔离站台上是一排人背向专列在站岗，那是铁路公安干警的防线。可以说是把专列围个水泄不通、四道防线确保安全。这时护送专列的是兰州铁路局的一位副局长、一位铁路公安处长和一位运转车长，他们是凭介绍信交接上车的。以前，到新疆执行核试验任务的专列是要从兰州向西运行的，这次借着夜幕的掩护专列向东前行了。

天水到宝鸡之间是山洞、桥梁最多的一段铁路，也是试验测试最繁忙的一段，夜幕中几十个山洞、桥梁掠向后方，有时是刚过一个山洞、紧接一个桥梁、又一个山洞、连另一座桥梁，这些振动、冲击测试数据是我们最关心的数据。

车到宝鸡站时已是天亮了，没有停车火车呼啸通过站台。柳道勤向窗外望去，只见与铁路平行的公路上是：每根电线杆都有解放军战士和民兵双岗值班，可谓是三步一岗、五步一哨了。公路上有军用三轮摩托车在穿行巡逻，车上插着红旗、架着机枪，可谓是戒备森严、红旗飘飘。

西安火车站又是鱼贯而过，傍晚停靠的是西安东边的军调站——灞桥火车站，在这里专列要进行补给，供水员为每节车厢加满水，有专人负责给餐车补充肉、鱼、蛋，蔬菜、水果等副食品。工作队通知：这一站停靠时间较长，允许下车散步、做操、活动活动筋骨。下车的人感到的是热！热！热！男同胞们早已脱掉了毛衣、毛裤，有的干脆就剩下背心了，有人到水池边上去冲凉。正是“三伏”天，那几个女同胞就受罪了，她们不能脱得太多，只有忍受着这中国三大火炉之一的西安热浪了。柳道勤没有下车，他在产品车上值守着，两天三夜一直在产品车上，在卧铺车上他的睡铺成了虚留的铺位。

列车一直停到后半夜，才在人们的熟睡中驶出灞桥车站向东驶去。正常情况下，旅客列车应该是沿着陇海线入潼关、过洛阳、到郑州北上京广线。拂晓时分，铁路两侧大雾弥漫，当太阳出来的时候，柳道勤发现专列已经跨过风陵渡黄河大桥北上，火红的太阳在列车的右侧升起，啊！已经是在山西省境内运行了，随车的早已换成了太原铁路局的人。列车穿运城、过榆次沿黄土高坡慢行（山路路况不太好），再次停车时又是华灯初上的晚上，站台上显示是太原火车站，站台上灯火通明却空无一人，一样的宁静、一样的四道警卫线，下边的路怎么走？只有运转车长知道，按规定这又是秘密，不问、不说、人们已经习惯了；太原站停靠时间不长，加水时餐车仅上了两筐土豆（当地人叫山药蛋），山西穷吗！列车再次启动时已是倒行向南，重返榆次火车站后向东转弯，沿着石太线东行了；后半夜，穿过灯光明亮的石家庄火车站，人们才感到石家庄也是很热，不比火炉西安凉快，车上的人发现到石家庄没有北转弯走京广线，而是继续沿石德（州）线东行，列车缓缓停在漆黑的一个小站，透过小站上仅有的两盏灯光，柳道勤才隐约地看清站牌名——前磨头，这是位于衡水站西边的一个五等小站，三间小屋、三个人值班的小站，为了确保军列安全，铁路局专门从辛集和衡水等火车站调来铁路干警参加保卫工作，也可能这条线路上、这个小站从来没有通行和停靠过“9”字头的专列，这也给专列上的内保工作增加了风险和挑战。漆黑的晚上，漆黑的站台，远处依稀可见几个光点，那就是村庄了吧？近处，蟋蟀的叫声打破了人们的宁静，水塘里青蛙呱呱地叫着，使人们浮想联翩，一列停靠在野地里的专列，一个美好的夜空，欣赏着大自然界的小合唱。

列车的下一个停靠站是德州站，站台上已准备了两架子车西瓜、几箱汽水和两筐德州扒鸡，给人的印象是当地人好实在。

列车沿京沪线北上，路况好、车速很快，在天津西站后是“毛泽东号”机车组牵引着，可以明显地感到列车启动、加速、运行都十分平稳，火车司机都是出身好、技术过硬的人。

专列经山海关火车站后，车上的“西北人”感到凉快了很多，过锦州、沈阳站，夕阳西下时，列车停在了沈阳东站，这是最后一个停靠站了。进山了，奔向终到站，奔向长白山的林海中。

3. 简易坑道中的争吵声

试验指挥部召开了试验前的第一次工作会议，苏总师部署了产品拆箱检查、总装转运、储存产品和环境监测等各项工作程序及各大参试单位职责分工，要求大家各负其责、大力配合、安全第一。

接着又说，今天还要讲三件事：

一是对负责雷管组合件工作的杨伟根师傅给予通报表扬，表扬他在卸车突发两腿酸痛难忍时，还紧紧地把雷管箱抱在怀中不放，跪在坑道地上护着雷管。部队的医生说可能是专列入山时，温度突变、山风大造成的风湿骨痛，这时是疼痛难忍的。别看小杨师傅身体单薄，他的保护雷管的形象是高大的，值得大家学习。

二是对试验队的张光印、王炳钧提出批评，他们俩在沈阳东站停车时，只顾在临近站台上洗脚，当专列开启后漏乘“丢人”了。铁路部门还专门派出一个火车头拉上他们二人才赶上我们的列车。要知道，这样级别的列车漏乘是个事故。铁路部门已对当班的站长和值班员记过处理；沈阳站的军代表也受到批评。为此，工作队对张、王二人提出严厉批评、责令作书面检查，如果态度不好就随车返回吧！

三是对课题组派出的先遣人员董技术员提出批评。他在出厂前没有认真阅读和了解试验实施细则，参加试验准备时又不细心，到基地后自作主张说：测试间和储存间的距离太远，原来准备的测试电缆不够长，需要部队紧急采购3千米测试电缆，部队派出了驻东三省的军事代表和多名助理员奔波采购未果，因为测试电缆型号特殊，是上海电缆厂生产的，此事，给部队印象极差。此时，黄所长插话说：“其实，出厂前已做好了充分的准备，测试电缆是一年前就到货了，测试电缆束的长度和测点数都有较多的富余。”

第二天上午，柳道勤正带着课题组的人在318坑道中架设测试电缆，在测试间布置测试仪器的三个人突然大声争吵起来。事情的缘由是这样的：

山西人关技术员抬仪器时，一用力皮带断了，他拿起钢丝钳从备份电缆箱中一整卷电缆上剪下了近3米长的一段，顺手就当腰带用了。这事刚好被女技术员小郭同志看到，当场就心痛地说：“你怎么从备用的整卷电缆上剪呢？这样备份的整卷电缆就作废了！”

关技术员还争辩说：“备份电缆不是有好几卷吗！怎么了！”这是自知理亏，还不服气的“歪理邪说”。

郭技术员是在场内负责准备试验测试电缆束和备份准备工作的人，昨天苏副总批评课题组时心中就憋着一肚子气，就没好气地说：“桌子上有白布带，箱子里有不成卷的电缆，你可以用吗！真是个破坏分子！”

关技术员还在高声争论着。这时正在布设联接测试仪器的那位董技术员插话说：“你就应该用白布带或从不成卷的电缆上剪！”

关不服地说：“都是你这个先遣队的人‘乱弹琴’惹的祸，让部队的人跑遍东三省找电缆，让苏总师批评我们大家！”

三个人，你一句、我一句，声音越来越大……柳道勤从120米远的储存间跑到测试间才使吵声变小慢慢地停下来，他能说什么？他想说什么？他也是一肚子气，只能说：“别吵了！以后试验中办事动动脑筋，少添乱吧！”

事后，苏总师知道了坑道中大吵的事，还让黄所长批评了关技术员。

4. 师徒四人“东游记”

山里的人说：长白山的天是小孩子的脸，“说变就变”，这个山沟里是乌云密布、倾盆大雨、电闪雷鸣；翻过山头到另一条沟里却是晴空万里、艳阳高照、暖风和煦。部队气象站的人已掌握了山间小气候变化的特点，能准确地预报出发射前几个小时的理想“发射窗口”，有人说气象兵是神机妙算，有人说气象站是神通广大。

这几天都在下着小雨，应了那句顺口溜：七月大、八月大、十天九下，就一天没下，还滴滴嗒嗒……

储存试验的准备工作在按计划进行中，拆箱检查、总装转运，一发试验弹头已在储存坑道的储存间就位，测试弹头的初始环境参数、测试弹头的初始剂量值等，一切准备就绪，明天就是正式储存试验的日子了。

下午，试验队的人乘车返回驻地时，是个难得的好天，微风在吹、太阳在笑，卡车上的一群年轻人也在笑，有人唱《智取威虎山》中英雄杨子荣的“打虎上山”，有人领唱“五星红旗迎风飘扬，胜利歌声多么响亮……”一路上笑声不断、高歌演唱，人们在用歌声、笑声缓解着紧张的心情和辛劳，还可以顺着山势和太阳光清楚地看着前方坐在吉普车上的三位试验队领导是那么宁静，只有坐在后排的刁部长有时回头望望，好像在说：“年轻人，怎么这么高兴！”

沙石路面，小车过后是一缕灰黄的尘土，卡车过后是尘土飞扬，歌声笑声暂停。下山了，是盘山弯道，大杨技术员的脑海中闪过的是《奇袭白虎团》电影中的场景：杨育才排长开着中吉普车与李伪军追击的镜头。……突然，蒋海桂指着下边盘山道上的吉普车说：“看，小车上是师徒四人西游记！”柳道勤纠正说：“不！应该是东游记。”

人们的眼睛一齐向下看去，听着大黄师傅的解说词：“你们看，吉普车上开车的部队小孙司机就是‘孙悟空’，

20多岁，精明干练、浓眉大眼，两眼紧盯着前方路面，好像随时准备着打死山里边的妖魔鬼怪；坐在副驾驶位置上的苏老总正在闭目养神，好像在默念着经文或是紧箍咒——孙猴子，好好开车，注意安全；坐在苏总后边的黄所长有200多斤重，穿着的白衬衣下边两个扣子根本扣不上，也许在想着，今天晚上可以饱餐一顿了；已经秃顶的刁部长，1米8的个头，挺直着腰板，想着的可能是挑起试验保卫工作的重担，责任重大。”

听罢解读，人们又是一阵阵笑声。

车到驻地，笑声停了。刁部长看着大家诡秘的眼神说：“你们闹什么？有什么好笑的事？”张克林师傅实在憋不住了，急忙说：“大家说，唐僧西天取经的西游记中师徒四人都坐在你们小车上了。”柳道勤插话说：“今天上演的是‘东游记’，是师徒四人‘长白送弹’。你看那小孙司机就是孙猴子，苏总是唐僧，黄所长是猪八戒。”精明的刁部长急忙笑着说：“那我就是沙和尚了！”又是一阵阵笑声。

5. 生活趣事

试验组的人每天沿着山间小道走20多分钟到储存坑道去测试和检查弹头状态，不知不觉中已到了秋天，正是山里人“小秋收”的季节，回来的路上，顺着小河沟下山，无暇欣赏这秋天的美景，大家也会学着山里人的样子，采些木耳、松蘑、五味子和山葡萄。

一个星期天的上午，连里的张司务长带着我们到附近的参棚去参观，路上他指着山坡上的一块块长方形的“空地”上说：“那些都是以前栽过‘簾子参’的地方，现在是寸草不生，是人参吸光了地上的养分，所以人参才是救死扶伤的宝物。”在参棚里，参农们有的正在移栽两年的参苗，有的参农正在另一个棚里挖人参，那个棚里是一片红色，正是人参开花的季节，棚里的人参已是八年的了，可以做红参或干晒参入药了。在参棚，大家预订了一些生晒参，柳道勤一个人就订了 10 斤参，价钱是每斤 7.5 元，在当时人均工资 30 多元的时候已经是很贵的了，但是对于月工资 120 多元的柳来讲也买得起，回去送给同事、亲朋做礼品，还能拿得出手。蒋海桂和大杨还要了二棵开着红花的人参秧子（地上部分），说是拿着做样子到山里去采野人参用。

回来的路上，司务长说：“工程兵在挖坑道的时候，战士们曾经在坑道口附近的山头上挖到过二棵野山参，有一棵还是长了二十多年的老山参。”说者无意，听者有心。

每到休息日，蒋海桂和大杨两人就会神秘地上山了，带上部队发的军用水壶和挎包，装上馒头、咸菜……一个月过去，一无所获，手中的那棵参，叶子干了、红花凋落，这才相信山参稀贵、挖野山参是非常难的事。又听司务长说：“山里人就是发现野山参，也会做个记号，把地上边的部分（连同红花）掐掉，等年头够久了再挖，你们怎么找得到！”

两个精力过剩的人，还是经常上山“小秋收”。这时的目标是猴头菇和党参。听山里人说，猴头菇是长在枯死的椴树枝上的。第一次，两个人只摘到一个猴头菇，回来给大家看：你们看这蘑菇多像猴头哇！大家传着看，到最后也就不像猴头了。两个年轻人，一个家在浙江安吉山沟里，一个是山东沂蒙的山里人，结伴而行，争摘猴头菇的冠军，谁也不服气。有一次蒋真的采到了半面袋的猴头，杨也采到了一挎包，摆在宿舍的窗台上晒干。有人说还是蒋摘的猴头多，杨不认输地说：“我还采了半面袋的冬蘑呢！”接着又说：“这半袋冬蘑是在水沟边的一棵椴木上采的，你们看，每个都像人的耳朵！”人们哈哈大笑着说：“今天是两个冠军——一个猴头菇冠军和一个冬蘑冠军！”

有一天下午，蒋和杨二人“小秋收”回来得早些，还高兴地向大家显摆说：“看！我们今天挖到了一颗大党参！”这事叫炊事班的人知道了，便问他俩是从哪儿挖的？杨说：“就在沟口的小河边上挖的！”炊事班的人不高兴地说：“那颗党参是我们班长入伍时的老党参了，我们都不挖，是用来采党参种子用的！”蒋立马到食堂去向炊事班长道歉，班长说：“算啦算啦！就当是送你们的礼品吧！但是，在这个山沟里还有几颗老党参，请不要挖了，那是我们每年采种子卖的！是我们炊事班的副业收入！”蒋和杨二人还是闲不住，每天都到食堂后边的山上去拣山核桃，很快就堆了一大堆，沤去核桃皮，用斧子砸出很小的核桃仁是很费时费力的活儿。柳道勤从中选出两对大点的、外型纹路相近的把玩，也很有趣。于是人们都到核桃堆里挑成对的核桃了，场面好热闹。

国庆节后，山沟里已经很凉了，“小秋收”已经结束。试验组的人责任重大，每天都到坑道里去测试数据，坑道内的环境温度变化不大。生活是单调简单的，每两周去806团的团部洗个澡，到部队服务社买条吉林产的人参牌香烟、人参糖就是去逛“王府井”了，那是一个小镇子，解放前曾是伐木工人冬天聚集的地方，现在是人民公社的所在地，其实就是只有一条街的大山沟。

基地为了调节试验队的生活，专门组织了一次连部炊事班和试验队的“射击比赛”，还派来了一位杨排长进行了赛前的训练。杨排长是曾参加过全军射击比赛的运动员，部队说他的最好成绩是全军第三名，也算是个指哪儿打哪儿的神枪手了，团作训股的李股长说他打过的子弹足可以装一卡车了。

训练都是利用业余时间安排的，讲射击要领“三点一线”瞄准，对于我们这些学生出身的技术人员来讲领会很快，对于保卫部和从部队转业军工们来说更是复习复习的事。

正式比赛安排在一个星期六的上午，天气晴朗，能见度不错。靶场是临近小河的一个小山坡前，这条山沟已是军事禁区，没有普通百姓闯入，只在靶场附近布设了两名哨兵、两名报靶员。比赛项目是卧姿射击，每人十发子弹，杨排长首先试射了三发子弹。

“砰”第一枪响后，人们发现在靶场突然飞起了两只野鸡，“扑棱、扑棱”抖动着翅膀从低空飞过，看！那只公野鸡真漂亮！蒋海桂又大声喊道：“河沟里有两个大家伙向树林里跑了！”炊事班长急忙说：“那是两只狍子，一个叫大傻，一个叫二傻，是我们给起的名字，每天早晨和傍晚都会来河边喝水。”司务长插话说：“山里人都管狍子叫傻狍子，是说狍子天性多疑，在哪里受到惊吓后跑开，过一会儿会不自觉地回到原地看看，这时有经验的猎人正在持枪等着呢！”炊事班长又说：“这两只是这个山沟里长大的野狍子，我们是不会伤害他们的，过一会儿也会回到小河边看看！”

射击比赛，双方成绩只差一环，杨排长说：“比赛结果是两个冠军！”大家又是会心的一阵笑声。试验队的人知道，部队让炊事班和他们比赛本来就是场友谊赛了。杨排长又说：“黄所长那么胖，射击成绩及格就已经很不简单了，他是射击要领全懂，就是趴在地上大喘气，有两发脱靶，但是也有一发十环，精神不错！”比赛的最后一项是五四式手枪的体验射击，每人五发，不计成绩，刁部长的手枪射击成绩最好，45 米发发命中，柳道勤是一发九环、一发脱靶，脱靶的那发打到了前方十多米处，这就是军人们常说的，五四式手枪沉头，手腕子要抬高压稳吧！

经历了盛夏、中秋、初冬，北方阵地简易被复坑道的东×弹头整体储存试验取得圆满成功，第一次取得了数千个实测数据，明确地回答了战标中规定的技术指标要求。柳道勤执笔编写了《试验总结报告》、蒋海桂负责整理出几百页的《试验数据》，上报。

1978 年，“756”任务获得全国科学大会奖。

回想多年前，第一次带着核弹头“东游记”时的责任担当和经历的有趣故事，至今激情难忘，似乎是发生在昨天的事。

6. 随同李副司令员江南选点

“756”试验对北方阵地的整体储存给出了明确结论，但对南方阵地不具代表性，南方阵地的环境温度、特别是相对湿度、霉菌等对弹头的影响需再安排试验考核。

苏总师指派柳道勤要随同部队首长进行选点考察。

在北京发往南方的特快列车上，第二炮兵技装部弹头处的温处长带着柳道勤来到软卧包厢中向李懋芝副司令员报到，李副司令员曾任哈尔滨军事工程学院的副院长，是个懂技术的首长，又听温处长介绍说，柳是储存课题的负责人，话就多起来。

李问柳说："你是哪个学校毕业的，学的什么专业？"

柳回答："我是哈尔滨工业大学无线工程系毕业的，毕业后十多年来一直从事弹头的环境试验工作。"又急忙补充说："哈军工和哈工大离得很近，又同是国防口的院校，所以我也算是您的学生！"三个人会心相视一笑。

司令员又说："整体储存期对使用部队意义重大，可以加强生存能力和二次反击作战速度。你们在北方阵地的试验结果不错；使用部队更期待在南方阵地的试验结论。"又转身对温处长和秘书说："部队要配合好试验工作，首先要选个有代表性又具备试验条件的阵地！"

车到终点站，五十二基地的几辆小车已在站台上等候，来到基地招待所，晚餐很丰盛，我们也都一块享受着副司令级的待遇。

第二天早上，一个小型车队出发，上岭过河、红色杜鹃、绿色竹林，一路南下。

在八0七团，一行人实地察看了三营管辖的3××坑道；一营管辖的××24技术坑道和弹头排，柳道勤发现3××坑道内洞壁上有水珠，两边的流水沟中都在流着水，应该是比北方阵地的相对湿度大、坑道内年平均气温也比北方高许多，温处长也说据他到过的阵地坑道比较这个坑道环境条件较恶劣、有代表性。在××24坑道，柳核实他们交付部队的地面装备、地面设备已经就位，吊车已安装调试合格，可以在现场完成弹头的装配和引爆控制系统联试工作。唯一的缺项是内球组合件的装配场地，当时仅完成了工程施工，还没有进行四壁、顶棚和地面的防护设施的安装，交付给部队的手套箱和辐射监测设备等都还是包装箱状态、没有拆封安装调试。八0七团的团长宋子杨在副司令员面前表态说他们有信心完成整体储存试验任务，宋团长和爱人都是天津老乡，又听柳道勤说他爱人也是天津人，就非常热情地用天津话说："嘛！欢迎半个老乡来这里试验。"

在八××团考察，发现他们的储存阵地和技术装配阵地有的还在施工中，交付的地面装备和地测设备都还没有展开，基本不具备实验条件……

经过实地考察，李副司令圈定南方阵地的整体储存试验选定在基地的八0七团进行，并要求八0七团宋团长要做好准备工作。柳道勤面对这一抉择，当着副司令的面表态说："回去向苏总师汇报，关于缺项工程，我们会像在东北一样提前派先遣人员，到八0七团现场补充施工，安装防护膜、安装调试手套箱和辐射监测，请首长放心。"

李副司令还要前往××训练大队视察工作，一路上随同司令员考察，收获满满，特别是务实的工作态度和雷厉风行的作风是我们学习的榜样，分别时真的是依依不舍。

1978年，南方阵地整体储存试验（代号784任务）在基地八0七团进行。各级首长非常关注这一试验工作，试验中国防科委科技部郭英会部长、任绍祖副局长，二机部刘书林副部长（部党组书记）等领导曾先后到现场视察、指导试验工作，对试验给予了高度的支持和充分的肯定，认为这一试验研究对明确弹头的作战使用性能提供了充分依据。

784 试验获国防科委重大科技成果二等奖，颁发了证书和奖金。

7. 储存工作会议

1979 年 9 月，国防科委在北京京西宾馆组织召开了国内第一次核弹头储存工作会议，目的是总结前阶段弹头储存试验的经验，探讨加强弹头储存研究工作的思路和途径，以确保核武器库中弹头的“绝对安全、绝对可靠”。

二机部科技委、九局、九院、二二一厂和二炮部队研究所等单位派人参加会议。

二二一厂苏耀光总师（兼副厂长）带队，黄所长、柳道勤等六人参会；九院由邓稼先院长、陈能宽副院长带队，十多人参会。

会上，柳道勤代表二二一厂发言，宣读了《东风×号整体储存试验总结报告》（储存会议材料之三），详细地汇报了“756”“784”阵地坑道整体储存试验的全过程，完整地阐述了整体储存的必要性、安全性和可行性，给出了明确的实验结论，回答了战标。

会议认为：

核弹头整体储存试验研究的难点在于——众所周知，核弹头是一项复杂的系统工程，一发核弹头由成千上万个本质上并不相容的元器件、零部件、组件构成。研制中的总体设计、部组件分系统设计集中采用了当时国家最新的科学技术的多个学科的课题成果。

所以，核弹头的储存中会涉及核物理、爆炸物理、材料科学、力学、传热学、环境科学、电子技术、自动控制技术、气候学、机械振动与冲击、防锈与封存、核防护技术、炸药火工品安全防护技术、核辐照效应、系统试验技术等多学科的技术难题。

同时，各种材料的储存寿命又不可能一致，特别是一些有限寿命（短寿命）部组件中的活性材料的衰变而引起的性能变化，有些部组件的老化又可能引起对其他材料部组件的交叉影响。

再说，核弹头中的放射性核材料时时刻刻都在产生着放射性剂量辐射，必须专门研讨低通量的核辐照效应，评定对其他零部组件和整体弹头寿命的影响。

弹头整体储存的试验研究又是批生产交付部队后的大型综合性研究课题，涉及多种型号的武器装备、使用部队、阵地设施，组织协调工作更复杂，责任重大。

弹头储存性能研究课题的试验周期都较长，有时一个试验项目需数年才能完成，试验需专门的部门和人员进行总体策划，长期坚持进行弹头的质量变化数据的采集和整理，特别是要采集每年在部队进行的年度复检数据，以补充储存弹试件数量的不足。

当然，整体储存中的弹头必须确保“绝对安全、绝对可靠”，不能发生任何安全事故，那是通天的大事故。首先是确保核弹头的技术安全，制定和遵守各项技术安全规定，保证在转运、总装、储存、分解检查等全过程的安全、万无一失。在阶级斗争的年代，还有社会安全是个重大的领域。

会议讨论时，坐在对面的邓稼先院长十分关注东风×号核弹头的阵地坑道储存试验中的相关情况。一天下午，他特别提问：二二一厂的试件选取和试验使用是怎么安排的？

苏总师示意柳道勤回答：

“报告邓院长，核弹头的造价昂贵、国家又穷、试验项目多，有些试验的周期又很长（例如储存试验），所以二二一厂的安排是在批生产中抽取 1～2 发弹头做环境试验、定型试验使用，目前手中已有二发半试验弹头，是在两个批次的产品中抽出的。”接着又补充说：

“为了利用一发弹头能实现较多的试验项目考核，苏总师指导我们做了科学缜密的试验顺序安排，以免在进行前期试验使用时造成参试弹头的某些部组件损坏失效，影响后续试验使用。例如，我们使用了一套试件先后安排了整体公路运输试验、北方阵地简易被复坑道整体储存试验、零部件状态国库储存和三大部件（部队也称为五大部件——甲球、乙球、引爆控制系统、雷管组合件、弹头壳体）国库储存试验共四项试验考核；用另一套试件安排了弹头整体振动试验、整体高温试验、装置冲击试验和甲球振动试验共四项试验；还用一套试件完成了南方阵地简易被复坑道整体储存、整体铁路运输、头体结合公路运输和延长整体储存试验研究共四项试验考核等，几年来充分合理地利用了手中的试件。”

黄所长插话说：“储存试验通常采用的是‘金字塔’式的试验原则，最后安排极少量的弹头整体储存试验，来评定弹头整体使用的可靠性。几年来，大量安排的是元器件和原材料、零部件、大部件和组件级的储存试验，可以说是费时费力，还要保证课题研究人员的基本稳定。”

邓院长对二二一厂储存课题的系列试验工作给予了充分的肯定，还对将要安排的《东×弹头延长整体储存期的试验研究》表示支持。

柳道勤住房的对面是十几位总政治部、总参谋部、总后勤部的干事、参谋、助理员，据知，他们正在起草恢复军衔制的文件；宾馆中还同时进行着几个小型会议。

京西宾馆的餐厅，用餐时是不固定桌子和座位的，因为会议多、时间又不一致，一个桌子的人凑齐了，服务员会随时上菜上饭服务，就有些像民间的流水席。

一天晚餐时，柳道勤和付技术员等几个人来到餐厅就餐，有幸和邓颖超大姐在一张桌上用餐。记得这一桌还差两个人，突然发现邓大姐和一位女秘书迎面走来，我们几个年轻人非常激动地站立起来“迎接”，邓大姐很客气地向大家问好，非常热情地让我们坐下来一块用餐。邓大姐可能不知道我们参加储存会议的人中就有曾经受到周恩来总理接见过的人，周总理是十五人组成的中央专门委员会的主任，是周总理亲自指导我们造原子弹、核航弹、核导弹、氢弹，是周总理关心221基地人的生活福利供应，关怀青年科技人员的政治生命——加入中国共产党……今天，柳道勤等221的年轻人，回忆着我们的好总理，没能吃过周总理的“蛋炒饭”，有幸和邓颖超大姐同桌用餐，也是机会难得、心情激动、感慨无限。

邓稼先和陈能宽两位院长餐后有个习惯，就是要再品尝一份冰激凌，一边品着、一边说着，谈笑风生，这可能是他俩在美国养成的用餐习惯吧。有时他们会叫年轻人们也尝尝口味，大家都会说：“太凉了，没法享受。”

我们几个年轻人是在用餐后，到餐厅的小卖部去买两盒中华烟或牡丹烟，这可是宾馆不对外供应的，221基地过年时才凭票买两盒。柳道勤会约上五个人一块去小卖部，每人二盒、正好一条烟，请小卖部的服务员别拆封，服务员很理解也会抬头一笑，好像知道这是要带回基地送给好朋友的。

京西宾馆还能享受的特殊待遇是看录像片，每天晚上，宾馆的大礼堂里都播放录像片，有时一个晚上连放两三部，什么“大白鲨”“华丽家族”等大片都是在宾馆礼堂第一次看到的，那时，外边还看不到呢。

柳道勤发现九院的年轻人不来礼堂看大片了，原来是他们每天晚上都到邓院长的房间去看了。邓院长的房间里有一台录放像机，有人说是从许德珩副委员长那儿弄来的，还有十几盘录像带。柳道勤也挤到里边去看，房间里不时传出叫声、笑声，好像邓院长也非常好奇看大片。

在九院人间流传着一件邓院长的事：

在我国进行第××次核试验时，空投的一颗核弹降落伞故障没有展开，核弹没有按预定试验程序爆炸，而是重重地摔到了罗布泊地区，必须找到这颗没响的核弹，不然后果严重，会污染落区。

在这关键时刻，邓稼先院长力排众议：“我去，我去把它找回来！”邓院长心中明白，他要去寻找的是那颗可能已经摔碎了的核弹头，核弹头一旦破裂，就会泄漏出可怕的放射性材料钚部件碎片，它会产生极大的毒害，既有强放射性的毒害，又是剧毒化学物；他知道仅仅一克重的钚，就能毒死一百万只鸽子，钚手册中规定人的终身剂量为 0.06 微克，可以想象出钚对人的危害有多大了。作为一个核科学家，此时邓院长是明知山有虎、偏向虎山行。

邓稼先跳上一辆吉普车去寻找那颗破碎的核弹头，一位基地的领导也跳上车一块向大漠深处驶去。

核基地的一百多名防化兵也在寻找，但是因为没有确切的落点位置，一直没有信息。

在一个小沙丘上，邓稼先用望远镜仔细观察着，根据多年来的经验判断发现了弹着点，他迅速跳下车顶着风沙跑去，那位基地领导也下车一同奔向前方，邓院长高声制止："站住！你去了也没有用，没有必要再去冒险！"他弯下腰，仔细寻找、四处扫描，终于发现了一块核弹的碎片……

邓稼先夫人许鹿希回忆说：她保存着一张特殊的照片，那是邓稼先找到那颗核弹碎片时拍下的。平时邓院长按规定从来不拍工作照，可能是找到那块核弹片后，已经清楚地意识到它将会对自己产生严重的辐射后果，才一反常态与同去的二机部副部长赵敬璞一块拍下了这张唯一的工作照作纪念吧。是的，邓稼先院长常年工作在核武器研制试验的一线，长期遭受核辐射的侵害，但是这一次钚辐射，是最严重的一次，是超人体终身极限的一次。

1985 年 8 月初，邓稼先应邀到张爱萍将军办公室汇报九院重建工作，张将军发现他明显地消瘦、气色也苍白衰老，才硬逼着他到中国人民解放军总医院（301）做检查，检查结果是直肠癌晚期，并已经扩散到淋巴结和周围其他器官组织，就是说已经转移了。总医院安排最好的医生手术，手术中张将军一直守在手术室外的走廊上，术后又非常关心病情的变化，还特别嘱咐朱光亚和核工业部的领导分别探望问候。

邓稼先却不顾自己的病情，仍然在病床上工作着，他与于敏、胡思得副院长在研究起草我国核工业发展十年规划建议书，1986 年 3 月 28 日，建议书由三人签字后上报……

1986 年 7 月 29 日，邓稼先与世长辞，终年 62 岁。

8 月 3 日，在北京八宝山革命公墓举行追悼会，赵紫阳总理参加，胡启立主持，张爱萍将军致悼词。

【延伸阅读】

邓稼先，1924 年 6 月 25 日生于安徽怀宁一个书香之家，父亲邓以蛰曾任北京大学哲学系教授。

有文化教养的家庭给孩子取名字，往往寄托着长辈对晚辈的寄托和希望，有着深刻的文化内涵。古人云，禾之秀实，而在野称“稼”，“稼”就是在田野中已经秀穗结实之禾。“稼先”内涵深广，可以说是植根于中华之野，早早地秀实和成熟于华夏大地的一粒粟。邓稼先的一生没有辜负长辈的心愿。

1929 年，刚刚五岁的邓稼先走进北京武定侯小学，后进入英国人办的教会学校崇德中学，他的英语成绩是班里出类拔萃的，那是自幼跟着父亲学习英语的收获。

卢沟桥事变后，邓稼先不忍日本人的欺辱，跟姐姐一起到大后方昆明读书，那里有南迁的北京大学、清华大学和南开大学。1941 年秋，邓稼先考入国立西南联合大学物理系，受教于名师之中，物理系有证实了正电子存在的赵忠尧、有为证实康普顿效应做出贡献的吴有训、有涡旋力学权威周培源，还有吴大猷、张文裕、朱物华教授等物理大家。

有人问，一个出身于文科世家的邓稼先，怎么会去攻读理科物理系呢？有一个重要的原由，是受到他的同学杨振宁的影响，他进入西南联大物理系时，杨振宁已是物理系三年级的学生。其实早在孩童时期，两家两人就已是好友和同学，相知相交五十年，真诚友谊、至诚相待、始终如一，两位科学大家谱写了科学史上的最美佳话。

1945 年，抗日战争胜利，邓稼先毕业于西南联大，在昆明参加了中国共产党的外围组织“民主青年”，年后回到北平任北京大学物理系助教，曾任北大教职工联合会主席。

1947 年邓稼先考取赴美研究生，进入美国印第安纳州的普渡大学研究生院，因学习成绩优秀，不到两年读满学分、并通过博士论文答辩，获博士学位时他才 26 岁，被人们戏称“娃娃博士”。此时，邓稼先放弃留美会拥有先进的科研工作条件和优厚的生活待遇，婉拒恩师和好友的挽留，于获得博士学位的第九天毅然回国。

回国后，邓稼先走进中国科学院近代物理研究所任研究员，在彭桓武教授的指导下，用他那满脑子的原子核知识，从事中国原子核理论的研究。

1956年4月，邓稼先加入中国共产党，从此，把自己的一切交给了党。

1958年8月的一天上午，钱三强同邓稼先说："稼先，国家要放个大炮仗，调你去做这项工作，怎么样？！"接着又严肃地说："这可是个光荣的任务啊！""大炮仗"邓稼先为之一振，直觉告诉他就是要搞原子弹，说："我能行吗？"钱三强用坚定信任的目光说："行！你一定行！"又接着说："这是祖国对你的信任，事关国家安危，你能干好！"

邓稼先说："那我服从组织安排！"后又补充说："我会全身心地投入！"

晚上，邓稼先失眠了。爱人许鹿希问："有什么大事吗？"邓却平静地说："没有什么，我要调动工作了。"接着又怀着深深的歉意说："鹿希，往后家里的事我就不能管了，通信也困难，我的生命就献给这未来的工作了，做好这件事，我这一生过得就很有意义，就是为它死了也值得！"

从此，邓稼先的名字在报刊和对外交流中消失，他的身影在以后的 28 年中只出现在严格警卫中的理论部大院和草原、戈壁上……

1999 年 9 月 18 日，党中央、国务院、中央军委隆重表彰为我国“两弹一星”事业作出突出贡献的 23 位科学家，邓稼先被追授“两弹一星”功勋奖章。

请记住核物理学家、中国科学院院士，我国核武器研制的主要奠基人之一——邓稼先。

第九章　带着弹头进京、入川

1974 年 4 月，在北京京西宾馆召开了 743-1 会议，这是一次《东三（524 型）核武器核弹头定型工作会议》，是对产品进行的国家级定型会议。定型委员会由副总参谋长李达上将主持、任主任委员，朱光亚、钱学森任副主任委员，二二一厂由苏总师带着黄祖荫主任等八人参会，苏总师也是定型委员会的委员之一。

会议审核讨论确定：524 型产品通过国家鉴定定型，定型在××批次产品上，部分部件进行工艺试验、整理图纸和工艺文件、编制产品使用说明书，并再补做五项地面环境试验、引爆控制系统的××引信没有试验实测数据，暂做遗留问题。

这五项环境试验就包括振动试验、冲击试验、静力试验等试验项目。

从 1976 年到 1979 年间，在当时 221 基地的环境试验设备尚不能完全满足试验技术条件的情况下，环境试验人认真分析研究、调研国内试验设备现状，动脑筋、讲科学、巧安排完成了振动、冲击、静力等试验任务，解决了会议遗留问题。

1. 北京环行段的一张大字报

东风三号弹头整体振动试验，是 743-1 会议确定要补做的定型试验项目之一。受当时 221 试验设备能力的限制，原四厂区 411 工号内的 V-1007 振动台最大激振力无法满足整体弹头的振动试验要求，就是说载荷超重，当时九院四所的五吨电磁振动台也振不起来，更大激振力电磁振动台国内还在研制阶段。怎么办？经过总体四室技术人员的论证分析，决定采取二步走的试验方案，即先在国内七机部的振动台上完成整体模拟弹头的振动试验考核，实测整体弹头各部件的振动传递规律和数值，特别是甲球部件浮动连接处的振动加速度值。再用这个振动条件，在九院四所的五吨电磁振动台上做甲球振动试验考核，两个试验的加法，就完成了东风三号弹头的整体振动试验考核，上报后该方案获批准实施。

1976 年 3 月 31 日至 5 月 28 日，在七机部 702 所位于北京环行段的 V-3208 电磁振动台上进行不带炸药和火工品部件的整体弹头振动试验考核。为了整弹进京安全，上报方案中特别明确，炸药部件、起爆元件、雷管组合件等都是模拟尺寸、重量的代用件，核材料部件多采用钢材料件代用件，只保留了少量的 8 号材料部件，以确保试验安全，该试件状态经层层上报后获批准同意。

记得 4 月中旬的一天早晨，那天天气晴好，孙耀华副主任带着十多个四室的技术员到环行段进行试验前的准备工作，突然发现门前聚集了好多人，挤到前边看到了一张大字报贴在大门左边，仔细看大字报的内容是说：最近要做的试验是二机部的产品，二机部的东西都有放射性，会污染试验设备和场地，更会对人体造成辐射伤害。还说二机部的试件有炸药部件，更有可能造成爆炸事故……大字报中号召七机部的技术人员不给二机部做试验，赶他们走！嗨！不知道是谁走漏了消息，让很多人知道了是配合我们的试验，1976 年还贴大字报，内容又是如此敏感，引起了环行段内的轰动效应。

九院的保卫制度更严格，肯定不是我们走漏了消息，但是也只能暂停试验准备工作。同时七机部一院 702 所的领导做了大量说服解释动员工作，特别强调二机部的试验件状态是经上级批准的，是模拟代用件，不会有辐射射线产生，不会对振动台、人员和环行段环境造成污染，更不会爆炸，要大家放心。同时讲清楚，七机部的导弹和二机部的弹头是一个整体，为了东三定型满足部队作战使用是共同的目标，要有关操控振动台的人员大力协同配合好试验工作。

一场大字报风波平息，环行段又恢复了正常秩序，试验准备工作按计划进行着，组装弹头、固定测试传感器、调试测试仪器……振动台预热，正式振动试验终于圆满完成，取下记录磁带、判读分析测试数据表明：试验成功，获得了弹头各层的振动数值，特别是甲球边界振动数据，为在五吨振动台上进行的振动试验条件提供了可靠的依据。

2. 带弹入川，老领导、老同事、老朋友重逢

1978 年春节刚过，孙耀华副主任带人乘 221 基地的专用火车带着一发东三弹头的甲球部件前往九院参试，黄所长带着戎、朱、谢新琼技术员和柳道勤、吴华等人乘普通快车前往四川。

当时，九院院部在四川省梓潼县的曹家沟，九院四所建在剑阁县的一个山沟里，职工宿舍和办公楼、招待所都建在山沟两侧，试验室建在更远的沟中。

记得，从绵阳下火车再乘 839 指挥部的班车到四所时已经是晚上，柳道勤打听到原十六室李启廉主任的住

址后，便迫不及待地前去看望，那可是他刚报到时的启蒙老领导，从221战略搬迁时是被人从牛棚中带走的，柳道勤还深深地记起当时告别时那无助的眼神。从1969年11月分别到1978年2月再相逢已是九个年头，相见时好像有许多话要说，想问："李主任你还好吗？"看到他还是单身一人住在宿舍里，好像瘦了很多，又从招待的服务员那儿知道被隔离审查多年，运动后期才被平反，两个人的手紧紧地握着，含泪无语。李主任说："你吃饭了吗？现在招待所已经没饭了！"说着就拿出煤油炉烧水下面条，还特意卧了两个鸡蛋，这就是一位热爱祖国，参加两航起义人当时的日常生活，尽管他平反后的技术职务是四所科学技术委员会主任，还是那么清苦，还是无怨无悔，柳道勤感到的是一片真情……后来，部里落实政策，李主任调回北京与妻子、两个儿子团聚，告别单职工生活。

黄胖所长和柳道勤等人还先后见到了同组的老同事、老同学，原来在221设计部十六室时的组长们，有人成了室主任、有人成了副所长，但多数人还是在原来的岗位上做着专业技术工作，分工更细、技术更精是他们的属性；和他们比较，我们留在221的所谓"十八勇士"，则是另一条道路，因型号多、环境试验任务重、人员少，我们只能是做一项试验时就全员上岗，不分你原来是做高温、低温、太阳辐射等气候试验的人，还是原来做振动、冲击、离心、静力等力学试验的人，要一专多能。当然这需要在试验中不断地学习新知识、适应新专业需要，同样也是收获多多，其实人的能力是可以逼出来的。

从 1978 年 2 月 17 日到 3 月 20 日，东三弹头甲球振动试验（代号 781 任务）在四所的五吨电磁振动台上完成，振动台的控制操作由四所担当，安装布设振动传感器、连接测试仪器测试等由两家按实施方案进行……正式试验获得成功。

在北京的 V-3208 电磁振动台上的整体弹头振动试验加上在四所五吨振动台上进行的甲球振动试验的结果表明：弹头质量符合技术要求，该弹头整体振动试验通过考核，为弹头定型提供了实测数据和明确的试验结论，完成了补充定型试验项目。1980 年 781 试验项目获国防科委重大科研成果三等奖，黄胖所长、孙副主任和戎技术员等七人是获奖人。

3. 冲击试验力巨大　静力试验不宁静

根据年度科研生产计划安排，1976 年还要完成弹头的冲击试验项目。

在四厂区 406 工号，黄胖所长正在带领张庭芳、许凤斌等几个人进行试验准备工作。

首先，遇到的是试验件的高度比跌落式冲击试验台还高，胖子灵机一动，改变试件状态，拆掉七机部弹头壳体的端头和上壳体部件等部组件，只保留核装置和下壳体部件，这样就使冲击试验台有了足够的起吊高度。

其次，根据战标要求，冲击试验考核时的冲击波形应该是一个标准的半正弦波，就是说波形应规范没有毛刺；同时还要保证足够的波形高度和×～××毫秒的开档时间才能使核装置受到充分的试验考核，可以简单地理解为是半正弦波的面积代表着冲击能量的大小。

但是，要想调试出合格的冲击试验波形真的很难，有多个变量的相互制约，例如不同的起吊高度对波形的影响，冲击台下面不同厚度、不同密度的橡皮垫层对波形的影响等，从 1976 年 6 月开始，几个人在 406 试验室摸索调试着，调试用的是带下壳体的装置模拟件。每次调试都要详细记录起吊高度、垫层厚度、垫层橡胶垫的硬度（密度）等数据，以便下次调试时参考。先是测试不同的起吊高度、同样的垫层厚度的冲击波形；再测同样起吊高度、同样垫层硬度、不同垫层厚度的冲击波形；换测同样起吊高度，同样垫层厚度、不同垫层硬度（密度）的冲击波形……记录本上记得满满的，直到 1976 年 11 月底才调试出合格的波形，确定了起吊高度、垫层厚度、垫层各层密度等数值。再看那个冲击试验调试用的试件，明显发现下壳体止口处的玻璃钢外防护层已经多处裂开，可见冲击力之大，可以旁证调试人的辛劳。胖所长一直和大家一起摸爬滚打，别看221斤的体重，还能弯腰换垫层，还能用力推拉小车，精神可嘉，所长是榜样。

1976年12月中旬的一天，冲击试验进入倒计时，人员全部进入404地下室，警报器拉响，七厂岔路口、三厂十字路口已经戒严。胖所长再次核查了人员、测试仪器预热情况后，把地下室远控操作箱的钥匙交给操作员张技术员，张检查远控箱已上锁后，就同胖所长一块向406工号走去。在406工号胖所长再次确认了地坑下的垫层符合原定数，张技术员用另一把钥匙打开近控操作箱，胖所长一个眼神好像说："开始起吊！"张熟练地将试件吊到原定高度，用铁锁头把近控箱锁上，两个人关上406试验室的小木门，快步绕过土围墙回到404地下室，胖子一声令下，张打开远控操作箱，果断按下跌落式冲击试验台的按钮……一次成功、一切正常，许开始整理记录磁带等数据，一长声警报器响起，半年多的努力辛劳终于有了满意的回报。

1977年，524型装置带下壳体冲击试验获核工业部表彰。

1979年，总体四室还安排完成了《东风三号配××2型核弹头综合静力强度试验》项目，这是一次在二分厂、一分厂密切配合下，有904所和七机部参与共同完成的试验。

与冲击试验瞬间冲击力不同的是，静力载荷是缓慢增加的。谢新琼在认真地操纵着作动筒加载，随着油压的升高载荷也在 1 KN、1 KN 地增加着，现场是安静的，但是从杨德盛监视的油压表和蒋海桂的应力测试的数据上也会令人不安和担心……加载结束，测试应力数据与大李技术员试验前做的静力理论预算值相符，卸载、试验件分解检查质量合格，试验成功。

《东风三号配××2 型核弹头综合静力强度试验及研究》获国防科工委科研成果奖，李、谢、杨、蒋榜上有名。

至此，743-1 定型会上确定的全部环境试验任务我室已全部完成，为该型号产品的定型、批生产、交付部队使用，提供了明确的试验结论。

4. 北京站缴枪、入选名人录、与非洲朋友“分皮箱”

到站“缴枪”——

1981 年 10 月，核弹头环境条件和环境试验技术交流会在京举行，221 指派柳道勤、杨德盛、陈志刚三人参加会议交流。

由于随身带着几份机密文件，厂领导特批乘软卧包厢前往北京，为了确保文件安全，还派厂警卫团的一位杨排长持枪随行，四人乘吉普车从办公楼前出发，西宁办事处已有专人买好软卧车票等待，这可是柳道勤第一次乘软卧包厢出行，好风光，但那是机密文件的待遇，责任重大，我们只是借光而已。

一路顺利正点到达北京站，柳道勤提着保密包出站，三人左右、前后护着。

根据公安部规定，来京人员在北京市内是不能随身持枪的，所以杨排长先要到北京铁路局公安处的专用窗口（缴）存枪，存（缴）枪手续繁琐认真，要认真查验持枪证明、持枪人证件（军官证），还要详细登记枪支型号（五四式手枪）、枪号、子弹数量等信息，“缴枪”开具收据证明，待离开北京时再凭证领回……

研讨会由国防科委主办，核工业部军工局、九院、二二一厂和七机部等单位参加。会上，柳道勤宣讲的是《东三弹头地面环境试验（贮存、运输、气候试验部分）》，杨德盛报告的题目是《东三弹头地面环境试验（振动、冲击、静力试验部分）》，陈志刚交流的题目是《东三弹头爆轰试验与测试技术》，会上三人受益不浅，这也是第一次对东三核弹头的系列定型环境试验条件、试验方法等技术进行全面的研讨和测试技术的专题交流，以便提高和完善后续型号地面环境试验和爆轰试验能力。

“名人录”中的三个人——

这次北京开会，刁副书记还安排柳道勤完成一项特别任务，是落实当时入选《中国上下五千年名人录》的三个人：吴际霖、苏耀光、钱晋的文字材料（每人约 200 字符），厂里已先起草了材料，要一一核实。

柳道勤走访的第一家是吴际霖的大女儿吴昌久家，这套房原是吴副局长的住处，到202房间敲门开门的是他女婿唐信青，柳和唐很熟，在设计部十六室时，柳在二组、唐在四组，两个人的办公室同在105大楼的一楼，是相邻的两个房间，准确地说，两个人的办公桌只有一墙之隔，故人相见唐非常热情，还递上一杯绿茶。说明来意，请他们两人审阅那一页纸的文字业绩介绍，看后他们只改了两处五个字，并对221人还记着老院长之情表示谢意，能入选名人录是很高的荣誉和认同，说221人还没有忘记老院长。唐信青当时已调核工业部情报所，担任《国外核武器动态》的主编，两个人谈了一些美国洛斯阿拉莫斯国家实验室、桑地亚国家实验室、劳伦斯利弗莫尔实验室的环境试验方面的最新资料。

第二个要去的是苏耀光总师家，经电话联系确定到塔院的9号楼见面，柳道勤知道苏总的老父亲是住在东城区宽街的一套四合院中，他回京探亲时有时住在宽街。那天上午，柳道勤来到4单元的302房间拜访，开门的是他爱人张老师，张老师是个老八路，曾在延安保育院任教员。苏总师本来就是柳道勤的老领导，柳在他主管的研究所总体室从事试验工作近二十个年头了，柳道勤没有空手去，带去了两瓶茅台酒（当时是8元一瓶）和两条中华烟（时价6元），算是对他多年来指导试验工作的谢意吧。说明来意，苏总非常认真地审阅了原稿，改了三处八个字符，修改后的文字更能明白地表述：他是一个老革命，参加革命时又是一个名校毕业的知识分子，就是说他是“双料”的，是老革命身份的技术干部，这在核工业部的干部中也是不多的，如李觉将军是老红军大学生、吴际霖是华西大学化学系毕业的老八路，有这种双重身份背景的人备受人们尊敬理所当然。张老师也是个很健谈的人，她给柳道勤讲着在延安保育院工作的故事：当时保育院的孩子们主要是两种孩子：一是在多年革命斗争中牺牲的革命烈士子女，比如说李鹏等；二是当时中央领导同志的子女，比如聂力等人。都是孩子们，但年龄相差很多，保育员除了照顾他们的日常生活起居外，还会教文化课。最危险的时候是当遇到日军飞机轰炸时，保育员们会快速把孩子们、特别是年龄小的孩子们放到驴驮子上去，驮子两边各有一个大筐，小孩子一个筐两个人、大孩子一个筐一个人，翻过黄土高坡躲到另一条沟中。有时为了保护孩子们，保育员会护着孩子，宁肯自己负伤牺牲，就像最近看到的关于延安保育院电视剧中的事，都是真实的故事，令人敬佩……

拜访钱晋教授的爱人张教授费了些周折，还是通过马凤云找到钱教授的学生赵瑞禾主任，才联系上。赵是第二生产部 218 室的主任，是钱的学生，也是钱教授任二生部主任时的老部下，柳道勤与赵主任商量拜访日期定在星期日，因为平时张教授教学工作较忙。星期日上午柳从招待所来到塔院与赵主任会合，同乘 331 路公共汽车前去北京工业学院（现在的北京理工大学），在一栋老式的教授楼见到了钱晋主任的爱人张教授。张教授是一位举止风雅的女学者，很健谈，跟赵主任讲了些他们那批学生的事，还打听一块分到青海的韩、李等人的近况。老式建筑没有设计专用的会客厅，钱晋和张教授都是文人，是把一间屋改做成书房，会客用。会客的书房是一排排书架，书架上摆满了中外文书籍，多数是火药、炸药专业的书，赵主任说有的书架还是钱主任生前的样子，也算是对故人的思念吧。柳道勤把事先打印的稿子请张教授审稿，张教授很仔细地看完全稿，一个字符也没有改动就交还给柳，还说，他在 221 基地的事从来不说，你们已经写得挺全面了。十多年过去了你们 221 人还能记得老钱的事，我已经很感动了，在这里也替逝去的老钱谢谢你们，回去请向领导和同事们表示谢意。啊！一位北工的教授心胸宽大，令人钦佩！

还有皮箱的故事——

离开北京前，杨德盛提议到北京莫斯科餐厅吃一次俄式大餐，全体响应，带队的柳道勤表态他请客，他是带队的嘛，其实我们的工资都是技术十二级、每月 134.25 元。

莫斯科餐厅的人不多，只有两个桌上有外国人就餐，中国人就是我们四个人，柳点了经典的俄菜土豆烧牛肉，杨要了一盘俄式红肠，陈来了份俄式红菜汤，杨排长让服务员送来了一大盘面包（俄语叫“列巴”）……反正是弄了整整一大桌子，算是开个洋荤吧，还装着很内行的样子来了一杯牛奶、一盘冰激凌，结账时一共才20块钱，对我们来说真的不多，对北京人就是高消费了吧！

就餐后，听说旁边的北京展览馆正在举行全国轻工业展览会，今天是最后的一天，进去后发现很多展品正在卖出，在皮革制品的展台上展出着一对精致的皮箱，做工很细、扣件新颖、个头很大，柳道勤一眼就看中了，本来想今年胖所长回广州探亲时让他给买一对牛皮箱，正好今天碰到展览的精品皮箱一定质量不错，就问服务员价格，服务员看了我们一眼说："很贵，这一对皮箱售价是一百五十元整！"柳道勤毫不迟疑地拿出十五张十元钱的连号新票交给她，并说皮箱暂时存放在展台上，等我们参观全部展览后再来取，服务员答应暂为保管，或许她心中想的是这一对皮箱的价格可是当时一辆永久牌自行车的价钱啦，北京人要存两年才能省下来，她不知道的是柳道勤的钱包中还有十五张呢，柳来北京出差是有"采购"任务的人。

参观结束后，四个人回到皮革制品展台前，看到的是服务员正在和两位非洲黑人朋友比画着什么，服务员说非洲朋友也想买这一对皮箱，一位非洲朋友还用不太流利的中文说他们要回国了，这是一件非常有意义的纪念品……柳道勤作难了，那时正值"要亚非拉！不要美国佬！"的时代，坦赞铁路还正在修建中，非洲朋友想要柳的喜爱之物，给吧确实很不舍得，不给吧又失朋友之情，还是那个女服务员提出了一个办法：一对皮箱两人分享，一人一只皮箱，不是也很有意思吗！……静思片刻，双方都接受了这个办法，服务员收了非洲朋友一个皮箱的钱，退回柳道勤一个皮箱的钱，算是交个非洲黑人朋友吧。

有些事过后并不记得，但是每当柳道勤看到大衣柜上面放着的那只皮箱时，就会想起那天与非洲朋友“分皮箱”的巧事。后来还是请胖所长从广州带回一对牛皮箱。

还要说的是中国的轻工业品质量优良，四十多年后的皮箱还是那么精致、光亮如新。

第十章　退役拆弹的生死考验、延长寿命的责任风险

你们看过美国大片《拆弹部队》吗？那惊险、刺激、充满悬念的镜头，令人震撼啊！其实这种事我们也干过，而且拆的是核弹头。

1977 年 8 月，上级决定：第二次核试验（1965 年 5 月 14 日）、第三次核试验（1966 年 5 月 9 日）剩余的三发核航弹（备品）退役，其中有 2923 型航弹两发、596L 型航弹一发。并指定由二二一厂负责研究核装置经长期贮存后的威力效应、退役拆装分解技术、安全性能等，特别是要安排一次爆轰出中子试验，也就是说再打“65”炮。但是 T/T 炸药经长期贮存后会发生不可逆胀大，俗称“发馒头”，炸药球部件已经局部粘连，分解采用的办法是对药球进行切割处理，说白了就是用大锯拉开，这是非常危险的操作。

核武器的使用寿命是武器化中最重要的综合性能指标，第一代核弹头原设计的贮存寿命期较短，超期服役课题已经提到议事日程，使用部队也提出了延长核武器寿命的要求，为此，“东风三号核弹头延寿技术论证会”上对东风三号延寿提出了初步计划安排，这些任务责无旁贷地落到了二二一人的肩上。

1980 年 12 月至 1983 年 3 月，苏耀光总师领导组织安排了十八项东风三号核弹头的延寿试验任务，给出了可延长寿命至××年的结论。

1. 生死考验 120 分钟

1977 年 8 月 18 日，二二一厂召开退役返厂的三发核航弹工作的专题会议。胖所长带着爆轰五室的栗主任和环境四室的柳道勤参加会议，会上分工：总体四室是核弹头贮存课题的主要责任单位，所以贮存十多年的三发航弹的退役处理技术工作也要总负责，五室负责完成退役航弹的“65 炮”爆轰试验，二分厂总装车间负责拆装分解工作，生产计划处负责制定专题工作计划和组织实施。

会上讨论和争议最多的是如何将已“发馒头”的炸药球分解开，因为这三发航弹对于贮存课题是非常具有学术价值的，分解后尚需安排必要的试验研究，为了核弹头的贮存和延长弹头寿命提供珍贵的试验数据和依据。会上有人提议分解炸药球就在二分厂进行，多数人不赞成，主要考虑的是炸药分厂的安全问题，特别是在 1969 年战略搬迁时曾发生过爆炸事故，指的是 1969 年 11 月在 205 工号用锯切割炸药球时产生意外爆炸、五人牺牲殉职，二分厂的人更是坚决反对，他们至今仍感心有余悸，其惨烈场景记忆犹新。……时任总装车间主任的黄珂琦建议切割炸药球可安排在四厂区进行，理由还是蛮充分的：

四厂区远离总厂生活区，占地面积 76 万平方米，四周有围墙防护、工号有土围墙防意外爆炸，加上各工号四周都安装有避雷针防雷，相对安全防护措施齐全。

四厂区的 402 工号，是进行弹头高温、低温试验的场地，特别是原设计面对总厂的一面有土围子，万一发生爆炸危害有限，对参加切割工作的人员可用工业电视机、对讲机等远程监视和联络，相对方便可靠。

特别是 402 工号的试验装检大厅和二分厂的 215 车间装配大厅就是一张图纸施工的，有 5/15 吨防爆吊车、真空吸取系统、静电接地系统等，全部切割工作都能在大厅内完成。

会议经认真讨论，决定切割炸药球的现场选定在 402 工号。苏总师特别强调：安全第一是完成这次切割任务的关键，总体四室要切实做好安全防护准备工作。

拆检小分队和榜样的力量——

这是一支由总体室、二分厂、安全防护处等单位组成的临时拆检小分队。拆检小分队的组织领导人是总体室的黄祖荫主任（人们都叫他黄胖子），厂保卫部刁部长（兼临时党小组组长），成员有二分厂技术科的李副科长、沈技术员和总装车间的张克林师傅、杜青德师傅，总体室的曾长春、柳道勤、蒋海桂、邓仲科、孙捷等十六人组成。

小分队分工明确，为了确保绝对安全，总体室、二分厂制定了分解切割的实施技术方案，方案中详尽规定了相关操作程序和工艺技术要求，细到谁操作、每分钟拉几下、谁监督数数等，特别是严格规定了防静电、切割工具、防火设施等项的复核落实。

柳道勤负责组织完成了402现场的清理整顿工作，进行了四根避雷针的接地电阻、四处接地电阻的测试检验，5/15吨防爆吊车的试重和安全检查，工业电视和对讲机的调试工作。

二分厂现场负责拉大锯的张师傅和杜师傅是黄主任亲自选定的两位有着丰富的装检经验的老师傅，是车间里多次参加国家核试验和地面环境试验的老师傅，可以说是胆大心细、认真负责、遇事不慌的人。杜师傅是当时装配组的组长，张师傅也是多次和柳道勤一起参加场外试验分解、再装工作的人，柳和张的私交很好，一个河南灵宝人，每次回家探亲都会带一袋有名的灵宝苹果回来分享，一个东北人，在张师傅没解决爱人农村户口前会把粮食供应本中每月剩下细粮和全部粗粮让张师傅去买粮，张的爱人还多次说:“你们再生一个小孩吧,我会帮着你们带孩子的!”人就是个有感情的动物,有来有往总真情。

实施方案中规定,为了安全除了二位师傅和一个技术安全员留在操作现场外,其他人一律撤退到远控间,结果是胖所长、刁部长和李副科长(兼安全员)三人坚持一定要留在切药现场,“坐镇”陪着二位师傅共存亡,402大厅里摆着三把木椅子、坐着三个人,陪着两位师傅拉大锯,此情此景榜样的力量、令人感叹、情深意长。

经过“Z”字形的防爆通道,其他人都已撤到有一道防爆墙之隔的远控操作间。柳道勤和蒋海桂调试好两台工业电视机的摄像头和监视器,一台的监视对象是整个切割现场的全貌,一台的视野是正对着两位师傅的近景图,工业电视可以上下90度、左右270度的旋转,能监视到切割的全过程;两部对讲机也已开通,曾、邓、孙技术员负责数数和语音通话提示。

拉大锯的一切准备工作就绪。

生死120分钟——

远控室内的两台监视器上可以清晰看到402装检大厅的无火花水磨石地面上整齐地铺着几条棉线毯,596L型主药球已用真空吊具平稳地吊装到木制托架上,两位师傅戴上“手铐、脚镣”(防静电防爆用设施的俗称)二根接地线连接到402工号的静电接地棒上,第三条线一端粘接在药球上,工号的两个消防水龙头、八个干粉灭火器整齐地摆放在试验室的墙边上。

现场是十分的宁静。

三个“坐镇”的人表情严肃，二位师傅的脸上沉着淡定、好似没有表情，所有人的眼睛都指向胖所长！这拉大锯的现场好酷！

胖所长和二位师傅间的一个眼神，就是开始的指令，在无声的指令下拉大锯开始了！这一瞬间所有的人都紧张地闭住呼吸、心跳暂停！

电视摄像头对准着那两双手、一把铜锯、一个主药球，当第一缕杏黄色的炸药粉末落下时，人们心情好像有些缓解，呼吸心跳逐渐恢复正常，但是紧张的弦还都绷着，负责数数的邓技术员紧盯着大锯、闹钟的秒针，心中默默地数着 1、2、3、4……

两个师傅拉大锯，看似非常简单的重复动作，其实爆炸的危险可能瞬间发生。你拉过来、我推过去，我拉过来、你送过去，从两位师傅的脸上看不出丝毫的紧张和激动，真的非常了不起！而监视器前的人则是非常担心，对讲机里除了铜锯的声音，似乎还能听到心跳声，所有的人都是目不转睛，所有的眼睛都紧紧盯着那把大锯和药球的切面接触处，细心的人会发现师傅的鬓角处已有微小的汗珠。

突然，负责数着每分钟锯数的邓技术员发现，此时每分钟的次数刚刚超过了一次，他就在对讲机里提醒说：“师傅，再慢一点！”声音小得像蚊子的叫声，他怕影响师傅们的情绪，其实现场的人都听到了。

安全第一！说起来容易、做起来不易，万一出事后果可怕，两个拉大锯的人，锯着炸药球还是心情那么平静、动作那么标准熟练、节奏又是那么平稳，真的令人佩服！

监视器里可以看到三个“坐镇”的人，六只眼睛一刻也没有离开过那个药球，只有负责现场安全的李副科长有时会站起身来查看，看着越来越多的炸药粉末，三个人镇定的表情给师傅们一个“坐镇”的榜样、一种力量、一颗定心丸。监视器里还能看到两位师傅的头发上、脸颊上有些炸药的粉末，没人去理睬它，坚持就是胜利，要确保全过程的安全，脸上那点粉末算什么……

当拉到最后一锯时，主药球在原定的部位被完整地锯开，时间是 120 分钟，那惊心动魄两小时整、生死考验的 120 分钟，是对拆弹小分队，特别是对两位师傅“一不怕苦、二不怕死”的献身精神、坚定意志和团结协作精神的严峻考验，我们成功了！

生活间淋浴室里，柳道勤早已安排人烧好了一锅炉洗浴用水，让两位师傅把身上的粉末冲洗干净（其实工作服已经留在了现场，他们是穿着内衣到生活间的），换上新的一套工作服。柳道勤沏好二杯热茶，特意按二分厂的标准放了些白糖，看着他们两个人的身影好高大，柳还摸了摸张师傅的脉搏，学着老中医的样子说：“脉象平稳、没什么大毛病！”两人对视一笑。

一个临时组建的拆弹小分队使命完成。

1978 年，《热核装置（596L）长期贮存的（扳机）威力效应及退役分解的技术方法安全性能的研究》获国防科工委重大科技成果奖，张师傅的名字在获奖名单中。

童谣中说："拉大锯、扯大锯，姥姥家、唱大戏，接闺女、聘女婿，小外甥也要去……"是喜庆的场景，这"拉铜锯、锯药球"的场景却是惊心动魄了！

2. 再打"2923"65 炮

爆轰试验室打 65 炮已经进行过多次，这是爆轰室的主要任务。但是要用已经贮存 12 年之久的 2923 退役核航弹备品再打 65 炮，那还是国内第一次，任务特殊、责任重大。

担任 2923T-65 炮的课题负责人是孙慧，一位多次参加过 65 试验、61 试验和元件爆轰试验的女同志，一位胆大心细、嗓音洪亮的女技术员。为了确保爆轰试验一次成功，她在资料室查阅了十多年来所有 65 爆轰出中子试验的资料，认真地总结归纳每次试验、中子测量中的测量探头摆放、测试仪器的使用等细小的差异，并动笔起草了这次 65T 试验的初步设想实施方案。

负责中子测量的杨技术员，预想中子数额可能会有变化，大胆提出不同方位、距离的探头备份布设想法，得到了大家的认同。

2923核航弹

这时的栗炳生已是爆轰室（总体室六室）的主任，作为参加过第一颗原子弹爆炸成功试验的老同志，他想得更多、更细，是大家的主心骨。他提出请参加第一次 1:1 整球爆轰试验、担任第一任“炮司令”的陈常宜来指导 2923T/65 出中子试验工作，这时陈已升任部军工局副局长，陈局长欣然同意。

在正式试验前一个月，2923T/65 试验的专题讨论会正在进行，会议的焦点是要不要在 65T 试验前再做一次 61 试验，以检验贮存后的半球爆轰波形是否符合技术要求，结论是要安排一次 61 炮试验，以确保 65T 炮试验的成功，这也是上级的部署。陈副局长特别强调：这次 65 炮要尽量重复十多年前的试验方案，中子测量探头的摆放方位、距离等都不要变动，可靠地测到贮存十多年后的中子数据是主要目的，以对比贮存性能的变化。

2923T/61 炮试验取得成功，光测和电测结果表明：贮存十二年后的半球爆轰波形仍符合技术要求，可以打 2923T/65 炮了，担任打炮司令的是黄庆林技术员。

2923T/65 炮的日期已经选定，各项试验准备工作在有序地进行中，610 工号前的场坪上已重新铺设了厚厚的一层新沙子，这沙子是由专职司机郝师傅用卡车从青海湖拉来的。场坪中央已建好一个木制的临时工房，准备迎接用 8 号材料代换核心部件 5 号材料的试验件。

今日的金银滩，天上是晴空万里、几朵白云、几只苍鹰，地上是绿草微风、几只旱獭、几群尕拉鸡。

运送试验件的车队从第二生产部出发，开道小车上坐着时任总体室主任黄胖子和厂安防处王处长。时任总装车间主任黄珂琦带着张克林等三位师傅护送，和十多年前用沙发减震运输不同的是试验件被牢固地安放在专用运输托架上。

在 610 工号场坪，试验件吊装就位后，杨、曾两位技术员按照实施方案细则布设快中子探头、慢中子探头和多台 OK-19、OK-21 示波器，连接测试电缆束，做好防护。

栗炳生将起爆控制台的钥匙交给炮司令小黄技术员并与第一生产部雷管组的三位技术员健步来到小木屋里

插接雷管，还是老规矩，一个人按编号送上、一个人插雷管、一个人核实记录。毕竟插接雷管是个危险操作、关键岗位，每个人都是责任重大、压力重大，要做到一丝不苟。精益求精、一步到位，现场格外的寂静，能听到的是插雷管人自己的心跳声、雷管插到位时的“咔”一声……一切顺利，所有人员撤到碉堡内，各组清点人数并向炮司令报告，碉堡的双重大铁门关闭。

炮司令向苏总师报告请示，苏总师果断地说：“可以起爆！”打炮司令清晰地下达了×分钟准备口令，并将起爆控制台的钥匙交给操作手，各测试系统进入联动程序，610 工号的上空响起一声长长的警报！

随着炮司令的一声口令：“起爆！”

黄技术员熟练地按下起爆按钮，草原上响起又一声春雷、一缕蘑菇烟云飞腾升空……

2923T/65 炮试验获圆满成功，实测数据表明：贮存 12 年的核航弹仍能产生足够的点火中子、满足核爆点火要求。1979 年，《2923T/65 试验》获国防科工委重大科技成果二等奖，孙、黄、杨、栗等人榜上有名。

1987 年，东风二号核弹头（5×8 型）退役爆轰试验的实测数据再次证明：贮存多年的第一代弹头设计冗余度较好，仍能核爆，为贮存、延寿提供了非常充分的依据和珍贵资料。

3. 延长寿命担风险

延长东风三号核弹头的寿命，对该弹头的研制、批生产单位二二一厂来说，经济效益最低，与生产一批新的弹头相比，延寿试验的费用只是个小数；但是，对于参加延寿试验的技术人员来讲，却是技术责任重大、担的风险更大。

1980 年 12 月，二二一厂召开了延寿工作会议，会上厂党委刘书林书记作了动员报告，刘书记说："延长东三型核弹头的寿命，是国家的任务、是二炮部队的需要，二二一是国家的军工厂，二二一人是国家的人，延长寿命是政治任务，是我们工厂必须完成的历史使命。"又说："我们国家底子薄、国家穷，延长武器寿命，使用现有武器装备打仗，如果算经济账不是也很可观吗？！"

会议决定，延寿试验由苏总师组织领导，苏总师部署了十八项东风三号核弹头的延寿试验任务，其中炸药部件振动试验、雷管组合件振动试验、炸药球冲击试验、××力学性能试验、209 部件加速贮存寿命试验、整体贮存弹头延寿试验（代号 784-2 任务）由总体室四室负责，元件爆轰试验、甲球出中子试验等由总体室六室负责，引爆控制系统各组件延寿试验、引控系统飞行试验（代号 5××12ys）由系统室负责……

苏总师特别要求，所有参加延寿试验工作的技术人员“再大的责任我们担，再硬的骨头也要啃，要精心组织、认真负责，为壮国威、军威交出一份合格的答卷，为延长弹头寿命提供科学的试验依据。”

从 1980 年 12 月到 1983 年 3 月的三年延寿试验中也有许多难忘的故事，就说说亲历者的两个故事吧。

故事 1：发明自跳式弹性连接装置

一天上午，苏总师向总体室一室的侯主任、邢技术员交办一项特别的设计任务，说的是 743 定型会上确定的“引爆控制系统的 CD 引信没有试验数据”，这个遗留问题要在这次延寿试验中解决，你们可以利用三次引控系统飞行试验的机会，设计专门的回收装置，争取测到 CD 引信动作的实据。

在设计组的讨论会上，贾组长说：“以前曾经用过硬回收的办法，但在新疆靶场的试验中都没有成功，没有取到有用的样品。”又说：“解决 CD 引信动作的难点在于，必须保证弹头落地时测试装置是完好无损的。”建议查阅前几次失败的资料和进行必要的调研，查阅和调研任务安排邢、王技术员去办。

一个月后，邢、王技术员提交了一个大胆的设计方案，就是用“自跳式弹性连接装置”回收 CD 引信的动作信号，经过全组激烈讨论论证认为这个设想方案基本可行，能解决难点问题。侯主任决定可以试试，并指定由贾组长设计总图，邢和王技术员进行部件图设计，全组同志合力完成零部件、组件图设计和加工制造，争取在 1980 年的飞行试验中搭载试用。

1980 年 8 月，524 延寿的第一次飞行试验（524-12-Ⅰ）试件在晋北某基地总装，总装车间的师傅们在筒体中按设计装配图安装了四个“自跳式弹性回收装置”。9 月初的一天，一发导弹升空，在新疆靶场的靶区工作分队开始紧张地进行无线电遥测、地面光测等工作，工作队员中邢技术员更是心情紧张、翘首以待，他今天的任务是回收第一次搭载的弹性连接装置。在弹坑里他找到一个装置、在弹坑外找到两个弹性装置，第 4 个怎么也没有找到，仔细观察 3 个装置的外保护体都完整无损，心中有一丝丝高兴。但是回到驻地检查发现回收用的胶片全部被烧焦了，无法判读，几个人分析原因认为是保护主体密封性不佳造成的，这第一次能收到 3 个装置，大家一致认为方向正确，收到 CD 引信动作信号大有希望。

回到厂里，全组同志再修改设计方案，特别是修改完善主体密封设计，再加工准备再试。

1981 年，苏总师在晋北某基地指挥组织实施“524-12-Ⅱ”延寿飞行试验，厂党委刘书记亲自到基地慰问全体参试人员。邢技术员在首区和总装师傅们一起再次将搭载的四个“自跳式弹性连接装置”安装到位。在靶区的是王技术员，一位泼辣的东北女同志，她在弹坑里外、上下摸爬找到了两个完整的回收体，并在记录盒上有动作信号，这一消息传到首区、搭载成功，人们击掌相庆，刘书记特别向大家祝贺。

1982 年 9 月 15 日，524 延寿引控系统飞行试验（代号 524YS-12）试验时，是第三次搭载试验了，回收到三个弹性连接装置，全部都有 CD 引信动作的信号记录，这次试验证明“自跳式弹性连接装置”设计合理、新颖独特，解决了多年的遗留技术问题，明确说明：CD 引信动作可靠。

1985 年，《自跳式弹性连接装置》获国家发明奖，获奖名单中有邢、侯、贾、王等七人。

故事 2：初识“拼命三郎”张同星

1980 年开始，延寿试验中的内球组合件贮存试验、209 起泡部件内球状态的公路运输试验、扣装试验等项目在四 0 四厂进行。

1981 年 7 月，柳道勤和王钰德、刘怀先、王友春四人到四 0 四厂参加 209 部件的加速寿命试验研究工作，同时参加的还有第二炮兵研究所的贺助研和军代表张副总、钟代表等人。当时四 0 四厂的厂长是祝麟芳、总工程师是徐基乾，平时接触最多、每天见面的是全国劳动模范、四分厂的厂长张同星。

贮存试验安排在四分厂的四0二车间进行。这是一个全封闭的负压车间，所有的部件加工都是在几排手套箱中完成的。进出车间执行着放射性场地的严格管理规定：男人和女人是分别从车间的一、二层通道进出的，进入车间前要在专用更衣室把自己全部衣服脱掉放在编号的衣柜中（每人一柜、一号），然后穿过检测间、淋浴间到工作服更衣间，把同样编号衣柜中的工作服穿戴整齐，上岗工作；下班时走出车间，按照相反的程序和路径，进入淋浴间冲洗，必要时需用硬毛刷刷洗双手，然后进入剂量检测间检测，检测合格后才能穿上自己的衣服下班，如果检测不合格，则要重复冲洗、刷洗程序，直至合乎规定才能放行。这个车间里从事放射性工作是半天工作制。

柳道勤几个人真的很不习惯，但车间里的人似乎都习以为常了。此时，柳才知道209部件交付到二二一厂时已经是放射性剂量很低了，因为部件已经有了×铜×三层镀层的防护和认真清洗。也就是说：这里车间内的工作环境放射性剂量要比我们在总装车间接触到的部件表面放射性剂量至少要高两个数量级！

试验期间正值8月1日建军节，柳道勤和王钰德做东请客，在四0四厂的小饭店里请几位军人吃饭庆祝“八一”建军节，此情此景记忆犹新，因为是1981年的“八一”建军节嘛！

张同星也是一位大学生，比我们几个长几岁的技术干部，一个有着许多传奇故事的全国劳模，听车间的工人、技术人员讲他与大家一块摸爬滚打的故事。

1958 年，25 岁体格健壮的张同星来到二机部报到，接待的同志说："组织决定调你去大西北，参加核工业×××基地的建设。"

"搞核工业？！"他有点惊诧，心中想的是一个在大学里学普通金属铸造及工艺的人，对核工业本一无所知，但他还是憨厚、爽快地说："好的，叫我到哪都可以，干什么都行，不会可以学嘛！"

他利用到内地工厂、研究所实习的机会，白天做实验、晚上阅读核知识，有时会一个人在路灯下看书、进城泡在书店里争分夺秒地猎取核知识。他以惊人的毅力、刻苦读书的精神从一个门外汉变成了一个比较全面掌握核专业知识的干才。

1963 年，张同星和他的小组接受的第一件任务是为核试验试制核心部件，他们日夜奋战，多方案攻关，终于提前向国家交出了第一颗原子弹的一个优质核部件。1964 年 10 月 16 日中国第一颗原子弹爆炸成功时，张同星兴奋地说："我们有了自己的原子弹！争气弹！"

人们说张同星就是一个拼命三郎。

一次进行一种新材料的研制，突然电炉故障。这时的炉体温度还很高，同时还有非常强的放射性，张同星毫不犹豫地说：“我来、我来干！”立即抢修、保证了生产任务的正常进行，而他受到了剂量辐射。

有一次，在进行精炼一种放射性极强的金属材料时，为了防护，产品必须放在一个厚壁的密封小室里。工人操作时设备故障，他不让当班的工人去处理故障，又是第一个钻进去穿着厚厚的防护服，空间小、行动受限，张同星一个人在里面汗流浃背，直到设备正常。

拼命三郎　张同星

还有一次，在突破一种金属材料保护的技术关头，通风系统出了故障，他一个人钻到通风管道中去，他又超剂量了。

人们说越是“脏”的地方越有他的身影，这里所说的“脏”，是指放射性污染的“脏”，这就是人们传说中的张同星，一个拼命三郎。

1981 年 12 月，209 部件扣装、高温循环、公路运输、贮存试验均在四 0 四厂完成。柳等四人告别张同星回厂。

张爱萍上将非常关心国防工业战线的技术干部。

1982 年 10 月，航天工业部骊山微电子公司的工程师罗健夫，因忘我投身研制工作，当发现患有癌症时已是晚期了。之后他仍然不疗养、不休假、坚持工作，直至不幸逝世，终年才 47 岁，英年早逝。张将军在痛心之余对罗健夫的忘我工作、无私奉献精神大加颂扬，主持和倡导向罗健夫学习。

在落实爱护知识分子的活动中，张将军又发现四 0 四厂的副厂长兼总工程师张同星同志积劳成疾，身患胃癌。张同星那时已在核工业研制生产一线工作了 21 年，病后仍坚持工作，被称为“活着的罗健夫”。张将军立即指示国防科工委把张同星接到北京 301 医院治疗，期间还三次亲自到总医院看望，嘱咐医生一定要想方设法把他的病治好。当张同星病情趋向稳定准备返回时，将军还亲自送行并嘱咐说：“回去后，要遵照医嘱，及时服药、安心休养，一旦有什么变化，要及时来北京治疗。”张同星擦着眼泪说：“我是一个普通的科技人员，没想到首长这么关心。”将军说：“你们是国家的宝贵财富，保证你们的健康，是我的责任，也是我的心愿。”一位令人敬仰的上将军。

有人告诉柳道勤说：张同星回厂后，在身体虚弱的情况下，仍然不忘核事业，他支撑着查书翻资料，写出了一份一万多字符的技术资料，系统地总结了他参加过的重要生产工艺和实验，直至辞世在西北大漠深处安息。他的儿子大学毕业后也回到了四0四厂，子承父业，张同星可谓是“献了青春献终身、献了终身献子孙”。这就是我们这一代涉核人的精神和情怀。

聂荣臻元帅亲笔题词“向知识分子的优秀代表张同星同志学习”。

张爱萍上将亲笔题词“向长期在艰苦条件下，为国防现代化建设坚持战斗的张同星同志致敬”……

1982 年 7 月 28 日，爆轰试验室完成了甲球出中子试验（代号 524-65YS），结果表明：交付贮存××年后的甲球仍然能够产生足够的点火中子实现核爆。

1982 年 9 月 15 日，二二一厂还在某基地完成了引爆控制系统的飞行试验（国家试验代号 253-16），这是一次典型的无线电遥测飞行试验，遥测结果表明：落点精度、触地、15××引信机工作正常可靠。

出中子试验和飞行试验的圆满成功，为东风三号核弹头的延寿使用提供了重要的实验依据。至此，所有十八项延寿试验全部完成，实现了第一代核弹头的延寿目标，给出了明确的延寿结论：在允许更换有限寿命部件后，其贮存使用寿命从原定的×年提高到××年。

同期，七机部也完成了东风三号导弹的各项延寿试验考核。二机部、七机部的共同结论是：东风三号核导弹可以延寿使用到××年。

在完成十八项弹头延寿任务的同时，苏总师还组织编写了《东风三号地地核导弹延寿资料汇编》，柳道勤负责编写了：第一分册、第六章、核弹头整体储存试验研究和第二分册、第十章、209 部件寿命试验（合编）。

1985 年，《东风三号核弹头延寿试验》获国家科学技术进步奖二等奖，苏总师是第一获奖人。

现在，东风三号导弹、524 型核弹头已退役多年。

4. 三千二百米高原上跳“迪斯科”

1985 年 5 月，厂工会通知要在下个月草原上的“春天”时，进行一场“迪斯科”舞蹈比赛，这可是第一次全厂性的街舞大赛。

当时，全国各地都在跳“迪斯科”，是一种抒情，也是一种健身，其热度有点像现在的广场舞吧！

刚刚由原来的技术处、总体室等单位组成的技术研究部，临时抽调人员组成了代表队参赛，难点一是年龄偏大，平均年龄 46 岁；二是女同志偏少，要动员全员选拔；三是设计、试验任务多，必须按时完成试验任务。

技研部的吴文明主任等领导非常重视这一活动，侯副主任做专职队长和领队，指定北京林学院毕业的姚工程师任艺术指导、左馆员为领舞。

搞设计和试验的人是认真的，每个晚上和星期天都要在图书馆的阅览室排练。姚工程师特别严格要求，在不同的乐曲中有不一样的心情和姿势动作，轻音乐中动作柔和，快节奏时刚劲有力，还要大家跟随领舞做到动作一致、整齐划一，用她的话说："我们一出场就要把裁判和观众震住！"功夫不负有心人、苦练出硕果，经过一个月的训练，姚指导终于可以选出十六个人作为技研部的代表队员，男女各八人，其中有环境试验室的柳道勤和郑志和。彩排的那天晚上，技术研究部的四位主任全部到场观看，效果不错、指导点头、领导赞许。

正式比赛那天，海拔三千二百米高的运动场上彩旗飘扬、人潮涌动、天气晴好。远处的团宝山背影清晰、空中的白云朵朵、草地上的牛羊褐白分明，一幅美丽的高原风光……

入场式开始，侯副主任昂首阔步带领技术研究部代表队入场，队员们步伐一致环场一周，各代表队到运动场中央集中报到，排列在举着代表队标牌的女引导员后。

比赛场上，各队伴着优美的舞曲，展示绚丽的舞姿，不同的舞曲、不同的编排、不同的风格。看！技术研究部代表队的表演，有时轻歌曼舞、优美灿烂，有时节奏欢快、动作整齐，引起场外观众的喝彩和掌声；一式水中捞月如影如形、一式雄鹰展翅直指九天苍穹，令裁判员惊愕……比赛结束全体裁判员投票，技术研究部代表队获得“迪斯科”比赛第一名，摄影师拍下了几张珍贵的镜头。

当月技术研究部给每个参赛队员增发了三元钱的奖金，钱不多，但看到那第一名的锦旗挂在会议室中时，也是一种欣慰、在三千二百米高原跳迪斯科一定很自豪吧！

1985 年，《原子弹的突破和武器化》获得国家科技进步特等奖（证书号 85-CK2-T-004-2），《氢弹的突破及武器化》也同时获得国家科技进步特等奖（证书号 85-CK2-T-005-2），获奖单位是国营二二一厂、九院等，这是我国第一颗原子弹、氢弹爆炸成功后，国家首次颁发的奖励，分别给二二一厂和九院各发奖金一万元。

这一万元奖金对于当时有近一万名在职职工的二二一厂来说，每人平均就是一元钱的奖励，钱很少，但是荣誉是至高无上的。

奖金怎么发？二二一厂领导决定工厂自己拿出奖励资金十万元，按照一线最高每人二十元，分三档发放了奖金。

九院也是二十元，当年邓稼先的好友诺贝尔奖金获得者杨振宁问：“国家给你多少奖金？”邓回答说：“是原子弹十元，氢弹十元。”这不是开玩笑的话，也不是传说，这是真的。

难怪社会上戏说：“搞原子弹的不如卖茶叶蛋的！”

技术研究部代表队入场

3200米高原跳迪斯科的舞姿

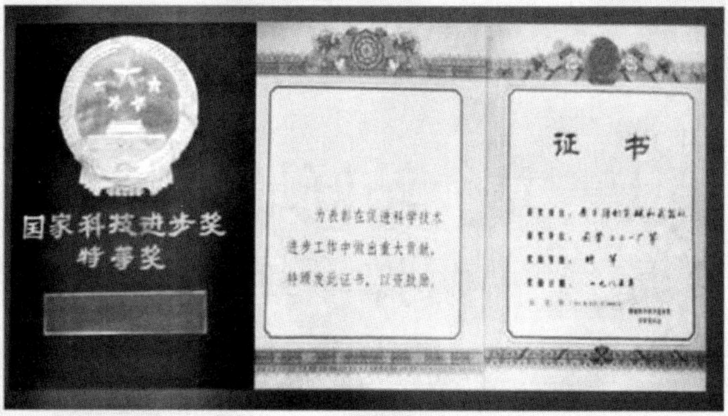

原子弹的突破和武器化获国家科技进步特等奖证书

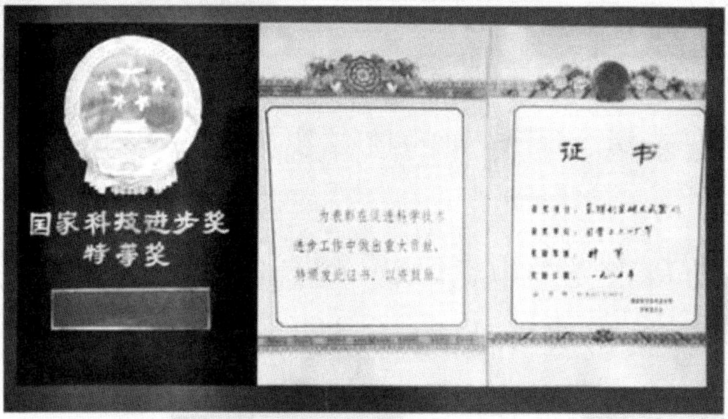

氢弹的突破及武器化获国家科技进步特等奖证书

第十一章　站好最后一班岗 赓续“两弹一星”精神

1986 年底，军方与二二一厂签订了一份特殊的“合作协议书”，这次订的不是核弹头，而是一批常规战斗部，就是要把东风×号导弹的核弹头换配常规弹头，实现核常兼备。

国防科工委的电话中说：“急需一种装载常规弹头的导弹系统，能形成一种威慑力量，能否在半年内交付……”

机遇与挑战并存，这是一项政治性、时间性、保密性极强的指令性任务，经过认真论证，二二一厂的回答是：行！保证按期保质保量完成研制、试验、生产任务。上级机关命名该项任务为“××工程”，成立了“××工程办公室”，厂内代号为“118”。

迎接新挑战，在九个月时间内，二二一厂全体动员，努力拼搏、团结协作，分别安排了“静爆试验”“综合静力强度试验”“高温试验”等多项研制鉴定试验任务。

1987年6月24日，国务院办公厅、中央军委办公厅的国办发（1987）40号文件《转发国家计委、国防科工委关于撤销核工业部二二一厂的请示的通知》正式下发。安置文件中说：“二二一厂是50年代后期，在以毛泽东同志为首的老一辈无产阶级革命家和周恩来总理为首的中央专委的领导和关怀下，筹建的我国第一个核武器研制、试验、生产基地。在全国的大力协同下，经过三十余年的艰苦奋斗，为我国的核武器事业作出了重大贡献，建立了历史功勋，圆满地完成了党和全国各族人民赋予的历史使命……考虑到三线建设已基本形成能力，建议予以撤销……”。

1. 常规战斗部的故事

1982年，国防科工委在北京“远望楼”召开的会议上提出了“核武器向常规武器转移”的明确要求，给二二一厂指明了方向，工厂加大了向常规武器开发的步伐，工厂成立了以厂长为组长的常规武器战斗部开发领导小组，组织工程技术人员进行多种型号常规战斗部的调研和预研开发。

1984年9月，为加强常规武器的研发工作，成立常规武器研制办公室，由总体室一室的邢副主任、生产计划处的吕副科长、尚副科长和总体室四室的柳道勤主任四人组成，邢任常规办公室主任。还请总体室一室的刘克勤工程师、一分厂系统室的李国强主任、二分厂218室的杨笃工程师等人参与常规战斗部的总体设计、引爆控制系统研制、炸药和预制破片的选用等研讨攻关。

关于第一个常规战斗部的代号，是沿用了核弹头型号序列的想法。有人说二二一厂要开发常规战斗部，那么221的一半（除以2）就应该是“1105”，为同原核弹头都是三位数相一致，第一个型号就叫“115”型吧。

常规办公室组织研制的第一个常规战斗部（115型）的打击目标是：杀伤地面无特殊防护的集结部队以及轻型装甲车辆，70米处可以穿透6毫米的装甲钢板。1986年6月，常规办组织总体室六室在六厂区614工号进行了“地地战术导弹115型杀伤爆破战斗部1:1静爆威力试验”试验获圆满成功，常规战斗部首战告捷。

解放军总参谋部、国防科工委、航天部、二机部、中船总及上级部门的30多人参观了试验全过程，标志着二二一厂从核武器技术向常规技术转移迈出了可喜的一大步。参观的同志们说：“这样大规模、高质量、大装药量的静爆试验，显示了二二一厂的雄厚技术实力、试验能力，具有研制、试验、生产常规战斗部的巨大潜力。”有位副局长说：“我参加过上百次的这类试验考核，从没见过组织得这么严密的，连几点几分谁干什么都规定得很严格细致，每道程序都有专人签字把关。试验人员一丝不苟的精神、健全的质量管理体系，给我留下了深刻的印象。”听到这样的评价，作为二二一常规办的人，心中也有一丝丝的欣慰。别人不知道的是我们常规办的人是像二二一厂组织一次核弹头的爆轰试验一样来组织这次常规战斗部试验的，是按照周恩来总理的教导“严肃认真、细致细微、稳妥可靠、万无一失”来进行试验的。

后来，常规办公室又组织开发研制了“海鹰二号甲（HY-2 甲）岸（舰）——舰导弹半穿甲战斗部”，代号 116 型。战术技术指标是：打击目标大中型水面舰艇，威力达到一发击中舰艇要害部位可使其沉没或撤出战斗序列、失去战斗力，穿甲厚度 15～20 毫米的装甲钢板。海军导弹部的刘部长曾带人来厂，考察调研了解 HY-2 甲的相关技术参数。半穿甲战斗部的可行性报告在激烈的招标竞标中一举中标。常规办还组织研制了 100 多种材质的穿甲弹，代号 117 型，并在六厂区进行了多次实弹打靶试验，取得了满意的效果。可以说两年多来，常规武器的开发研制，初见成果。

机会总会给予有准备的人，机会来了！

1986 年 7 月的一天上午，王厂长向常规办的人传达了一个重要的任务信息，说的是部军工局的刘臬局长（哈尔滨工业大学毕业的调干生）在保密电话中说：“国防科工委电话，急需一种装载常规弹头的中程导弹系统，能形成一种威慑力量，能否在半年左右交付，请厂长在下班前回复！”

王厂长马上召集总体室负责爆炸装置设计的刘工程师、一分厂负责引爆控制系统研究的李主任、二分厂负责炸药研制的杨工程师、三分厂负责装置生产加工的林科长进行研究论证，结论是：根据电话中所述“能形成一种威慑力量”的要求，已初步有了设想技术方案，就是充分利用二二一厂核弹头研制、试验和批生产的成果和经验，特别是近两年来在开发 115、116、117 三种常规战斗部的研制试验经验，可以在九个月内完成新型号的交付任务。王厂长已明确向刘局长答复：“二二一厂有能力、有信心按期完成交付任务！”

这是一个令人振奋的好消息，柳道勤和常规办的邢、吕、尚几个人都很高兴。是的，这是个重大的机遇、心想常规办二年来坚持常规战斗部的开发研制成果可以转化为生产力了，可以产生经济效益了。在核弹头军品任务连年减少的时候，这是雪中送炭了！

但是这也是一个新的挑战，因为时间紧、任务量大；只有九个月的交付周期。还清醒地认识到新型战斗部的总体设计和引爆控制系统的近炸引信机的开发研制能否在短期内取得重大突破是能否按期交付的关键点。同时由于使用的环境条件苛刻，可能还要安排必要的补充环境试验考核，就是说也是一种挑战、是有风险的。

在风险和挑战面前，经历过多种核弹头研制定型、批生产交付锻炼和培养的二二一人努力拼搏、大胆创新、突破技术难关，全员投入到预研开发和谈判合同的各项工作中。

12月，吴文明副总工程师奉命带领常规办公室的邢鹏翊主任、技术研究部的叶俊山副主任、二分厂的杨云副厂长和技研部环境试验室的柳道勤主任五人到北京与“××工程”办公室游主任带领的五位军人谈判合作协议书，谈判地点在北京、核工业部军工局的小会议室，军工局的孙处长参加了谈判的全程。

合作谈判也是一项艰巨、细微、耐心的工作，双方达成一致意见有点难。谈判的重点一是战术技术指标要求，二是单发战斗部的价格，三是鉴定性试验项目和交付周期。

双方进行了三次面对面的谈判，对于常规战斗部的战术技术指标，双方很快就一致了，因为军方相信二二一研制试验和批生产的实力和三个型号的预研战标证明能办到，不用争论；对于单发价格双方反复争论仍有分歧，军方希望低价、厂家要求高点价格本是可以理解的立场和出发点，怎么办？柳道勤谈材料、工时成本、讲质量保证，孙处长在会谈后开小会沟通，特别是大概知道了相关的资金情况，柳据理力争、头脑清晰、随机应变，终于谈成了一个大家都能接受的价格，这个价格让厂领导们满意，对工厂是个不小的经济效益了；关于鉴定性试验项目谈判，柳道勤用他自己亲自参与组织实施的该导弹核弹头的研制试验成果、数据和结论，认真总结论证、计算和分析，明确地提出了该导弹的常规战斗部的运输试验、振动试验、冲击试验和低温试验可以借鉴核弹头研制的相关结论，不必再做试验考核，这一观点和结论取得了与会军方的认同。柳同时提出，根据新的常规战斗部的使用环境、总体结构设计的变化和战术技术指标要求，仍需补做高温（含太阳辐射）试验、装置结构的综合静力强度试验的环境试验考核，加上静爆威力试验、引爆控制系统12飞行试验和实弹飞行试验的考核，军方认为厂方是认真负责的。

三次谈判、几次反复推翻，柳和邢二人三次退掉回厂车票，最终还是达成了一致意见，在北京开往西宁的卧铺车的小桌上邢以厂常规办公室主任的名义与“××工程”办公室游石松主任草签了双方合作协议书，厂内型号是118战斗部。

草签合作协议后，军厂双方都在努力推进，希望早点签订正式合同，经双方多次沟通和交流，往返于北京、青海，终于签订了研制、试验、技术鉴定和产品交付合同书。

五人小组在京谈判时，就听到了关于二二一厂要撤点销号的消息，为了争取时间、确保118任务的按期交付，二二一人要站好最后一班岗，各项研制、试验、生产加工、鉴定定型工作有序进行中，同时要特别注意技术安全和社会安全工作。

2. 六厂区的最后一炮

1987 年 1 月，吴副总师（兼技术研究部主任）带领设计室的邢副主任、刘克勤工程师、贾占坤工程师、王长荣工程师、宋畔琴助理工程师等人完成了 118 型杀伤爆破战斗部的总体设计和零部件设计工作，进行试制投产……

5 月，在六厂区 614 工号，技研部叶俊山副主任带领着爆轰室的冯中臣主任、苗乡田工程师、陈志刚工程师、柳荣溢工程师、李国政工程师等人在有序地进行着 118 战斗部静爆威力试验的各项准备工作。

经过平整的草地上已经竖立起一个角钢铰接的支架，那是安放 118 战斗部试验件的地方。5 月在内地已是春暖花开的盛季，青海高原上还是枯草遍地，如果仔细寻找会在总厂区的暖气沟入口处看到几棵绿草的嫩芽。前些天还曾下过雪，这里六月飞雪也是常见的天气，远处的山顶上还是白色的山头。

人们在场地上忙碌着。

有十几个人在山坡上架设着木制靶板，这是静爆生物效应检测的手段之一，木靶板由厚 2.5 厘米的松木板组成。按照国标这 2.5 厘米厚的松木板代表着人体的击伤效应，如果预制破片镶嵌在木板上，则代表人已受伤。人们在不同方位、不同距离布设了一排排、一组组的木靶板。

有几个人在另一方位的山坡上埋设着钢靶板，钢靶板是 6 毫米、20 毫米等不同厚度的钢板焊接到框架上成型，用吊车把靶板吊装到事先预制的水泥基座上，为防止被风刮歪、刮倒，还在周围拉设了几组钢索固定。高高的钢靶矗立在三千多米的高原上，回头一看还是很壮观的场景，这是检测战斗部穿甲效应的要求。

还有另一些人把几十只白色的羊群赶上山坡，在不同的方位、不同的距离（从靶心算）打上木桩按着实施方案的数量拴牢羊群，这是代替生物效应的活靶，好可怜的羊啊！

王光印和柳道勤拿着他俩编写的 118 静爆威力试验录像片分镜头脚本和解说词跑前跑后、跑上跑下，随着厂工会的李技术员和小王师傅录下静爆前的场景和效应物原状。……

正式试验的那一天，天气晴朗，能见度十分清晰，可以在地堡观察口处看清起爆台上那枚白色的战斗部试件，撤到安全区外山头处的人还可以看到一排排的木靶板、矗立着的钢靶板和白色的羊群，好壮观的试验场。

一长声警报声拉响，今天的“炮司令”是冯中臣；一声“起爆”令下，炮手苗工程师果断地按下起爆按钮；一声巨响过后，草地上浓烟滚滚又升起一团团爆炸烟云。

人们冲出地堡跑向靶场，按照分工有人要数清木制靶板上有多少个穿透的弹孔、有多少个镶在靶板上的弹丸、有多少打在角钢支架上的破片，用红色油漆标注并按原编号登记在专用记录纸上，还有一个人专门复验有没有漏划的弹孔，以为编写总结报告提供原始数据。

有人指挥吊车把钢靶板平放到草地上，另一些人在数着钢靶板上的弹着点数。

杨工程师跑到羊群处认真地数着伤亡数字，兽医解剖羊的尸体，查看受伤部位和轻重程度。

摄像师们录下了一个个真实的镜头……

118 静爆威力试验取得圆满成功，为技术鉴定会提供了确切可靠的实验数据和影像。

爆轰试验室的人们，在六厂区打过雷管元件炮、打过“61”半球炮和“62”超半球炮、打过“65”爆轰出中子炮等，炮数人们已经数不清、记不住了，但是这 118 静爆威力试验的一炮人们都牢记着，因为这是爆轰试验室在六厂区的“最后一炮”了。

3. 四厂区最后的午餐

元旦后上班的第一天，吴副总师（他还兼任技术研究部主任）把柳道勤叫到办公室说：“你在完成常规办公室工作的同时，还要回环境试验室组织完成 118 静力试验和高温试验任务，你还是技研部环境试验室的主任嘛。”柳认真地回答：“这是我职责内的事，保证完成任务。”其实，自从四年前黄祖荫所长调回广州与家人团聚后，柳被任命为室主任起，他已经领导环境试验室完成了多项试验任务。没什么说的，他必须担起这个重任，领导全室向前冲。

1987年2月初，118综合静力强度试验在四厂区407工号内有序展开。谢新琼工程师负责设计了静力试验联接支架，李毅完成了结构强度的力学估算，蒋海桂负责完成了传感器的贴片和测试仪器的调试校准等准备工作……

3月初的一天下午，静力试验正在加载进行中，是谢操纵着设备，作动筒在按预定试验程序不断加大载荷。突然，试验室的小门打开，王厂长和张书记陪同第二炮兵技术装备部的栗副部长来407视察“××工程”的进展情况，其实他是受张爱萍将军委托，来了解工厂调整、撤厂的有关情况的。事前他已经让工厂准备了一套厂、矿领导和技术人员的花名册，听取了厂、矿领导的汇报，栗副部长传达了张爱萍将军对全厂职工家属的问候，说：“张爱萍将军非常关心工厂的调整，工厂调整是一项很复杂的事，安排好这么多人的撤厂安置，同时也要保留部分技术力量，这次叫我来了解工厂的情况，二炮对在河北建厂安置很感兴趣……你们可以认真研究。”

在407试验大厅，栗副部长仔细地询问有关118静力强度试验的情况，他曾在航天部某研究所工作，是哈尔滨军事工程学院毕业的技术干部出身，和柳道勤也曾有过一面之交，所以听几个技术干部向他反映：干了二十多年的武器试验等技术工作，怕下山安置难以发挥技术专长、无用武之地、心中没底时，栗副部长笑着说：“放心吧，上级和厂里有详细周到的安排，你们会有用武之地，也会得到妥善安置的。”

407工号室内、外

其实，早就传说关于第二炮兵要接收一部分专业技术人员和技术工人的事，现在栗副部长没有直说“二炮欢迎你们”，但是几位技术人员心中已是暗暗有了调入二炮的想法。

与此同时，118 弹头高温试验的工作也在 402 工号内进行着准备工作。柳道勤查阅了使用阵地的气象资料，并参考外军的军用标准和试验规范，制定出了118战斗部高温试验的程序和考核环境条件；郑志和制定了太阳辐射模拟装置的总体设计方案、谢新琼副主任完成了太阳辐射装置的机构结构设计；柳和郑调研选用了热原型的太阳辐射器件，当时国内产的太阳辐射器件多是光源型的，热原型的只有两个型号的器件可供选择。

试验前的理论估算结果表明：在太阳辐射条件下绿色弹头壳体内的弹仓温度仍然偏高，超出了战斗部的设计使用上限。为解决这一技术难题，柳道勤根据核弹头野外实验的数据和经验，大胆地提出了将原来绿色弹头改涂成白色弹头的建议、并被领导采纳。试验结果表明：太阳辐射下白色弹头外表面温度比绿色弹头降低了×℃，就是说大大地降低了太阳辐射下的增温率，起到了可观的降温效果，满足了弹仓内的温度要求，决定取消原定的弹头降温技术设备，是一项合理的技术措施。

118战斗部高温试验时，环境试验室的人还是全员上岗、全室参加、一专多能，认真有序地进行中。

6月初的一天下午，第二炮兵杨桓副司令员在王厂长和任春泽副厂长的陪同下来402工号检查高温试验的有关情况。在160 m^3 高低温试验室外通过观察窗口观看试验件状态，认真询问太阳辐射模拟设备性能；并在远控间和测试间通过工业电视机观看正在经受太阳辐射下的高温试验的白色弹头全貌，向全体参试当班人员表示问候。离开 402 工号时还在不停地向柳道勤提问相关的技术问题，杨副司令是主管技术装备的，他最关注的还是 118 战斗部的技术指标和使用技术要求。

此时的 221 人议论和思考最多的事是下山后到哪里去，是退休还是调走，人们的第六感觉是站好最后一班岗，做完 118 研制试验任务后撤厂会摆在所有人的面前。

在四厂区完成了 118 综合静力强度试验和 118 战斗部高温试验后，环境试验室的人们正在清理试验场地，组织编写试验总结报告、整理实验数据……蒋海桂提议全室组织一次聚餐，一是庆贺试验成功、二是一次告别宴会，立刻得到大家的赞同。柳道勤与同志们商定日期定在星期六的中午，地点在 402 工号的测试间，要求每个人最少自带一个家乡的风味菜。

402工号部分试验人员交接班合影

杨桓副司令在402工号视察

周六，402 测试间里喜庆祥和，人们脸上带着微笑把试验测试台摆成一个矩形的大桌子，铺上塑料布，就迫不及待地拿出各自的美味：柳道勤带来的是东北的小鸡炖榛蘑、红烧肉炖粉条，郑志和摆上宁夏风味的烧羊排、油炸馓子，谢新琼拿出广东人的叉烧肉，张庭芳是河南人的大馒头，大杨和小米两个上海人是小笼包子、大馄饨，老李是四川人的回锅肉和泡菜，单职工蒋海桂是专门到机关食堂小炒部买了一条红烧黄花鱼……宴会桌上是东西南北中，十分丰盛、美味齐全、令人眼花。人们喝着兰州啤酒、橙汁饮料举杯庆祝试验圆满成功，柳道勤向全室同志对自己工作的支持和帮助表示感谢，几个年轻人说会把四室团结协作、认真负责的精神带到新的岗位，几个老同志窃窃私语、互道珍重、友谊常在……有人戏说：世界名画中有一幅叫“最后的晚餐”，我们这次就叫“最后的午餐”吧。

4. 118 实弹飞行试验出险情

根据合同要求，1987 年 7 月 28 日，118 技术鉴定会在二二一厂举行，二炮××工程办公室和弹头所、核工业部科技委和军工局等三十多人参加了鉴定会，会上审查了由秘书组副组长曾长春和柳道勤参与组织编写的 37 份、约 40 万字的部级鉴定会议资料，播放了王光印和柳道勤参与编排摄制的录像片《裸体炸药爆轰试验、近炸引信机爆高模拟试验、综合静力强度试验、高温试验、静爆试验、系统联试》（资料宣传片）。技术鉴定会的技术结论是：“……118 产品的各项技术指标，均达到了规定的要求，同意通过部级鉴定，可以正式投入批量生产。”这就是说新研制的 118 型常规战斗部研制成功了，这一任务的圆满完成是对 221 人的一次政治考验；又带来了可观的经济效益，也为撤厂提供了更多的资金保障，给 221 人以极大的鼓舞和充分肯定。至此，中国加入在战略导弹武器上加装常规战斗部的国家序列，实现了“核常兼备”。

1987 年 11 月，一列刚刚编组的军列从 221 铁路编组站发出，目的地是山西太原卫星发射基地，任务是要对 118 整体弹头进行一次实弹发射检验。按照合同规定，这是在首批产品交付前的一次重要考核性试验项目，实弹发射试验是否成功，是能否按期交付的关键！

实弹发射工作队由近百人组成，王厂长任工作队队长、任副厂长和吴景云副总工程师任副队长，其中一部分队员已先行前往新疆罗布泊靶区执行落点观测和控制系统遥测任务。

在军列的一节硬卧车上，二分厂工会的黄珂琦主席（他还兼任总装车间的主任）正在和一群核二代们热议着，这群年轻人已是现在总装的主力军，多是第一次出厂执行任务，一切都是新鲜的，心中又感到责任重大，他们把黄主任和王庆德组长围在中间问东问西，请他俩讲讲亲历的故事：

黄珂琦的眼前穿越回1966年10月在酒泉发射基地进行中国第一次导弹核武器试验时的场景：在插接雷管时有一枚插不进又拔不出来时，是当时的陈主任（现在的陈总师）让他去试一试，把雷管给拔出来，其实那是他从来没干过的事，是身后李觉部长的信任眼神，给了他一种勇气、信心和力量。经过半个多小时的努力，雷管被拔出来时，他已是浑身大汗、内衣湿透……

车厢里突然响起一片热烈的掌声，人们被黄主席的故事所感动，老曹师傅的徒弟小张更是让老师傅危险之中显身手的不怕死精神和高超技艺所震撼。你看那个年轻的女吊车工小陈已是惊呆无语，手都拍红了。

黄主席指着小王说，你要继承你师傅张克林拉大锯分解炸药球胆大心细的不怕死精神；回头又对小李说，你要学习你师傅老王的高超精湛的装配技术，做到组装核弹头一次成功……现在你们都放“单飞”了，我们相信你们、寄希望于你们！

黄主席接着说，66 年那一次发射的是核弹头，射程 894 千米，精确命中靶区目标。这次是发射常规弹头，从太原发射阵地到靶区是 2 000 多千米。这次发射直接影响到 118 的按期交付，关系重大，我们总装组的人一定要认真、细心、确保安全。

接着又说：这里我曾参加“增程”和“延寿”飞行试验来过两次，晋北山区很穷，来基地的人调侃说：“岢岚、岢岚，真的可怜，早喝菜糊糊，午饭山药蛋，想吃艾窝窝，等到过大年。”大家要有吃苦的准备。

“好了，今天就讲这些，现在上铺休息，要听下回分解，明天再说……。”

经过两天三夜的运行，专列停在了晋北山沟里的一个小车站，这是进入太原基地的专用车站，站台很短，专列的最后一节平板车停在了站外。为了请火车司机再向前移动些以便卸车，试验工作队办公室的丛洞一主任和交运处负责专列运输的邢师傅来到车站的调度室，眼前看到的是火车司机们吃的主食全部是土豆（山药蛋），从主任心中十分酸痛，真的和黄主席讲的顺口溜一样贫穷。他立马让邢师傅回专列餐车请炊事员同志扛来两袋白面，小站调度室的同志感动得连声说：“谢谢、谢谢！”心想西北来的同志就是实在，调车满足他们的卸车需要，这是分内工作嘛！

卸车井然有序，工作队组织把 118 产品包装箱和工艺装备箱运往技术阵地，并按计划安排开箱检查和总装工作。

这是一次国家发射实验任务，试验领导小组长是第二炮兵的杨国梁副司令员，杨和王厂长两位是北京航空学院的大学同学，同学在发射基地相见本来就是小概率的事，显得有些兴奋激动，回忆大学里的生活趣事，说说毕业后的经历。发射现场的总指挥长是二炮技术装备部的葛总师，担负这次发射任务的是第二炮兵××基地的×××旅。两个基地的司令员、核工业部军工局的陈局长都是领导小组的成员。

在试验领导小组的联席会上，二二一厂报告 118 产品总装和弹上无线电控制系统联试在技术阵地胜利完成；二炮发射旅报告东风×号导弹的发射训练一切正常；太原基地报告勤务保障工作准备就绪，并通报了近期首区、靶区气象条件会商结果。据此，领导小组决定发射窗口定在 11 月 19 日下午 4 时，并报“××工程”领导小组审定，北京下令：同意选定的发射窗口进行实弹发射试验。

11 月 19 日，天气晴好，一轮红日升起照在初冬的晋北大地上，带给人们暖暖的情意。

二二一厂工作队在餐车上吃早餐后，工作队系统小组的队员在吴景云副总师和一分厂于厂长的带领下精神十足地进入发射阵地附近的弹头遥控室，遥控室距发射场坪

195 米、面积 10 多平方米。按照分工认真查验垂直检查仪、GB 装置控制仪和各配套自检仪器设备是否正常，联试首区和靶区的通讯是否畅通等射前准备工作。

在发射阵地上，发射旅的指战员们在紧张有序地工作着。绿色的作训服、绿色的工装、绿色的弹头、绿色的头体运输对接车，阵地上是一片绿色的原野，与远处发射场周边的黄土高坡形成了鲜明对照，这个场景还是很壮观很激情的。你看，弹体与弹头一字排开，号手就位，在各号手的精确操控下完成了头体水平对接，一发带着弹头的导弹在专用托架的支撑下顺利、缓慢地垂直起竖，又被缓慢、稳妥地平移到发射场坪的发射底座下，托架后撤退场，导弹待命。

此次发射，认真考虑到新疆靶区与首区大约有两个小时的时差，发射窗口选定在晚上，到那时新疆靶场正好是太阳落山的时候，利用夕阳余光的背景，更易于靶区快速捕捉到目标，遥测车测到所有试验数据。当然全部发射准备工作也还要进行几个小时才能完成作业。

夜幕降临晋北大地，发射场上空群星闪烁，蓝天上北斗七星眨眼盯着场坪上的绿色导弹，仿佛在说：祝你们成功发射。

弹头遥控室里，王厂长、吴副总师（苏联莫斯科航空学院的留学生）、军代表室的王总代表都静静期待着发射的那一刻，心情激动。担任弹头控制指挥的是于厂长，主操作手是核二代宋国友（化名）技术员。经过×××米长的遥测电缆束进行垂直导通测试检查等，动作无误正常后，于向1号发射总指挥长报告。

1号指挥长发出指令：一切准备工作正常，可以开始加注程序。

一辆辆荷载着燃料和助燃剂的军车，顺序驶入发射场坪的导弹旁，负责加注操作的号手接好导管，分别将燃料和助燃剂注入弹体，请注意，这是一个带有危险性的防化、防爆操作，号手们身穿防化服、头戴防毒面具（大鼻子），操作干练利落，随后撤走导管、汽车和装备。此时，耸立在发射底座上的一发导弹，已是直立大地、剑指苍穹、蓄意待发。

1号总指挥长口令：全体注意，进入零前30分钟准备！

各号长回答：明白。

遥测控制室于指挥下达指令：打开GB装置！宋国友准确无误地扭动按钮，操作一次成功、GB装置指示灯亮。于指挥向1号总指挥报告：GB装置指示灯打开。

1号总指挥长口令：零前15分钟准备！

遥控室于指挥指令：激活电池。

操作员熟练完成操作，开始电池激活。在遥控室的马工程师记录下这组电池每分钟的电压值，6分钟后双套电池激活，电压正常。

1号总指挥长下达：10分钟准备、5分钟准备，各岗位都正常。

零前3分钟，突发险情、情况异常：先是GB装置解保操作指示灯不亮。小宋立即报告：解保操作不成功！

遥测室里的人心情瞬变、气氛紧张，宋晓国更是惊慌、手心冒汗！

于指挥又向小宋发出第二次、第三次解保指令，宋晓国再操作都无变化、指示灯不亮，无奈再次报告：解保不成功！

于指挥向身旁的厂领导请示：可否向总指挥长请求延长 10 分钟发射，王厂长和吴副总师几乎同时同声表示：同意！

于指挥立刻向1号总指挥长报告：GB装置出现故障、没有解保，请求延长10分钟后发射！

1号总指挥长复令：同意。

宋晓国立即起身，从前方的测试台上搬起备份的第二台仪器，连线、预热、又操作了三次，仍然不能启动 GB 装置。吴副总与王厂长当机立断，发出紧急指令：停止发射！否则射出去的就是一个铁疙瘩。

于指挥立即向1号总指挥报告：停止发射。

1号总指挥长回复：同意。并立即组织召开试验领导小组扩大会议。

遥测控制室里气氛紧张，人们的心情一下子降到了冰点，吴景云副总师更是无地自容，他脑海中想的是几十年的工作经历中，参与组织过多次引爆控制系统的 12 飞行试验都是成功的，怎么这次出现了故障，作为二二一厂负责引爆控制系统研制试验技术工作的总师，他是第一次尝到失败的滋味，陷入自责之中。

试验领导小组扩大会议在对面山坡上的一个小会议室内进行，吴副总师列席了会议，可以感受到气氛非常沉闷。

试验总指挥、第二炮兵技术装备部的葛总师直截了当地问："二二一厂的操作显示，能不能证明 GB 装置没有打开？"

吴副总师肯定地回答："没有打开！"声音不大，但已打破了会议的沉闷气氛。

负责二炮装备技术工作的葛总师果断做出决定："既然 GB 装置没有打开，现在只有卸出导弹的全部燃料，进行弹头分解。请二二一厂尽快找出故障原因、采取措施、排除故障！"这就是一个技术干部的风格。

与会的全体同志几乎是异口同声地说："同意"。葛总又请杨副司令员指示。

杨副司令首先客气地问坐在对面的老同学："王厂长，你还有什么意见？"

王厂长面对杨副司令用非常坚定的语气说："同意停止发射、分解弹头，工厂将尽全力查找原因、尽快排除故障，以保证再次发射成功！"

杨副司令员接着说：“看来，大家都同意停止发射，我也同意。GB 装置没有打开，不能解除保险，只能停止发射了，今天会议处理的意见是正确的。试验中暴露出一些问题也可以说是一件好事，要举一反三、不放过任何疑点，以利再战。下面要卸出燃料和分解弹头，都是危险操作，一定要注意安全！”

会后，王厂长和吴副总师立即向有关同志传达了会议精神，安排少数技术人员到阵地回收×××米电缆束和处理系统电源等工作。并主持召开二二一工作队扩大会议。

发射试验遇到故障，老天也来凑热闹，现在是乌云密布，天空中看不到一颗星星，驻地一片寂静，与会人员急匆匆地来到会议室，参加工作队扩大会议的还有二炮司令部计划部的张部长和核工业部军工局的陈局长。

会议刚刚开始，会场上人们就对产生 GB 装置没有解保的原由进行了激烈的争论和讨论。

生产计划处丛处长说：“GB 装置没有解保，会不会是装置中的××零件热处理工艺不当，性能不稳定造成的？”

黄主任说：“GB 装置如果出厂都是合格的，而在现场使用时没有动作，首先要从部件装配中找问题，是不是某个零件擦洗不够干净，有那么一点点卡壳现象？就像以前我们遇到的雷管组合件插不到位又拔不出来的现象？”

吴副总师说：“我认为具体问题要具体分析，GB 装置出厂前做过多次解保检验合格，这次可能是某个偶然因素的影响，是不是 GB 装置设计的安全系数正处于临界状态呢？”……

大家七嘴八舌、议论纷纷。还是王厂长总结说：“今天会上，虽然没有找到具体故障原因，但是提出了一些疑点和想法。在试验中出现故障，也是提示我们要头脑清醒、冷静沉着，把坏事变成好事，尽快找到原因和改正措施！确保再试成功！”并对下一步工作安排如下。工作队分成两个小组，一组由任副厂长负责，黄主任带着年轻人安全分解弹头。一组由吴副总师负责，带领系统室的人排除 GB 装置故障，争取在 5 天内完成并采取可靠技术措施保证解保成功。

11 月 23 日午夜，在二二一厂邢主任一直在保密电话机旁等待着实弹发射成功的喜讯。突然铃声响起，听到的是 GB 装置没解保，发射暂停的坏消息。并根据试验办公室通知：立即安排 GB 装置的设计者林高工动身，带上必要的仪器设备，赶来太原基地，参加故障分析和处理工作。

排除 GB 装置故障，首先碰到的是头体分解前，必须在起竖状态下将液体燃料和助燃剂卸出，这又是个极其危险的操作，两种液体要分别先后排出，如果混合在一块就会爆炸。当时执行发射任务的二炮××基地的司令员说：他们发射旅没有碰到过要进行卸载操作，幸好太原发射基地的司令员说，他们曾经历过这种勤务操作，但是个危险过程，必须十分注意安全才行。发射试验领导小组决定在太原基地的指导下由二炮发射旅完成燃料卸载。

考虑到二炮发射旅的干部战士是第一次执行卸载操作，加上他们对118弹头也不甚了解，怕在卸载时弹头中的炸药爆炸，为此王厂长决定几位厂领导要到卸载现场陪同干部战士操作，以消除他们心中的担忧。

11月24日早晨，一轮红日从山峪中升起、阳光普照晋北大地，又是一个好天气。

王厂长、吴副总师等健步来到发射阵地场坪前。此时，汽车、燃料槽罐车一一展开到位，在发射旅旅长的口令下，身穿橄榄绿作训服、戴着防毒面具的战士们在指令下沉着、稳健、有序地铺设管线、连接阀门，卸出燃料的一切准备工作就绪。

发射旅旅长迎上来握着王厂长的手表示感谢，太原发射基地技术装备部的部长也走过来握着厂长的手说：“王厂长，你们回去吧，这里有我们监督着，不会有事的！”王厂长微笑着说：“我们现在也没有别的事，来这里陪着你们，让战士们可以放心些嘛！”

卸载顺利完成，发射场气氛缓和，脱下防化服、摘下防毒面具的战士们已是汗流浃背，但还是微笑着说：不怕、不累。多么可爱可敬的战士们！

弹体与弹头水平分解，弹头转运至技术阵地。黄主任和王师傅带领着年轻的核二代们，精心操作，按工艺流程一丝不苟地拆装，安全地完成了弹头的分解工作。

吴副总师选定参加 GB 装置故障排除工作小组的成员是：技术研究部叶俊山（参加 596 核试验时插雷管的人之一）、吕副厂长（一分厂副厂长）、蔡高工和宋国友助工四人。

排除故障的 GB 装置是带有火工品的，有一定危险性，所以现场不允许其他人进入作业区，只有一分厂于厂长坚持一定要在现场，他知道 GB 装置是由一分厂设计生产的，想亲眼看看问题出在哪里。

吴景云拿起 GB 装置放在工作台上，四个人按分工用工具进行逐项检查、逐件分析。GB 装置在二二一厂出厂前的 200 多次实验检查都是合格的，但是当时并没有参加过总装联试，因为担心总装后×××公斤战斗部炸药的安全问题。现在 GB 装置不解保还需要 4 千克左右的配重做试验，事先没有准备，作业场地又没有，四个人到场外去找石头代替，但是初冬的晋北大地石头都冻住了，还好找到几块施工剩下的砖头，才解燃眉之急。

经过三天三夜的检查分析，一致认为目前 GB 装置的技术参数可能是处于解保不解保的临界状态。厂领导也同意他们的判断。

怎么办？负责控制系统指标分配的蔡高工提出："可以提高解保起爆电压，一定能保证准确解保！"

按照蔡高工的建议，调整单机的技术参数后，经现场试验均能成功解保。

蔡高工为成功解保而高兴，毫无掩饰地浮在脸上，三个人的脸上也露出了胜利的微笑。再次将 GB 装置安装到弹头上反复试验，均获得成功解保。并据此对厂长的现场指挥口令进行了修改、补充、完善。

第三天下午，试验领导小组听取汇报，经充分讨论取得共识，认为：通过多次模拟试验，故障原因已经查到，证实 GB 装置的设计处于临界状态，加大调整技术参数后，完全可以解保，可以保证再次发射百分之百的成功。领导小组建议第二天发射，拟报上级批准。

二二一工作队会议上，大家对 GB 装置选择什么状态下进行解保时，产生了不同的意见。有人说在技术阵地就解保；有人说在发射阵地头体水平对接前解保；还有人说应该在导弹对接并起竖后在加注燃料前解保。

会上，吴副总与李主任设计师等人认真研究后确定：在发射阵地起竖后，GB 装置解保更接近实战状态。此意见报王厂长、第二炮兵葛总师处，获批准同意。并据此修改工艺文件和使用说明书。

三天来紧张有序的排障工作，终于迎来了好消息：总参领导研究同意 11 月 23 日再次发射，并再次指示：做好、做细、确保安全。

工作队连夜召开扩大会议，宣布再次发射的指令。宿营地的气氛一下子活跃，大家几天来压抑的心情一下解冻，各小组会上，纷纷表决心、细安排，查漏补缺、举一反三、精心操作，以确保发射成功。

太原卫星发射基地考虑到人员安全，为防止万一，做出基地人员撤离的安排，并取消了原地方人员的参观活动。

11 月 23 日晨，东方日晓、蓝天白云、微风浮绕、射前准备有序进行着。

吴副总师带着年轻的队员们，早早来到发射场坪，铺设×××米电缆、对接系统电源插座，进行导通检查、调试好仪器设备。

二炮杨副司令员、葛总指挥来到弹头遥控室，亲自查看 GB 装置的预演操作。

宋国友胸有成竹、沉着冷静，按弹头遥控指挥员的指令，有序准确操作，两个指示灯全亮，GB 装置解保获得成功。

杨副司令、葛总师分别握着王厂长的手说："祝你们再次发射成功！"短短的几个字，是对二二一厂的理解和支持。

王厂长激动地说："感谢在工厂遇到困难的时候，你们的支持和理解。"

一枚军绿色导弹威武地竖立在发射底座上，在夕阳的照射下，仿佛像一个东方巨人，显得十分雄伟、壮观，好一幅诗景画意，令人心动、浮想联翩……

倒计时开始，遥控指挥室里一片沉静，只有仪器上的指示灯在不停地闪烁着。

1 号总指挥长发出 30 分钟准备指令。

宋国友两眼紧盯着指示灯的变化，按照弹头控制指挥的口令，准确地操作 GB 装置旋钮，指示灯闪亮了。

15 分钟准备。双套电池激活……

3 分钟准备。GB 装置解保正常，控制室内吴副总师、宋国友等人如释重负，等待着准时发射。

1 号总指挥长发出：“5、4、3、2、1、点火”的口令。

沉寂的夜晚，一道闪光划破夜空，一阵阵如雷贯耳的轰鸣巨响，一团团翻滚着的烟云尘土，一枚东风×号导弹托举着 118 弹头直指苍穹！

××秒后，导弹向西北大漠飞去，在人们的视野中消失，浩瀚的星空留下一道刺眼的光痕。

×××秒后，导弹与弹头分离。

××分钟后，靶区传来喜讯：发现目标，弹头在预定的近地高度上空成功爆炸！

实弹发射试验获圆满成功。人们从四面八方涌向发射阵地，有人欢呼、有人抛帽、有人高喊口号，阵地上是一片欢乐的海洋。

指挥部在现场召开了隆重的庆功大会。

杨副司令员宣读了北京首脑机关发来的贺电：“这次发射成功，标志着我国导弹武器的研制水平又有了新的发展，这是全体参试人员完成中央军委、国务院赋予的特殊政治任务作出的贡献……标志着二二一厂在转移尖端技术、开发常规军品方面取得的成功，为增强国防又做出了贡献。”

核工业部也发来贺电：“118弹头从研制到实弹试验成功仅用了不到十个月，这个速度是空前的，是二二一厂广大职工贯彻‘边生产、边调整’方针，顾全大局、团结奋战、艰苦努力、克服种种困难取得的丰硕成果，再次证明，你们是一支保持和发扬优良传统、能攻关、素质好的队伍。”

参加试验的各方相互赠送了锦旗。各方代表发表了热情洋溢的讲话，庆功会上掌声不断，热情连绵。

吴副总师拉着二炮郝参谋的手说：“患难之中见真情，感谢你们的信任与包容，难忘这三天三夜的日子，保证了实弹发射成功。”

郝参谋激动地握着吴副总的手说：“这种军民鱼水情怀，是工厂与二炮多年合作形成的，我们互相信任和支持着。”

“让我们继续合作，圆满完成118-12飞行试验任务和首批产品交付工作。”

“好的，那是一定的事。”

中午，二炮在太原基地餐厅举行了招待会。餐厅里热闹喜庆，互祝试验成功，中央军委办公厅的刘主任、二炮杨副司令员、太原发射基地的沈司令员等都参加了庆功会。

二炮司令部计划部的张部长举杯敬酒，通报了从新疆靶场传来的好消息：“这次二炮发射实现了历史上最好的发射精度，近炸引信机达到了最理想的爆炸高度，射程和爆轰效应达到了最佳效果。让我们为发射圆满成功干杯！”餐厅里响起雷鸣般的掌声，人们共同举杯：“干杯！干杯！”

庆功会在团结、友好、热烈的气氛中进行着……

第二天中午，二二一厂在基地餐厅举行答谢午宴。餐车上的炊事员们头天下午就开始准备，从餐车上搬下冻鱼、冻肉、干海货、蔬菜、烟酒和茶叶，人人上案，展现厨艺。

王厂长特别交代，把那箱茅台酒用上，把那几箱青海“互助大曲”青稞酒让大家畅饮。

午宴上，王厂长向二炮、基地和局领导敬酒致谢，对全体工作队员的坚守信心、认真精神表示感谢。

年轻的核二代们也都举杯向部队首长、干部战士表示由衷的敬意，特别把他们的师傅们围起来敬酒致谢，让他们在军品实弹试验中增长了本事、磨炼了意志、传承了精神，这就是两代核试验人的胸怀和深深的情意……

1987 年 12 月 28 日，118 首批产品圆满交付，二炮的一趟专列驶出厂区。

1987 年，118 弹头实弹飞行试验，获核工业部科技进步二等奖。

中程导弹大型杀伤爆破战斗部的设计研制（代号DF-3-118），获核工业部科技进步一等奖，七人的获奖名单中核二代宋畔琴是第七获奖人。

1988年，118产品荣获国家科技进步二等奖。

5. 电影院广场上的泪别情

国务院办公厅、中央军委办公厅的国办发（1987）40号文件《转发国家计委、国防科工委关于撤销核工业部二二一厂的请示的通知》正式下发日期是1987年6月24日。通知下发给各省、自治区、直辖市人民政府，国务院有关部门。通知中说："二二一厂是我国第一个核武器研制、试验和生产厂。工厂职工在海拔三千五百米、高寒缺氧的艰苦环境下，奋斗了近三十年，为发展我国核武器事业建立了历史功勋……目前，由于科研生产任务的调整，该厂存在许多难以解决的问题。军品任务大幅度削减；职工队伍技术干部和技术工人后继乏人；绝大多数离退休职工不宜在当地安置，异地安置又十分困难；大批待业青年无法安排等，形成了许多难以解决的问题和严重的社会问题。鉴于上述情况，考虑到三线建设已基本形成了能力，二二一厂已完成其历史使命，建议予以撤销。"

文件中还说："二二一厂广大职工长期在远离城市的

艰苦地区奋斗，贡献出了他们的聪明才智。对他们的成绩应予充分肯定，对他们的工作和生活应作妥善安置。

对在职职工三线需要的可调三线；一部分可利用二二一厂设备、资金到江苏、山东联合办厂安置；其余人员，除核工业部内部尽量消化外，比照军队干部转业的办法，按从哪里来，回哪里去的原则，由国家统一分配到原调出单位所在地区安置工作。

已离退休职工和将要离退休的职工，一般安置到原调出单位所在地区或原籍，父母或子女、配偶所在地城镇安置。离退休职工子女（包括待业的），原则上随父母迁走，并在其父母安置地区就近安排工作。”

40 号文件的传达和宣讲工作是分批逐级进行的。最早是 1987 年 8 月 20 日，由核工业部蒋部长、李副部长、刘书林顾问、国家计委、国家经委、国防科工委等主管业务部门的领导率领有关部委司、局的领导组成的宣讲团，向第一批人员二二一厂、矿领导进行宣读和逐条讲解……

目的是要确保首批 118 战斗部的按期、保质交付部队，确保生产任务完成中的安全，还要确保厂内社会的稳定和安全。

当时的二二一厂已是一江春水向东流的大势，家家都在热议着 40 号文件，人人都在考虑自己的去向。矛盾也逐渐显现，有的夫妻双方一个是南方人，一个是北方人，一个是城里人，一个是农村的，怎么选择意见不同；已经离退休或即将离退休的人是随同子女“以小带老”安置还是“以老带小”随迁，看法不同、无法统一；多子女的是到一个地方安置还是各自单飞……好难！多次家庭会议、多次协商沟通、以求大同。

1991年8月26日，《关于印发安置中国核工业总公司二二一厂在职职工和离退休人员实施办法的通知》下发。这是由国家计划委员会、国家科学技术工业委员会、劳动部、人事部、民政部、财政部、公安部、商业部、物资部、卫生部、能源部、中国核工业总公司十二个部委联合下发的文件，盖有“中华人民共和国国家计划委员会”等十二个部委单位的大红印章。

文件首页上方是“此件已经国务院批准”字样！

实施办法中要求，既要妥善安置好，又要加快安置进度。对在职安置采取“相对集中、合理分散”的原则，大部分做异地安置；对离退休人员采取“适当集中、合理分散”的原则；对到北京、天津、上海三市安排的原则上从严掌握。并列出了分散和集中安置的分配方案，力争两年内完成。

最终，二二一厂职工和离退休人员及其随迁家属子女共三万多人胜利完成了安置工作，分别定点安置在安徽合肥、山东淄博、河北廊坊、青海西宁和全国27个省、自治区、直辖市的532个市县分散安置。一个复杂庞大的系统安置工程，二二一厂撤点安排可称是空前绝后、独此一家。

1991 年 11 月，柳道勤奉命回到二二一厂金银滩，任务是办理自己的调动手续、交接工作并带领 118 名职工调河北廊坊报到。

柳道勤回厂的第一件事是参加技术研究部党支部的支部大会，议题是发展三位同志入党，其中有老同学蒋海桂同志，作为入党介绍人之一，柳道勤认真地在他的入党志愿书上写下入党介绍人的意见、端正地签上自己的名字，支部大会全体通过、支部书记填上了党支部接受他入党申请的决议、签名……柳道勤祝贺老同学光荣地成为一名中国共产党的预备党员，这是一个五十多岁的技术干部的政治生命，入党是多年的追求和愿望，能在撤离二二一前入党真的可喜可贺。参加支部大会的厂机关党委贾书记讲话说，技研部在撤厂期间要加强发展党员，特别是在技术干部中发展党员的工作，这是一项政治任务，给老同志一个政治评价和归宿。

柳道勤要办的第二件事是回室与谢和郑两位副主任交接工作。那天上午，柳、谢、郑等人乘坐从洞一安排的生产计划处的吉普车来到四厂区，先与警卫连的张连长道别，又分别到 406、407、411、411A 和 402 工号转了一圈，请谢、郑两人组织把廊坊厂需要的仪器、设备、器材、实验台等装箱、编号，以便下次运输设备仪器的专列运廊坊。路过四厂养鹿场时还到牧工老马家看看，那几十头马鹿膘肥体壮准备过冬了，也是另一种心情告别吧。

柳道勤办的第三件事是组织近 60 户调廊坊的搬家物资装车。厂安置办、交运处已调集 10 个铁皮闷罐车，分别停在铁路编组站、一分厂厂区外边的铁路支线上。各家都事先把搬家物品用草绳捆绑、拴上编号布条、姓名等标记。装车工作组织得有序，每 6 户一节车皮，各单位都有人帮助装车，还有老乡、同事、同学们互相帮助，总体顺利。一分厂外的装车现场出了点小矛盾，原来是小王家的车先到了现场想先装车，但是安排名单上他家是最后一家装车，现场调度说再等一会装车，小王很不高兴，与他吵了起来，这时另外几家的车也已到达，还是按原来的安排顺序装的车。此事让小王夫妇很不满意，还是老马师傅微笑着说：谁家先装车、东西在里边，到卸车时不就是最后一个了吗？你家后装车，卸车时就是第一家了，不是找齐了吗！多么可敬的老马师傅。噢！还有一件趣事，最后一节车皮只有 5 家的东西，所以车门中央有一片空处，有人觉得可惜浪费了，头脑灵活的贾工程师指着铁路旁的二堆石头说：咱们再装些青海昆仑山上的石头吧，到了河北冬天渍酸菜做压缸石，也还是一种念想吧！说不准这里边还有一块昆仑玉石呢？至今，人们家中还保留着一二块石头，圆形的、河卵形的、白色的、灰色的都有……

11 月 26 日，是动身离开 221 的日子，一大早人们聚集在电影院前广场上。送行的人比要走的人多好几倍，有人说这还不是最多的一次，最多的一次是到安徽合肥的场面，因为那是为第一拨要走的人送行。

电影院前，矿区二中的老师们把王老师围在中间，有人低声细语、有人握手含泪，一群年轻的孩子们则是兴高采烈地来送老师，他们可能还不知道这离别的心痛，没有这种阅历。

221基地电影院

职工医院的医生护士在与妇产科的程大夫道别，听不清楚她们在说些什么，但是她们有人带来了自己的儿女来到广场，好像是说看这是你接生的孩子，明年该考大学了。也可能是说互相珍重、健康，在救死扶伤的工作中共勉。

柳道勤周围是老同学蒋海桂、谢副主任、郑副主任和二十多位同事来送行，柳道勤感谢多年来同志们的支持，欢迎同志们到廊坊做客。蒋、谢、郑分别选择回浙江安吉、广东惠州、宁夏银川分散安置。蒋已是南方安置小组的成员之一，他拉着柳的双手默默无语，要知道他本是个大大咧咧的汉子、一个粗犷的人，此刻不知怎样道别。那个曾患脑出血的许凤斌在大儿子的搀扶下一瘸一拐地走来送行，情真意切。难以预测的是，这一别，就再没有相见的机会了。

9 时整，柳道勤请大家上三辆大轿车，并根据多数人的要求请司机们从广场南行左拐经办公楼绕行，是想再看一眼厂办公大楼，沿途还能经过新华书店、邮电局、机关食堂、档案馆、科技图书馆等工作和生活的地方。

221厂办公楼

办公楼东行右拐前是“朝阳沟”那片干打垒平房的残址，很多人都在这里住过、结婚生子；右拐前行来到警卫团的附近；下坡后三分厂附近的路边上还有一片干打垒平房，赵高工和张工程师指着说他们几天前还是住在那片平房里，勾起了一串串难忘的回忆……

车队来到6号哨所，警卫团的战士们威武地站在哨位送行，人们请司机开慢些，并不约而同地回头远望，是想再多看一眼度过青春年华默默奉献三十多年的地方。

啊！

远去了金银滩大草原，

远去了激情难忘的第二故乡，

远去了596小路、红色的221！

远去了、远去了、远去了……

221基地6号哨

221基地鸟瞰图

6. 原子弹、氢弹壮国威、军威，“两弹一星”精神薪火相传

1956 年 5 月 2 日，毛泽东主席在《论十大关系》一文中强调：“我们现在已经比过去强，以后还要比现在强，不但要有更多的飞机和大炮，而且还要有原子弹。在今天的世界上，我们要不受人家欺负，就不能没有这个东西。”

1958 年 6 月 21 日，毛主席又指出：“原子弹就是那么大的一个东西，没那个东西，人家就说你不算数。那么，好吧，我们就搞一点吧。”“搞一点原子弹、氢弹、洲际导弹，我看有十年功夫完全可能。”这就是领袖的伟大预言和动员令。

1958 年 7 月 15 日，中共中央书记处总书记邓小平批复同意在青海省海晏县金银滩建设西北核武器研制基地，代号 02 工程，也称 221 基地。

1959 年 6 月，苏联撕毁协议，加上当时自然灾害造成的困难，性格豪爽的陈毅元帅感慨地说：“脱了裤子当了也要把原子弹搞出来！”还对科学家们说：“我这个外交部长的腰杆子现在还不硬，你们把原子弹搞出来了，我的腰杆子就硬了！”

1959 年 7 月，周恩来总理向宋任穷部长传达了中央决策：“自己动手，从头摸起，准备用八年时间搞出原子弹。”这是党中央的果断决策。

1962 年 9 月 11 日，二机部向中共中央、毛泽东主席写出了《关于自力更生建设原子能工业情况的报告》，提出了争取在 1964 年或者 1965 年上半年实现第一颗原子弹爆炸试验的奋斗目标。11 月 3 日，毛主席批示：“很好、照办。要大力协同做好这件工作。”

11 月 17 日，为了加强对核工业的领导，中共中央决定成立以周恩来总理为主任，有七位国务院副总理和七位部长参加的十五人组成的中央专门委员会（简称“中央专委”），做“两弹一星”研制的行政指挥线的最高领导机构，中央专委的成员是：国务院副总理、国防工委主任贺龙，国务院副总理、国家计委主任李富春，国务院副总理、财政部长李先念，国务院副总理、国家经委主任薄一波，国务院副总理、中宣部部长陆定一，国务院副总理、国防科委主任聂荣臻，国务院副总理、国防工办主任罗瑞卿；国防工办常务副主任赵尔陆，副总参谋长、国防科委副主任张爱萍，冶金工业部部长王鹤寿，二机部部长刘杰，三机部部长孙志远，一机部部长段君毅，化工部部长高扬。从中央专委成立到第一颗原子弹爆炸前，周总理主持召开了 9 次会议，研究解决了 100 多个重大问题，这充分显示和发挥了社会主义举国体制办大事的优势。

响应国家号召，1963 年年初，一大批优秀的科技工作者，包括许多已在国外取得杰出成就的科学家、500 多名大学生和高级技工从北京西进金银滩大草原，还有 2 400 多名大专毕业生服从分配，直接到 221 基地报到，万人参加“草原大会战”，满怀爱国之情、义无反顾、隐姓埋名、研制争气弹，我们来了。

1963 年 12 月 24 日，221 基地 1:2 核装置聚合爆轰产生中子试验成功，这是一次关键性的试验，为原子弹理论设计和核爆试验提供可靠的数据；1964 年 6 月 6 日，在 221 基地 610 工号进行了 1:1 核装置爆轰试验，试验件除了铀-235 部件是代用品外，其他部件都是真品，可以说是对原子弹理论、设计、加工制造、测试手段等的全面考验。试验获得圆满成功，测到了足够的点火中子，为我国第一颗原子弹的爆炸成功奠定了坚实的试验基础。

1964 年 9 月 26 日，第一颗原子弹的 596-1、596-2 两发正式试验装置从 221 基地起运，10 月 4 日到达新疆罗布泊核试验基地。根据周恩来总理的指示，运输产品的火车专列为一级专列，全线都按国家领袖级别警卫，即特级运输、特级保卫的首长专列。

据统计，参加第一颗原子弹试验的人员有 5 088 人。李觉将军带领的第九作业队由 221 基地的 221 人组成，不知是有意安排还是数字的机缘巧合！解放军各总部、新疆军区、兰州军区、二机部、公安部、国防部五院、军事工程学院、中国科学院等 26 个科研单位参试。第一颗原子弹的研制，凝聚了几十个部委（院）和几十个省、区、直辖市的近千个工厂、科研机构和大专院校的智慧；集结物资器材 3.3 万吨、动用 1 116 节火车皮、1 270 辆汽车，行驶里程 1 851 万千米，可绕地球 462 圈……

1964 年 10 月 16 日 15 时，一朵巨大的蘑菇云从罗布泊上空腾空而起，“争气弹”横空出世，我国第一颗原子弹爆炸成功，向世人庄严宣告中国人民依靠自己的力量掌握了核技术。一声“东方巨响”，中国成为继美国、苏联、英国、法国之后第五个拥有原子弹的国家。

10 月 16 日 17 时，周恩来总理在人民大会堂宴会厅内，向参加大型歌舞史诗《东方红》的演出人员宣告：“同志们，毛主席让我向大家报个好消息：我国第一颗原子弹爆炸成功了！”现场整个大厅沸腾起来，演员们欢呼跳跃，高喊：“毛主席万岁！”“中国共产党万岁！”“中华人民共和国万岁！”的口号，周总理风趣地告诫大家：“同志们，你们小心，别把地板蹦塌了！”

当晚，中央人民广播电台发表了《新闻公报》，“中国在本土西部地区爆炸了一颗原子弹，成功地进行了一次核试验。中国核试验的成功是中国人民加强国防保卫祖国的重大成就，也是中国人民对于保卫世界和平事业的重大贡献。”……并发表了《中华人民共和国政府声明》，声明中说：“中国政府在任何时候、任何情况下，都不会首先使用核武器。”声明中还说：“中国政府向世界各国政府郑重建议：召开世界各国首脑会议，讨论全面禁止和彻底销毁核武器的问题。”

《人民日报》还专门印发了套红的号外，全国上下一片欢腾！

中国原子弹爆炸的成功，打破美苏核垄断！也在全世界引起轰动、五洲同庆！毛主席说：“我们说话开始算数了！”当年，周总理再次强调：“我们发展核武器是为了打破核垄断、核讹诈。如果搞得好，能够制止战争，最后消灭核武器。”

1964 年 11 月 2 日，周总理在中南海西花厅听取关于第一颗原子弹试验情况的汇报后，明确指示说：“中央有个打算，1965 年，要试验核航弹；1966 年，原子弹和导弹要结合试验；1967 年，要搞氢弹试验。”还说要做到“一次试验、全面收效。”

1965 年 5 月 14 日，一架轰—六甲型飞机在新疆核试验场投下一枚核航弹（中国第二次核试验、代号 2923），它标志着中国人有了可供实战的核武器。

1966 年 3 月 30 日，邓小平视察 221 基地时题词：“高举毛泽东思想伟大红旗，遵照毛主席指引的方向，奋勇前进——别人已经做到的事，我们要做到；别人没有做到的事，我们也一定要做到。”给 221 人突破氢弹研制技术注入巨大的动力。

1966 年 7 月 1 日，我国创建了战略导弹部队——中国人民解放军第二炮兵（2015 年 12 月 31 日更名为中国人民解放军火箭军），标志着中国人民解放军从此拥有了一支战略威胁的核心力量。

1966 年 10 月 27 日，我国首颗装有核弹头的地地导弹飞行爆炸试验成功（第四次核试验、东风二号导弹），再一次震惊了全世界。当晚，《新华社》授权发表《新闻公报》：“1966 年 10 月 27 日，中国在本国的国土上，成功地进行了导弹核武器试验，导弹飞行正常，核弹头在它预定的距离，准确命中目标，实现核爆炸。”这是我国在物资技术基础十分薄弱的条件下，自力更生、自主创新取得的重大成就。标志着我国有了中近程核导弹，进一步增强了我国的科技实力，特别是国防实力，加强了我国在国际舞台上的重要地位。

1967 年 6 月 17 日 7 时，一架银白色的“大白鲨”载着一枚银色的氢弹从马兰机场起飞，8 时 19 分（零时）中国第一颗氢弹空爆试验（第六次核试验、代号 639）成功，爆高 2 960 米、当量 330 万吨。中国赶在法国人之前，成为继美、苏、英之后第四个掌握氢弹技术的国家。《新华社》发表《新闻公报》，《人民日报》印发大红喜报时加导语说，毛泽东主席早在 1958 年 6 月就指出：“搞一点原子弹、氢弹，我看有十年功夫完全可能。”“我们向全国人民和全世界人民庄严宣布，毛主席的这一英明预言和伟大号召已经实现了，在两年零八个月的时间内进行五次核试验之后，今天，1967 年 6 月 17 日，中国第一颗氢弹在中国西部地区上空爆炸成功了。”“这次氢弹试验的成功是中国核武器发展的又一个飞跃，标志着我国核武器发展进入了一个崭新的阶段。”

全威力当量的氢弹空爆试验成功，使全世界都震惊了，英国的《星期日泰晤士报》说：“中国在通向完全核地位的道路上前进的速度，又一次使西方专家们大为惊诧。”是的，美国人从第一颗原子弹爆炸到第一颗氢弹原理装置爆炸试验用了七年零四个月的时间（代号“迈克”）；苏联人从爆炸第一颗原子弹到爆炸第一颗可运载的氢弹用了四年时间（图-95 重型轰炸机、当量 40 万吨）；英国人用了四年零七个月；法国人用了八年零九个月；而我们中国人只用了两年零八个月的时间，引起了全世界的巨大反响，公认中国的核武器技术已进入世界核技术的先进行列。我国用很少的核试验实现了多次技术飞跃，核武器技术达到了相当高的技术水平，也为热核武器武装部队打下基础。

氢弹爆炸成功后，1967 年 7 月 7 日，毛泽东主席说：“新武器、导弹、原子弹搞得很快，两年零八个月搞出氢弹，我们的发展速度超过了美国、英国、苏联、法国，现在在世界上是第四位。导弹、原子弹有很大成绩，这是赫鲁晓夫帮忙的结果，撤走了专家，逼着我们走自己的路，要感谢赫鲁晓夫呢，应该给他发一个一吨重的大奖章。”

1970 年 4 月 24 日，我国第一颗人造地球卫星“东方红一号”发射成功，揭开了中国人进入大气空间的序幕，浩瀚太空中传回的《东方红》乐曲激荡着人们的心。晴朗的夜晚，人们可以清楚地看到卫星的轨迹。

1970 年 5 月 11 日，毛主席说：“大国打世界大战的可能性是有，只是因为多了几颗原子弹，大家都不敢下手。”

1970 年 11 月 6 日，周恩来总理说：“没有定型好，不要忙于搞小批生产。应该边试验、边定型，定型合格后，再小批生产，保质保量装备部队，以利备战。”遵照总理“严肃认真、周到细致、稳妥可靠、万无一失。”的十六字方针，221 人完成了十六次国家核试验（中国一共进行了 45 次核试验、1985 年 10 月 31 日宣布中国不再进行大气层核试验、1996 年 7 月 29 日中国政府声明从 7 月 30 日起暂停核试验；其他核大国的核试验次数是：美国 1 054 次、苏联 715 次、法国 210 次、英国 45 次），实现了原子弹的突破和武器化、氢弹的突破及武器化，进行了多种型号的定型试验、环境试验、飞行试验等考核，完成了几个型号的核导弹弹头的批生产、交付第二炮兵部队，形成了核战斗力，彰显了大国形象，壮了国威、军威。

1971 年 10 月 26 日，第二十六届联合国大会以压倒性多数通过了第 2758 号决议，决定恢复中华人民共和国联合国常任理事国的一切合法权利，承认中华人民共和国政府代表是中国的唯一合法代表。从此，新中国正式登上国际政治舞台，迎来了对外交往的新局面。这是中国人民的胜利，也是世界各国人民的胜利。毛主席说："是亚非拉各国朋友把我们抬进了联合国"，并派出中华人民共和国代表团出席第二十六届联合国大会；1974 年邓小平出席联大特别会议，新中国的领导人第一次名正言顺地站在联合国的讲台上。

第二十六届联合国大会上的中国代表团

中国原子弹、氢弹的成功爆炸及后来装备第二炮兵战略核力量的壮大，也使美国对中国实行 20 多年的核威慑敌对政策彻底失败，美国政府不得不接受无法用武力征服的强大中国，促成了中美关系正常化。1972 年 2 月，美国总统尼克松访华，7 月 28 日在上海发表《中美联合公报》。1979 年，中美正式建立外交关系。

1984 年 10 月 1 日，邓小平国庆三十五周年阅兵，我国战略导弹东风三号、东风四号、东风五号方队威武地通过天安门广场，第一次向世人展现了战略核实力。其中前两种型号的核弹头就是 221 基地研制、定型、批生产交付二炮的。

1988 年 10 月 24 日，邓小平视察北京正负电子对撞机时强调：“如果 60 年代以来中国没有原子弹、氢弹，没有发射卫星，中国就不能叫有重要影响力的大国，就没有现在这样的国际地位。这些东西反映一个民族的能力，也是一个民族、一个国家兴旺发达的标志。”

1984年国庆35周年阅兵，战略导弹部队通过天安门广场

2000 年 2 月 23 日，胡锦涛在视察中指出：“核武器过去是、现在是、将来仍然是我们国家安全的基石，是我国大国地位和综合国力的重要标志。”

从 1964 年 10 月 16 日中国第一颗原子弹在大漠深处的一声“东方巨响”、1966 年 10 月 27 日第一颗核导弹飞行爆炸成功，到 1967 年 6 月 17 日第一颗氢弹空爆试验成功空中出现的“两个太阳”、到 1970 年 4 月 24 日第一颗人造卫星遨游太空《东方红》乐曲在宇宙回响，两弹一星事业成就辉煌，领袖的英明决策、伟大预言，我们实现了。

伟大的事业同时孕育、锤炼、铸就了“热爱祖国、无私奉献、自力更生、艰苦奋斗、大力协同、勇于登攀”的“两弹一星”精神。

1999 年 9 月 18 日，在中华人民共和国成立五十周年前夕，党中央、国务院、中央军委在北京人民大会堂召开表彰大会，隆重表彰为新中国“两弹一星”事业作出突出贡献的 23 位科学家，授予他们“两弹一星”功勋奖章。

表彰为新中国“两弹一星”事业作出突出贡献的科学家大会会场

其中，有八位科学家曾在 221 基地工作过，王淦昌、彭恒武、郭永怀、朱光亚、邓稼先、陈能宽、于敏、周光召在 221 留下了光辉奋斗的足迹。还记得在北京铁道干校礼堂张爱萍将军动员大会上的讲话：“我想你们中间有不少人可能读过《封神演义》这本书，是明代一个叫陆西星的道士所作，作者极富想象力，敢于标新立异讲了很多神话，什么来无踪、去无影呀，什么千里眼、顺风耳呀，什么撒豆成兵、移山倒海呀，等等。可是这些故事呀，有的已成现实、有的正在变成现实。同志们，你们现在所从事的就是把神话变成现实的工作，将来我们的国家和人民也会把你们‘封神’的……”是的，这个大会上，他们封神榜上有名。

王淦昌
1907—1998

朱光亚
1924—2011

郭永怀
1908—1968

邓稼先
1924—1986

于 敏
1926—2019

陈能宽
1923—2016

彭桓武
1915—2007

周光召
1929——

江泽民在表彰大会上说：“我们要永远记住那火热的战斗岁月，永远记住那光荣的历史足迹。你们的英名和功绩，将永远与‘两弹一星’事业的丰功伟绩融为一体，记载在中华民族的光辉史册上。”又强调说：“‘两弹一星’精神，是爱国主义、集体主义、社会主义精神和科学精神的体现，是中国人民在20世纪为中华民族创造的新的宝贵的精神财富，我们要继续发扬光大这一伟大精神。”

江泽民同志在会上代表党中央首次提出、并高度概括和评价了“两弹一星”精神。

“热爱祖国、无私奉献”是“两弹一星”精神的鲜明本色。“两弹一星”的研制者们高举爱国主义的旗帜，胸怀强烈的报国之志，自觉地把个人理想与祖国的命运紧紧地联系在一起，把个人的志向与民族的振兴紧紧地联系在一起。苦干惊天动地事，甘做隐姓埋名人，有的甚至献出了宝贵的生命，研制者们用自己的热血和生命，谱写了一部为祖国、为人民鞠躬尽瘁、死而后已的动人诗篇。

“自力更生、艰苦奋斗”是“两弹一星”精神立足基石。“两弹一星”的成功进一步昭示了艰苦奋斗永远是我们战胜一切困难、夺取事业胜利的重要法宝，研制者们是一支特别能吃苦、特别能战斗的队伍。研制者们从新中国的百废待兴、一穷二白的基础上起步，以超常的毅力和投入向世人宣告：“别人已经做到的事，我们要做到，别人没有做到的事，我们也一定要做到。”人们用当时有限的科研和试验手段，依靠科学、顽强拼搏、发愤图强、锐意进取，把不可能变成可能，突破了一个个技术难关，人们所具有的惊人毅力和勇气，彰显了中华民族在自力更生的基础上自立于世界民族之林的坚强决心和强大能力。

“大力协同、勇于登攀”，“两弹一星”的研制生动地诠释了我国集中力量办大事的社会制度优势性。在“两弹一星”研制历程中，来自全国各地各部门成千上万的科学技术人员、工程技术人员、后勤保障人员，团结协作、群策群力，汇集成向现代科技高峰进军的浩荡队伍，在党的集中统一领导下，全国一盘棋、形成合力；“两弹一星”的研制者们求真务实、大胆创新、攀登争先，突破了一系列关键技术，使我国的科研能力实现了质的飞跃，用自己的聪明才智和业绩，为中华民族的五千年文明史创造了新的夺目篇章。

“两弹一星”的宏伟事业，是新中国重要成就的象征，是中华民族的荣耀与骄傲，是中国人民创造的非凡人间奇迹，也是人类文明史上的一个勇攀科技高峰的壮举。

“两弹一星”精神，凝聚着科技工作者报效祖国的满腔热血和赤胆忠心，反映出科技人的坚定理想信念和崇高的精神境界，是中国共产党人精神谱系的重要组成部分，成为全党全国各族人民在社会主义现代化建设道路上奋勇开拓的强大精神力量。

习近平总书记多次强调："'两弹一星'精神激励和鼓舞了几代人，是中华民族的宝贵精神财富，一定要一代一代地传下去，使之转化为不可限量的物质创造力。"

2020 年 9 月 11 日，习近平总书记在科学家座谈会上强调："科学成就离不开精神支撑。科学无国界，科学家们有祖国。希望广大科技工作者不忘初心、牢记使命，秉持国家利益和人民利益至上，继承和发扬老一辈科学家胸怀祖国、服务人民的优秀品质，弘扬'两弹一星'精神，主动肩负起历史重任，把自己的科学追求融入建设社会主义现代化国家的伟大事业中去。"

相信当代的科技工作者，一定会大力弘扬"两弹一星"精神，响应党的号召，听从祖国召唤，保持深厚的家国情怀和强烈的社会责任感，不畏艰难、无私奉献，为党、为祖国、为人民不懈奋斗；以与时俱进的精神、革故鼎新的勇气、坚韧不拔的定力，敢于走前人没走过的路，勇于攻坚克难、追求卓越，抢占科技发展制高点，牢牢把握创新发展的主动权。传承"两弹一星"精神接力棒，让"两弹一星"精神绽放出新的时代光芒，为建设科技强国，实现第二个百年奋斗目标、实现中华民族伟大复兴的中国梦做出新的更大贡献！

……

1995 年，新华社北京（5 月 15 日）电：我国第一个核武器研制基地已全面退役。

这个基地位于青海省，曾为我国研制第一颗原子弹和第一颗氢弹做出历史贡献。

这个基地的环境整治，符合国家有关环保规定的要求，并已通过国家验收。目前基地原址已移交地方政府安排利用。

1995 年经国务院批准，基地原址被命名为西海镇，成为青海省、海北藏族自治州的州府所在地，国人誉称为“原子城”。

2001 年，原子城被列为全国重点文物保护单位。

2005 年被命名为全国爱国主义教育示范基地。

2006 年国家发改委批准建设青海原子城国家级爱国主义教育示范基地，2009 年 5 月 26 日，青海原子城纪念馆正式对外开放。

全面退役后的 221 基地，作为“两弹一星”事业的重要组成部分、作为“两弹一星”精神的发源地之一，现在是进行理想信念教育和爱国主义教育活动地。

每年七、八、九月，221 基地芳草如茵、山泉清流。站在青海湖畔美丽的金银滩草原上，人们沿着“596 小路”，来到“中国第一个核武器研制基地纪念碑”前，走进中国“原子城纪念馆”，参观珍贵的展品，聆听 221 人的红色故事，流连忘返……

2001年国务院公布基地旧址为全国重点文物保护单位

2005年11月中宣部命名原子城为国家爱国主义教育基地

原子城纪念馆外景

这里是挺起共和国脊梁的地方，这里是进行爱国主义教育、传承“两弹一星”精神的红色打卡地。

大力弘扬“热爱祖国、无私奉献、自力更生、艰苦奋斗、大力协同、勇于登攀”的“两弹一星”精神，一定要把“两弹一星”精神代代永续、薪火相传！

后　记

六十年前的往事，仿佛就在昨天，六十年前的那一代人，有人已经仙逝，健在的已是耄耋老人。

还记得二十二年前在221基地相聚的八位花甲老人吗？如今已都是八十多岁的人，再想到“中国第一个核武器研制基地纪念碑”前相聚，已是力不从心，孩子们也都不放心。

孩子们建议：可以利用现在新媒体的手段，开个电视电话会议，在视频中见面相聚，全体欣然同意。经商定会议定在2022年2月22日，这是个吉祥的日子，6个数字全部是2，还是星期二、阴历的正月二十二，难得的巧合。2是成双、谐音是“爱”，孩子们说是祝二老健康长寿，老人们的解读是爱祖国、爱人民、爱中国共产党、爱奋斗、爱拼搏、爱两弹一星精神。好！就选这一天。

视频会上人人亮相报到，互祝新春万事如意、争着发言。

柳道勤说，我们这一代人是生在旧社会长在红旗下的一代人。解放后听到和学唱的第一首歌是“没有共产党就没有新中国”，在新中国我们上小学、初中、高中、靠国家每月 13 元的助学金读大学，是党培养我们成为新中国的第一代大学生。我们要感谢新中国、感恩中国共产党！

贾高工说：中国共产党领导中国人民推翻了三座大山建立了新中国，从此中国人民站起来了；社会主义的基本制度和社会变革让中国从一穷二白变得逐渐富裕起来了；我们亲历的“两弹一星”是中国在国际上成为有影响力大国强国的标志之一，改革开放以来新中国取得的一系列重大成就使中国更加强大起来了。中国从站起来、富起来、到强起来都是在中国共产党的领导下取得的，我要说中国共产党是一个伟大的、光荣的、正确的党，我要一辈子听党的话，永远跟党走！

李高工说：一代人有一代人的责任和使命担当，我们年轻的时候是服从“组织分配、到祖国最需要的地方去”，是“坚持又红又专的方向、攀登科学技术高峰”，我们做到了。我们很幸运成为 221 基地的一员，我们赶上了那个激情的年代，能在 221 基地惊天动地的大事中干了点分内的事，我们自豪、我们今生无悔！我们现在的责任是继续讲好 221 的故事，弘扬和传承“两弹一星”精神。

黄珂琦主席现场即兴诵诗：

激情 221 绽青春，

不负韶华金银滩，
隐姓埋名永无悔，
惊天动地争气弹。
忆研制试验故事，
传两弹一星精神，
年过八十仍伏枥，
犹向苍穹寄深情。

我们要对当代的年轻人说：

你们赶上了建党百年华诞、启航第二个百年新征程的新时代。我们期望当代的年轻人学习、继承和发扬“两弹一星”精神，认知、认同和践行“社会主义核心价值观”，学好党史、社会发展史和改革开放史，读懂《人民日报》的三篇要论——《共产党为什么“能”》（2019.5.8）、《马克思主义为什么“行”》（2019.5.9）、《中国特色社会主义为什么“好”》（2019.5.10）。

你们是新时代的主力军和突击队，强国是你们的使命和担当，强国靠你们了，要把你们的聪明才智融入建设现代化强国的大业中去，做到“强国有我！”

相信你们一定能够接好接力棒，建功立业新时代，为实现第二个百年奋斗目标，实现中华民族伟大复兴的中国梦而努力奋斗！

听！八个耄耋老人唱起小合唱：

革命人永远是年轻，他好比老松树四季常青，他不摇，也不动，永远挺立在山顶……

看！手机和电脑屏幕上出现了闪着金光的“中国第一个核武器研制基地纪念碑”的画面，那是中宣部、中央电视台的宣教片，一个洪亮的画外音读出字幕：

两弹一星、英雄辈出、精神长青！

谨以此书献给——

为我国核武器事业建立了历史功勋的 221 人！

谨以此书纪念——

中国第一颗原子弹爆炸成功六十周年！

中国第一颗氢弹空爆成功五十五周年！

参考资料

[1] 梁东元. 596秘史[M]. 武汉：湖北长江出版集团湖北人民出版社，2007.

[2] 降边嘉措. 李觉传[M]. 北京：中国藏学出版社，2004.

[3] 彭继超. 东方巨响——中国核武器试验纪实[M]. 北京：中共中央党校出版社，1995.

[4]《当代中国》丛书编辑委员会. 李觉，雷荣天，李毅，李鹰翔. 当代中国的核工业[M]. 北京：中国社会科学出版社，1987.

[5]《当代中国》丛书编辑委员会. 张钧，刘纪元，任新民，等. 当代中国的航天事业[M]. 北京：中国社会科学出版社，1986.

[6] 张爱萍. 神剑之歌——张爱萍诗词、书法、摄影选集[M]. 北京：人民美术出版社，1992.

[7] 陆其明，范敏. 张爱萍与两弹一星[M]. 北京：解放军出版社，2011.

[8] 核工业神剑文学艺术分会. 秘密历程[M]. 北京：原

子能出版社，1995.
［9］［美］约翰. W. 刘易斯，薛理泰. 中国原子弹的制造［M］.北京：原子能出版社，1991.
［10］［美］莱斯利. R. 格罗夫斯. 现在可以说了［M］. 北京：原子能出版社，1991.
［11］［德］罗伯特. 容克. 比一千个太阳还亮［M］. 北京：原子能出版社，1991.
［12］王菁珩. 金银滩往事［M］. 北京：原子能出版社，2009.
［13］核工业二二一厂离退休人员管理局. 难忘激情岁月［M］. 北京：中国原子能出版社，2014.
［14］杜祥琬，等. 战略科学家朱光亚［M］. 北京：原子能出版社，2009.
［15］侯艺兵. 亲历者说『引爆原子弹』［M］. 长沙：湖南教育出版社，2014.
［16］王寿君. 核梦初心——我国核工业第一批厂矿故事集［M］. 北京：中国原子能出版社，2018.
［17］王寿君. 核梦璀璨——我国核工业第一批厂矿照片集［M］. 北京：中国原子能出版社，2018.
［18］余剑锋. 共和国核记忆亲历者说［M］. 北京：中国原子能出版社，2019.